Diogenes Taschenbuch 23469

Martin Suter

Lila, Lila

Roman

Diogenes

Die Erstausgabe
erschien 2004 im Diogenes Verlag
Umschlagillustration:
Elizabeth Peyton, ›Kirsty at Jorge's Wedding‹,
2001 (Ausschnitt)
Mit freundlicher Genehmigung von
Gavin Brown's Enterprise,
New York

Für Gretli

Veröffentlicht als Diogenes Taschenbuch, 2005
Alle Rechte vorbehalten
Copyright © 2004
Diogenes Verlag AG Zürich
www.diogenes.ch
200/11/44/22
ISBN 978 3 257 23469 5

I

Und dieser Peter Landwei – das war ich.

Er drehte an der Walze der schwarzen Underwood, bis der
letzte Satz zum Vorschein kam, steckte sich eine Zigarette
an und las die engbeschriebene Seite.

*Noch immer trommelte der Regen dumpf auf die Ziegel.
Er öffnete das Mansardenfenster. Das Trommeln wurde lauter und heller. Zwei Meter unter dem Sims verschwand das Wasser der Dachrinne gurgelnd im Abfluß-
rohr. Die nasse Straße spiegelte das schwache Licht der
einzigen Straßenlaterne in der Sackgasse. Vor dem Haus
gegenüber stand der Kastenwagen mit der Aufschrift
»Sattlerei-Polsterei Maurer«. Hinter einem Schaufenster
mit der gleichen Aufschrift brannte Licht, wie jeden
Abend, seit Maurers Frau gestorben war. Und wie jeden
Abend saß in einem Zimmer im ersten Stock desselben
Hauses ein kahler Mann im Kegel einer Stehlampe und
las. Reglos wie eine Wachsfigur. Die übrigen Fenster waren dunkel, bis auf eine Dachluke neben dem Kamin. Früher hatte Peter sich manchmal gefragt, wer dort wohnte. Inzwischen war es ihm egal. So egal wie alles, was nicht
mit Sophie zu tun hatte. So egal wie er ihr.*

Er schloß das Fenster und nahm eine gerahmte Photographie vom Schreibtisch. Sophie im Badeanzug. Hinter sich hatte sie ein Frottiertuch mit beiden Armen ausgespannt, als wollte sie es sich gerade um die Schultern legen. Ihre Haare glänzten naß. Sie lächelte.

Es war die einzige Photographie, die Peter von Sophie besaß. Sie hatte sie ihm geschenkt. Früher gab es ihm einen Stich, wenn er sie betrachtete, weil sie ihm nicht verraten wollte, wer sie aufgenommen hatte. Jetzt gab es ihm einen Stich, weil er Sophie nie mehr sehen sollte.

Er nahm das Bild aus dem Rahmen und steckte es in die Innentasche seiner schweren Motorradjacke. Dann löschte er das Licht und schloß das Zimmer ab. Den Schlüssel ließ er stecken.

Im Treppenhaus roch es nach angedünsteten Zwiebeln und dem Wachs, mit dem jemand das Linoleum auf den ausgetretenen Stufen frisch gebohnert hatte.

Eine halbe Stunde später hatte er Rieten erreicht. Der Regen hatte nicht nachgelassen. Das Echo von den dunklen Fassaden veränderte das Motorengeräusch seiner Ducati.

Am Ausgang des Städtchens begann die Landstraße, die einen schnurgeraden Kilometer später im Rotwandtunnel verschwand.

Peter schaltete in den höchsten Gang und fuhr mit Vollgas auf die Tunneleinfahrt zu. Sie war in eine Felswand gesprengt, die sich wie eine Mauer quer über das Tal legte. Tagsüber, bei guter Sicht, war sie als Mauseloch aus fünfhundert Meter Distanz zu sehen. Die Auto-

*fahrer gingen bei ihrem Anblick unwillkürlich vom Gas,
als fürchteten sie, das kleine Loch nicht zu treffen.*

*Dabei konnte man die Einfahrt zum Rotwandtunnel
nicht verfehlen. Auch nachts nicht.*

*Es sei denn, man tat es absichtlich, wie Peter Land-
wei.*

Und dieser Peter Landwei – das war ich.

Er tippte die Zahl *84* an den unteren Seitenrand, zog das
Blatt aus der Maschine und legte es mit der beschriebenen
Seite nach unten auf die übrigen. Er klopfte den Stoß zu-
recht und legte ihn mit der ersten Seite zuoberst auf den
Schreibtisch.

SOPHIE, SOPHIE stand in Großbuchstaben auf dem Titelblatt. Und darunter: *Roman*. Und darunter: *Von Alfred
Duster*.

Er öffnete das Mansardenfenster, lauschte dem eintöni-
gen Trommeln des Regens auf dem Ziegeldach und beobachtete den reglosen Mann im Kegel der Stehlampe.

Er schloß das Fenster und holte seine schwere Motorradjacke aus dem Schrank, zog sie an, löschte das Licht und
schloß das Zimmer ab. Den Schlüssel ließ er stecken.

Vor dem Haus kickte er seine Ducati an, wischte mit der
Hand die Tropfen vom Sattel und stieg auf.

Als der Motor in der Sackgasse aufdröhnte, schaute der
reglose Mann kurz von seinem Buch auf.

2

Normalerweise wurde David vom Geruch des Mittagessens geweckt, das Frau Haag in der Nachbarwohnung kochte.

Aber heute erwachte er von einem Brennen am rechten Ohr. Typisch, die Hälfte seiner Generation war gepierct, aber er brauchte sich nur einen winzigen Goldstecker in die Ohrmuschel machen zu lassen, und schon hatte er eine Infektion.

Er angelte seine Armbanduhr von der leeren Weinkiste, die ihm als Nachttisch diente. Noch nicht einmal zehn Uhr, er hatte knapp fünf Stunden geschlafen.

David setzte sich auf den Bettrand. Der Tag, der unter den zu kurzen Vorhängen zu sehen war, tauchte das Zimmer in ein fahles Licht, das die Einrichtung aus Secondhandmöbeln – Tisch, Stühle, Polstersessel, Kleiderständer, Bücherregal – wie ein dreidimensionales Schwarzweißfoto erscheinen ließ. Die einzigen Farbtupfer waren die roten und grünen Stand-by-Lämpchen seiner Anlage, seines Druckers und seines Computers.

Er zog einen verwaschenen hellblauen Frotteemantel mit der Aufschrift »Sauna Happy« an, schloß die Wohnungstür auf und ging hinaus.

Die Toilette befand sich im Treppenhaus. Das war vor

allem jetzt, in der kalten Jahreszeit, unangenehm, denn sie war ungeheizt. Aber wenigstens war David der einzige, der sie benützte. Die Wohnung von Frau Haag besaß aus unerfindlichen Gründen eine eigene.

Im Spiegel über dem Waschbecken untersuchte er sein Ohr. Die Stelle am Einstich war gerötet und angeschwollen. Er war versucht, den Ohrstecker zu entfernen. Aber dann, hatte er gehört, wachse das Loch wieder zu.

Er ging zurück in die Wohnung, füllte die Kaffeemaschine und stellte sie aufs Gas. Dann duschte er in der Kabine aus Aluminium und blindem Plexiglas, die ein Vormieter vor Jahren in der Küche aufgestellt hatte.

Als er aus der Dusche kam, spuckte das Überlaufventil der Kaffeemaschine Wasser und ließ die Gasflamme gelb aufflackern. Er drehte das Gas zu, trocknete sich ab und zog den Frotteemantel wieder an. Er nahm eine Tasse aus dem Spülbecken, wusch sie aus und füllte sie mit Kaffee. Im Kühlschrank fand sich eine angebrochene Packung Milch. Er roch daran und goß etwas davon in die Tasse, trug sie ins Zimmer, stellte sie auf den Nachttisch, schaltete die Anlage ein und kroch wieder unter die Decke. Der Kaffee im Bett war ein Luxus, auf den David Kern ungern verzichtete.

Das Radio war auf einen Sender programmiert, der den ganzen Tag Musik aus den Tropen spielte. Ein krasser Gegensatz zum herrschenden Klima: Temperaturen um die null Grad, eine dicke Nebeldecke, die sich manchmal als Nieselregen, manchmal als Schneerieseln niederschlug. Die Tage begannen, wenn David noch tief schlief, und waren meistens schon vorbei, wenn er das Haus verließ.

Er trank seinen Kaffee in kleinen Schlucken und machte

sich Sorgen um sein Ohr. Vielleicht sollte er zum Laden zurückgehen, wo er sich das Piercing hatte machen lassen. Die müßten Erfahrung haben mit Infektionen.

Im Treppenhaus hörte er die schweren Schritte von Frau Haag, die vom Einkaufen zurückkkam. Sie dürfte so um die Siebzig sein – David konnte das Alter von alten Leuten nicht gut schätzen – und hatte einen Sohn, der etwa gleich alt aussah, jeden Tag Punkt Viertel nach zwölf zum Mittagessen kam und Punkt Viertel nach eins wieder ging. Er war ledig und arbeitete in der Nähe als Lagerist, wie ihm Frau Haag schon mehrmals anvertraut hatte.

David stand auf und öffnete die Vorhänge. Zu seiner Überraschung war das Stück Himmel, das von seinem Fenster aus zu sehen war, blau. Nicht sehr, aber doch so, daß er sich anzog und schon kurz nach elf auf der Johannstraße stand, der grauen Straße, in der er wohnte.

Ein unerwartet schöner Tag. Es war bestimmt zehn Grad wärmer als am Tag zuvor, und die Sonne spiegelte sich in den Mansardenfenstern über ihm. Schon nach ein paar Schritten mußte David den Reißverschluß seiner wattierten Jacke öffnen.

Der Lebensmittelhändler in der Kabelstraße hatte vor seinem Laden einen Stand mit elektrischem Weihnachtsschmuck aufgebaut. Kein gutes Geschäft bei diesem Wetter. David ging hinein und kaufte sich ein Käsesandwich, das er noch im Laden auspackte und zu essen begann.

Der Trödler im Innenhof des nächsten Hauses hatte ein paar Möbelstücke vor den Hofeingang gestellt und ein Schild mit einem Pfeil und der Aufschrift »Godis Fundgrube«. David folgte dem Pfeil und betrat den Laden. Godi saß auf einem Polstersessel mit der Aufschrift »Fr. 80.–!« und las eine Gratiszeitung. Sie kannten sich, David hatte einen großen Teil seiner Wohnungseinrichtung bei ihm gekauft.

»Gestern Winter, heute Frühling – das geht an die Substanz«, stöhnte Godi.

David gab ihm recht, obwohl er keine Substanzprobleme hatte. Er war dreiundzwanzig.

Er kaute sein Sandwich und zwängte sich durch den mit Möbeln, Kisten, Haushaltsgeräten, Büchern, Bilderrahmen, Nippes und anderem Krempel vollgepferchten Laden. Vielleicht fand er etwas für Tobias, den Besitzer des Esquina, wo David arbeitete.

Das Esquina war eine Lounge Bar, die vor weniger als einem Jahr eröffnet worden war, aber aussah, als hätte es sie schon immer gegeben. Ihre Einrichtung bestand aus gebrauchten Möbeln aus den fünfziger und sechziger Jahren. An den künstlich gealterten Wänden hingen Fundstücke von Flohmärkten der ganzen Welt und verbreiteten eine Atmosphäre heimeliger Internationalität.

Schon öfter hatte David in Godis Fundgrube etwas für das Esquina gefunden und mit Gewinn an Tobias verkauft. Ein koloriertes Alpenpanorama zum Beispiel, eine ausgediente Botanikschautafel mit verschiedenen Palmenarten oder ein unbeholfenes Ölporträt eines Indianerhäuptlings.

Diesmal fand er nichts. Aber als er den Laden verließ, war Godi dabei, mit einem dicken Mann einen alten vw-Bus zu entladen. Eines der Stücke, ein Nachttisch mit abgerundeten Ecken und einer gelben Marmorplatte, weckte Davids Interesse. »Was kostet das?« fragte er Godi.

»Das hat noch keinen Preis.«

Der Dicke mischte sich ein: »Es gehört noch mir. Art déco.«

»Quatsch, Art déco«, brummte Godi.

»Echte Marmorplatte«, ergänzte der Dicke.

»Wieviel?« fragte David.

Der Dicke warf Godi einen fragenden Blick zu.

»Nicht mich anschauen. Der Besitzer macht den Preis.«

Godi ließ die beiden stehen und ging zum vw-Bus zurück.

»Vierzig?« Der Dicke war Zwischenhändler und besaß wenig Erfahrung mit Endverbrauchern.

David untersuchte das Möbel, öffnete das Türchen und zog vergeblich an der Schublade.

»Ein bißchen Seife, dann klemmt sie nicht mehr«, erklärte der Dicke.

»Dreißig«, bot David.

»Fünfunddreißig.«

David überlegte. »Aber dafür fahren Sie mich bis zu meiner Wohnung.«

»Ist es weit?«

»Gleich um die Ecke.«

So kam David Kern zum Nachttischchen, das sein Leben veränderte.

3

Marie Berger war mit Lars im Raumschiff essen gegangen, ein Versöhnungsessen, wie er es nannte.

Sie brauchte kein Versöhnungsessen, denn sie hatte keinen Streit. Lars war einfach ein Mißverständnis. Aber weil er so unglücklich dreingeschaut hatte und es Dezember war und auch sie nicht gegen die Tristesse des Weihnachtsrummels gefeit, hatte sie zugesagt.

Das war ein Fehler gewesen. Der Tag der Verabredung überraschte sie mit einem Frühlingshimmel und einem Lüftchen voller Süden. Nicht das Wetter für eine Aussprache mit einem Verflossenen, der noch nicht wußte, daß er einer war.

Am liebsten hätte sie ihm abgesagt, aber sie konnte ihn nicht erreichen, er hatte sein Handy ausgeschaltet. In weiser Voraussicht, wie sie vermutete.

Das Raumschiff war ein zu großes, zu lautes, zu teures Designerlokal, nicht Maries Welt. Schon eher die von Lars, der Nationalökonomie studierte und im Vertrauen auf eine große Wirtschaftskarriere schon einmal etwas über seine Verhältnisse lebte.

Als Marie eintraf – pünktlich, denn sie wollte den Abend nicht mit dem Handicap beginnen, zu spät gekommen zu sein –, saß Lars schon an einem Tischchen mitten im Getümmel. Er sprang auf und winkte mit beiden Armen, wie ein Schwimmer in Not. Sie steuerte auf seinen Platz zu und versuchte, die Gäste zu ignorieren, die sie, ohne ihre Gespräche zu unterbrechen, mit einem Seitenblick taxierten.

Lars empfing sie stehend und bot ihr seinen Platz an. »Von hier aus siehst du die Leute.«

»Die interessieren mich nicht«, entgegnete sie. Erst als sie sich mit dem Rücken zum Lokal gesetzt hatte, wurde ihr klar, daß er die Bemerkung nicht als Kritik am Lokal, sondern als Kompliment an ihn verstanden hatte. Er setzte sich ihr gegenüber, faltete die Hände unter dem Kinn und schaute ihr lächelnd in die Augen.

»So habe ich das nicht gemeint, Lars.«

»Wie?«

Wenn er sich dabei nicht so unwiderstehlich gefunden hätte, hätte sie es ihm bestimmt schonender beigebracht. So aber sagte sie: »Ich wollte damit nicht sagen, daß mich dein Anblick mehr interessiert.«

Eigentlich hätte sie jetzt aufstehen und gehen sollen. Aber Lars blickte sie so erschrocken an, daß sie dem Satz mit einem kleinen Lächeln etwas von seiner Schroffheit nahm. Er lächelte erleichtert zurück, winkte einem Kellner und bestellte zwei Glas Champagner.

Wenn er sie gefragt hätte, hätte Marie gerne ein Glas Champagner genommen. Aber jetzt sagte sie: »Mir lieber ein Mineralwasser.«

Marie Berger war vierundzwanzig. Seit etwas über einem Jahr ging sie wieder zur Schule. Sie wollte das Gymnasium abschließen, das sie mit sechzehn aufgegeben hatte, um eine Ausbildung als Dekorateurin anzufangen. Um ihr kreatives Potential auszuschöpfen, wie sie ihrer Mutter erklärt hatte.

Marie hatte fast fünf Jahre gebraucht, um ihrer Mutter recht geben zu können, daß das ein Fehler gewesen war. Und sie zu bitten, sie bis zum Abschluß der Schule wieder in ihrer Dreizimmerwohnung aufzunehmen. So sparte Marie sich die Miete. Die Kosten für die Ausbildung und was sie zum Leben brauchte, bezahlte sie aus ihrem Ersparten und dem Honorar, das ihr drei Stammkunden für die monatliche Schaufensterdekoration bezahlten. Ein Laden für Modeschmuck, eine Boutique für Designermode und ein Apotheker, der sich weigerte, die Werbedisplays der Pharmaindustrie in die Fenster zu stellen.

Vielleicht hätte sie mit einem andern Job mehr verdient, aber Schaufenster dekorieren besaß den Vorteil, daß es sich mit dem Schulbetrieb vereinbaren ließ. Und auch den, daß es sie immer wieder daran erinnerte, welchen Beruf sie auf keinen Fall mehr ausüben wollte. Sie hatte schon während der Lehre ihre Liebe zu Büchern entdeckt und wollte diese zu ihrem Beruf machen, indem sie Literatur studierte.

»Das ist, als ob du aus Liebe zur Gerechtigkeit Jura studieren wolltest«, hatte ihr Vater gesagt, als sie ihn fragte, ob er allenfalls bereit wäre, sich an den Kosten des zweiten Bildungswegs zu beteiligen. Ein ziemlich hoffnungsloses Unterfangen, denn er hatte sich seit der Scheidung auch am ersten nur widerwillig beteiligt.

Das Leben mit ihrer Mutter war nicht einfach. Nicht aus den üblichen Gründen. Myrtha, so mußte sie ihre Mutter seit frühster Kindheit nennen, mischte sich nicht in ihre

Angelegenheiten. Im Gegenteil, sie ließ Marie ihr Leben leben und lebte ihres. Und das war es, was das Zusammenleben immer öfter schwierig gestaltete. Myrtha führte für Maries Geschmack ein etwas zu aktives Liebesleben. Immer wieder mußte Marie aus der kleinen Wohnung flüchten, um die Schäferstündchen ihrer Mutter nicht zu stören. Nicht, daß es Myrtha peinlich gewesen wäre. Marie war es peinlich.

An einem solchen Abend hatte sie auch Lars kennengelernt. Ihre Mutter war kurz nach zehn mit einem dänischen Reiseführer – sie arbeitete in einem Reisebüro – nach Hause gekommen, und Marie hatte die Harmonie mit der Bemerkung »der hat doch bestimmt ein Hotelzimmer« gestört. Ihre Freundin Sabrina, die ihr in solchen Momenten jeweils Unterschlupf bot, gab Marie am Telefon zu verstehen, daß sie sich in einer ähnlichen Situation wie Myrtha befand.

So landete sie im Bellini, einer Bar, in der sie meistens jemanden traf, den sie kannte.

Aber an diesem Abend war im ganzen Bellini kein bekanntes Gesicht zu entdecken. Marie setzte sich an die Bar und trank ein Glas Asti. Und als der Barmann ihr nach einer Viertelstunde »von dem Herrn vis-à-vis« ein zweites brachte, lehnte sie es nicht ab und schickte dem Spender ein Lächeln über den Tresen. So kam sie mit Lars ins Gespräch.

Es war nicht Maries Art, sich in einer Bar aufreißen zu lassen. Aber an jenem Abend fühlte sie sich so ausgestoßen, daß sie Lars nach kurzer Zeit fragte: »Hast du eine eigene Wohnung, oder teilst du sie mit jemandem?«

Daß sie Lars danach wieder traf, lag allein daran, daß sie sich aus Prinzip auf keine one-night-stands einließ.

So setzte sich die Reihe von Mißverständnissen fort. Beinahe zwei Monate, in denen sie es nicht schaffte, ihm reinen Wein einzuschenken. Kam dazu, daß es sich um November und Dezember handelte, die beiden Monate, in denen Myrtha ihre gefürchtete Jahresschlußdepression auslebte und Marie lieber einen Bogen um sie machte. Und kam auch dazu, daß Lars zwar nicht ihr Typ, aber ein großzügiger Restaurantbegleiter und guter Liebhaber war.

Daß sie sich nicht eingestehen wollte, daß die beiden letzteren Gründe eine Rolle spielten, hatte weiter dazu beigetragen, die Affäre in die Länge zu ziehen.

Und dann natürlich auch Lars selber. Seine Mischung aus Arroganz und Verletzlichkeit. Als hätten in den sechsundzwanzig Jahren seines Lebens weder er noch sonst jemand je an ihm gezweifelt. Beim kleinsten Verdacht, es könnte möglich sein, ihn nicht vorbehaltlos zu lieben und zu bewundern, stand er den Tränen nahe. Das machte es für Marie nicht einfacher, ihm den Laufpaß zu geben. Sie war in der Praxis weniger kühl als in der Theorie.

Deswegen war sie dankbar gewesen für den Vorwand, sich zurückzuziehen. Es war um die Börse gegangen. Lars hatte ihr im Detail den Unterschied zwischen einem Bullen- und einem Bärenmarkt erklärt, und sie hatte sich dabei ostentativ gelangweilt. Plötzlich hatte er seine Ausführungen pikiert abgebrochen mit der Bemerkung: »Entschuldige, das interessiert dich wohl nicht.«

Sie hatte geantwortet: »Das ist untertrieben. Es kotzt mich an. Ich verachte Leute, die daran Geld verdienen, daß

Firmen Leute entlassen, damit sie höhere Gewinne erzielen.«

Einen Moment war er fassungslos gewesen. Dann hatte er ihr das Stichwort geliefert: »Dann verstehe ich nicht, wie du mit einem Mann der Wirtschaft zusammensein kannst.« Mann der Wirtschaft!

»Das verstehe ich allerdings auch nicht«, hatte sie festgestellt und war gegangen.

Und jetzt saß sie also mit Lars im Raumschiff und mußte das Mißverständnis aufklären. Der Kellner brachte den Champagner für ihn und Mineralwasser für sie. Sie bereute es, daß sie ihre Unabhängigkeit nicht wenigstens mit einem Cocktail demonstriert hatte.

Der einzige Wandschmuck des Lokals bestand aus verschiedenfarbigen Streulichtern. Aus riesigen Boxen pulsierte der sture Beat der Chill-Out-Musik.

»Ich weiß nicht, ob man mit Champagner und Mineralwasser anstoßen darf«, sagte Lars.

»Ich wußte nicht, daß es auch dafür Vorschriften gibt.«

»Also stoßen wir an?«

»Von mir aus.«

Als sich die Gläser berührten, fragte Lars: »Frieden?«

Marie stellte das Glas ab. »Wir haben keinen Streit, Lars. Wir passen nicht zusammen.«

»Wir ergänzen uns.«

Marie seufzte. »Ich suche nicht die große Ergänzung. Ich suche die große Liebe.«

Lars schwieg.

»Mach nicht so ein Gesicht, es bricht mir das Herz.«

»Dann besteht ja noch Hoffnung.«

Marie nahm Lars' Champagnerglas und hielt es einem vorbeigehenden Kellner entgegen. Dieser nickte.

Schweigend warteten sie, bis er ihr auch ein Glas gebracht hatte. Marie hob es. »Laß uns auf die vergangenen Wochen anstoßen und die Sache wie zwei Erwachsene zu Ende bringen.«

Aber das war zuviel verlangt von Lars. Während der Vorspeise bettelte er, beim Hauptgang machte er ihr Vorwürfe und beim Kaffee hatte er es geschafft, der Sache den Anschein zu geben, als sei er es, der sie loswerden wolle. Das ärgerte sie zwar, aber es hatte den Vorteil, daß sie sich nicht verpflichtet fühlte, die Rechnung zu teilen. Sie hätte nämlich nicht genug dabeigehabt.

Sein Angebot, sie irgendwo abzusetzen, lehnte sie ab. Sie gehe lieber zu Fuß, behauptete sie.

Die Nacht war noch klarer, als es der Tag gewesen war. Aber in den drei Stunden, die sie sich mit Lars herumgequält hatte, war das Thermometer gefallen. Ein eisiger Wind ließ ihre Augen tränen. Immer wieder mußte sie die Hände aus den Manteltaschen nehmen und damit ihre Ohren wärmen.

Ihre Bemerkung über die große Liebe ging ihr nicht aus dem Kopf. Sie hatte sie mehr aus Freude an der Formulierung gesagt. »Ich suche nicht die große Ergänzung, ich suche die große Liebe«, war ein Satz, wie er ihr gefiel. Aber war etwas dran? Suchte sie die große Liebe? Nicht so, wie das alle taten, sondern wirklich? War sie auf der Suche? Waren Lars und die anderen vor ihm Etappen auf dem Weg zum großen Ziel?

Die Straßen des trendy gewordenen Arbeiterviertels waren menschenleer. In vielen Fenstern hingen Lichtgirlanden, und die Schaufenster der türkischen Imbisse, Thai-Take-aways und asiatischen Lebensmittelläden blinkten und glitzerten in allen Farben.

Marie fühlte sich plötzlich einsam. Ein neues Gefühl. Allein hatte sie sich schon oft gefühlt. Das fühlte sich gut an. Es machte sie unabhängig und selbständig. Aber einsam? Einsam war anders. Einsam fühlte sich an, als müßte sie augenblicklich unter Menschen, je mehr desto besser.

Von einer Hauswand weiter vorne warf ein Projektor einen Schriftzug aufs Trottoir. »Esquina«, konnte Marie lesen, als sie näher kam. Aus einem Eingang drang warmes Licht, wie aus einer guten Stube. Und Salsa statt Techno.

4

Es war ein Abend wie die meisten in diesem Dezember. Das Esquina war voller Leute, die ihre Firmenweihnachtsessen ausklingen ließen. Oder die nach den Weihnachtseinkäufen hängengeblieben waren und noch ihre Tragetaschen dabeihatten. Oder die den Rummel zu ignorieren und den Normalzustand vorzutäuschen versuchten. Es herrschte eine Mischung aus Torschlußpanik, Resignation, Vorfreude und Schwermut.

David hatte wie meistens in letzter Zeit den Sektor C. Das hieß, die Sessel und Lounge Tables, die zur großen Bar gehörten. Er mochte diese Zuteilung, denn im C befand sich der Stammplatz einiger Gäste, mit denen er auch privat Kontakt hatte.

Der Kopf der Gruppe war Ralph Grand, Schriftsteller. Jedenfalls war das der Beruf, den er angab, wenn man ihn danach fragte. Seinen Lebensunterhalt bestritt er mit Übersetzungen technischer Texte aus dem Französischen und Englischen ins Deutsche. Diese Tätigkeit erlaubte es ihm, regelmäßig im Esquina zu erscheinen und lange zu bleiben. Wann er neben seinen Übersetzungen und seinem Nachtleben noch Zeit für den großen Roman fand, an dem er seit Jahren arbeitete, wurde, wenigstens in Ralphs Gegenwart, nie erörtert.

Ralph war ein sehr unterhaltsamer Gesellschafter mit einem großen literarischen Wissen, mit dem er manchmal etwas zu sehr auftrumpfte. Eine seiner weniger angenehmen Eigenschaften.

Stets an seiner Seite war Sergio Frei. Sergio war Künstler und besaß ein Atelier in einem Industriegebäude ganz in der Nähe. Wovon er lebte, das war niemandem so ganz klar, denn seine Bilder – riesige, mit groben Pinselstrichen überarbeitete Fotodrucke, die man schon irgendwo gesehen zu haben glaubte – wurden selten in Ausstellungen gezeigt und fast nie verkauft. Am glaubwürdigsten war das Gerücht, daß sein Vater, der bei einem Wildwasserfahrerkurs tödlich verunglückt war, etwas Vermögen besessen hatte.

Silvie Alder trat allein auf. Sie hatte vor kurzer Zeit ihre Ausbildung als Zeichenlehrerin abgeschlossen und sofort eine Stelle an der gleichen Gewerbeschule bekommen. Silvie war sehr klein und zierlich und sah aus wie die junge Edith Piaf, was sie durch gezupfte Augenbrauen und blutroten Lippenstift noch unterstrich.

Auch Roger Bertoli und Rolli Meier traten gemeinsam auf. Roger war Texter in einer Werbeagentur und bewunderte Ralph Grand für seine Belesenheit. Rolli war bis vor kurzem AD, Art Director, in der gleichen Agentur gewesen und hatte jetzt unter dem etwas weit hergeholten Namen *ADhoc* – er stammte von Roger Bertoli – eine Einmannfirma eröffnet. Deren Tätigkeit bestand darin, ihn selbst bei Personalengpässen an Werbeagenturen auszuleihen. Da die Wirtschaftslage für Personalengpässe schlecht war, sah sich Rolli gezwungen, mit technischen Illustrationen, die ihm Ralph Grand vermittelte, ein Zubrot zu verdienen.

Etwas sporadischer stieß Sandra Schär dazu. Sie war als Flight Attendant manchmal tagelang außer Landes. Sie war eine große blonde Frau, *glamorous*, wie man sich früher eine Stewardess vorstellte. In ihrem Gefolge befanden sich immer Kelly Stauffer und Bob Jäger. Kelly, ein hagerer, kahlgeschorener, schwarz gekleideter Architekt und sein Lebenspartner Bob, ein muskulöser, kahlgeschorener, schwarz gekleideter Fernsehkameramann.

An diesem Abend waren sie alle da. Sie saßen in ihrer abgewetzten Sitzgruppe vor den üblichen Getränken – ein Glas Rioja für Ralph, Bier für Sergio und Rolli, Cava für Silvie und Kelly, Mojito für Roger, Gin Tonic für Sandra und ein alkoholfreies Bier für Bob.

David kannte die Bestellungen auswendig und würde sie ungefragt bringen, hätte er damit nicht einmal schlechte Erfahrungen gemacht:

Er hatte Ralph, kaum hatte er sich gesetzt, seinen Rioja gebracht. »Ich habe keinen Rioja bestellt«, hatte der gesagt.

»Entschuldige. Ich dachte, weil du immer einen Rioja bestellst. Was möchtest du denn?«

»Einen Rioja.«

David grinste und stellte das Glas vor ihn hin.

»Nicht diesen Rioja, ich möchte den Rioja, den ich bestellt habe.«

Ohne Sergios Hilfe hätte Ralph darauf bestanden, daß David den Rioja wieder mitnahm und einen neuen brachte. Den ganzen Abend, wenn er in Hörweite der Runde kam, schnappte David Fetzen einer Diskussion auf über das Recht des Menschen auf Unvoraussagbarkeit, wie es Ralph Grand nannte.

Am nächsten Abend ging David in den Bergfrieden, ein Arbeiterrestaurant des Quartiers, das von einem spanischen Wirt geführt wurde. Ralph pflegte dort zu Abend zu essen, bevor er ins Esquina wechselte. David wollte ihn zur Rede stellen. Er wollte ihm sagen, daß er ihn nicht wie einen Kellnerlehrling vor allen Gästen zurechtweisen könne. Schließlich seien sie auch so etwas wie Freunde. Falls ihm etwas an seinem Service nicht behage, könne er ihm das unter vier Augen sagen.

Aber als er sich zu Ralph an den Tisch setzte, war dieser tief in eine Diskussion verwickelt mit einem dünnen Mann, der mit gelben Fingern russische Zigaretten rauchte. Ralph schenkte Davids Erscheinen kaum mehr Beachtung als im Esquina, wenn er ein neues Glas Rioja brachte.

David bestellte eine Tortilla und eine Cola – er trank keinen Alkohol vor der Arbeit – und wartete auf eine Gelegenheit, sich am Gespräch beteiligen zu können.

Das war eine vertraute Situation für David: warten, bis man ihm Beachtung schenkte. Vor allem, bis Ralph ihm Beachtung schenkte. Denn wenn dieser es tat, taten es die andern sieben auch.

Nicht, daß David Kontaktschwierigkeiten gehabt hätte. Es gab viele Leute, die ihn mochten und mit denen er ein ganz normales entspanntes Verhältnis pflegte. Weshalb er sich in den Kopf gesetzt hatte, ausgerechnet in die Gruppe um Ralph aufgenommen zu werden, war ihm selbst nicht ganz klar. Er redete sich ein, daß es damit zusammenhing, daß es interessante Leute waren, die interessante Dinge taten und sich über interessante Themen unterhielten. Vielleicht lag es aber auch nur daran, daß sie ihn als Kellner behandelten.

David war kein Kellner, das war nur sein momentaner Job. Er hatte ein paar Jahre das Gymnasium besucht, er hatte eine Weile als Supporter in einem Computershop gearbeitet, er verstand viel von Obst und Gemüse, denn er hatte ein Jahr auf einem französischen Biobauernhof gelebt.

David wollte nicht als der sympathische Kellner behandelt werden, den man auch auf der Straße erkannte und mit dem man auch einmal privat etwas trinken konnte. Er wollte als der gute Bekannte, vielleicht auch als der Freund gelten, der zufällig im Esquina die Getränke brachte und kassierte, weil er momentan zufällig als Kellner jobbte.

Um diesen Status zu erreichen, ging David auch an freien Abenden manchmal ins Esquina und setzte sich zu Ralph und den andern und versuchte, sich am Gespräch zu beteiligen.

Das war nicht einfach, denn die Clique kannte sich schon so lange, daß sich gewisse Codes eingebürgert hatten. Verkürzungen, Redewendungen, Betonungen und Gesten, die für Außenstehende schwer zu verstehen waren. So beschränkte sich David meistens aufs Zuhören und darauf, ein Stichwort abzuwarten, bei dem er mithalten konnte.

Updike wäre zum Beispiel so eines gewesen. David hatte in den Anfängen seiner Tätigkeit im Esquina von Ralph die Bemerkung aufgeschnappt: »Nicht zu glauben, daß ich meine Abende mit jemandem verbringe, der noch nie Updike gelesen hat.« Gemeint war Roger Bertoli, der Texter, der sich verlegen grinsend hinter seinem Mojito versteckte.

David hatte darauf, nicht ohne Mühe, Updikes sämtliche Rabbit-Romane gelesen und wartete seither vergeblich darauf, daß das Thema Updike wieder angeschnitten wurde.

Er war wohl der einzige der Runde, der das Versäumnis nachgeholt hatte. Die andern mieden das Thema fortan gewissenhaft.

An jenem Abend im Bergfrieden mußte David zur Arbeit, bevor er Ralph zur Rede stellen konnte.

Ob er die Sache tatsächlich zur Sprache gebracht hätte, wenn sich eine Gelegenheit dazu ergeben hätte, stand auf einem andern Blatt.

Kurz vor Mitternacht betrat eine Frau das Esquina, die er wiedersehen wollte.

David war gerade mit einer Bestellung gemischter Tapas unterwegs zu einem der Sofas beim Eingang, als sie aus dem kurzen Korridor trat, der vom Eingang ins Lokal führte. Sie knöpfte den Mantel auf und sah sich dabei im Lokal um.

Sie stand etwa zwei Meter vor ihm. Das erste, was ihm auffiel, war ihr Nackenhaar. Ein Spot, der eine Wandnische voller Nippes aus den sechziger Jahren anleuchten sollte, streifte ihren Hals und ließ den Flaum, der von ihrem Nacken bis zum Ansatz der kurzgeschnittenen Haare wuchs, golden aufleuchten.

Sie wandte den Kopf. Ihr Gesicht war schmal und blasser als das der meisten Gäste, die um diese Zeit von der kalten Straße ins Esquina traten. Ihre Augen waren blau oder grau oder grün, schwer zu sagen bei dieser Beleuchtung. Ihr kleiner Mund war leicht geöffnet, als ob er gleich etwas fragen wollte. Und zwischen den Augenbrauen im gleichen dichten Weizenblond wie ihr Haar hatte sich eine winzige senkrechte Falte gebildet. Wohl aus Ärger darüber, daß das Lokal nicht aussah, als fände sich darin noch ein Platz für sie.

Sie begann schon, den Mantel wieder zuzuknöpfen, als David sie ansprach. »Suchst du einen Platz?«

»Hast du denn noch einen?«

»Wenn es dir nichts ausmacht, dich zu jemandem dazuzusetzen.«

»Kommt auf die Leute an.«

»Die sind okay.«

David führte sie zur Sitzgruppe von Ralph und den andern. Dort gab es meistens einen Sessel, der als Mantelablage und Reservesitz diente. Der Sessel war zwar tabu, aber David wußte keinen anderen Weg, sie am Gehen zu hindern und gleichzeitig in seinem Einflußbereich zu behalten.

Er fing denn auch einige ungläubige Blicke auf, als er mit den Worten »hier kommt wohl niemand mehr« die Mäntel vom Stuhl nahm und über eine Sofalehne legte. Aber niemand protestierte, dazu war der neue Gast zu hübsch.

An diesem Abend vernachlässigte David vielleicht ein paar Gäste. Dafür leerte er bei der Gruppe um Ralph die Aschenbecher öfter als nötig. Und nie fragte er, wenn dort jemand etwas bestellte, ob sonst noch jemand einen Wunsch habe. Lieber kam er eigens für jede Bestellung zurück.

Sie hieß Marie, das hatte er schon aufgeschnappt, als er ihr das erste Glas Cava brachte. Nicht Maria, nicht Mary –

Marie, Betonung auf der zweiten Silbe. Ein schöner Name, fand David. Einfach und schön. Wie alles an ihr.

David war unsicher in Gegenwart von Frauen, die ihm gefielen. Er sah sich dann mit ihren Augen. Seine Hände und Füße wurden zu groß, wie bei einem jungen Hund. Seine Ohren begannen abzustehen, und der Haaransatz zog sich zurück. Er spürte seinen Schnurrbart, seine Koteletten, seine Fliege, sein Kinnbärtchen, seinen Fünftagebart, also die gerade aktuelle seiner häufig wechselnden Barttrachten. Und beim Sprechen hatte er das Gefühl, seine Lippen würden dick.

Bei Frauen, die ihm nicht gefielen, passierte ihm das nicht. Deswegen bestand sein Liebesleben aus einer langen Reihe von kürzeren Affären mit Frauen, die ihm nicht gefielen. Und ein paar wenigen unerfüllten Liebesgeschichten mit solchen, die er anbetete.

Marie sah aus, als könnte sie zu einer dritten Kategorie gehören. Einer, der er noch nie begegnet war.

Sie schien sich wohl zu fühlen in der Gesellschaft, in die er sie eingeführt hatte. Sie saß entspannt zwischen Silvie und Bob und lachte mit den andern über Ralph Grand, der sich, wie immer vor neuem Publikum, groß in Szene setzte.

Zwei-, dreimal ließ sich David auf der Sofalehne nieder und versuchte, sich am Gespräch zu beteiligen. Aber jedesmal mußte er sich damit begnügen, herzlich über eine Pointe zu lachen, deren Vorgeschichte er nicht mitbekommen hatte.

Kurz vor ein Uhr winkte ihn Ralph heran. »Zahlen.«

Ein Uhr war früh für Ralphs Verhältnisse. Meistens blieb

er bis drei, wenn das Esquina schloß. »Seid ihr nachher noch im Volume?« erkundigte sich David. Das Volume war ein Club in der Nähe, wo sie sich noch trafen, wenn ihnen der Abend zu kurz erschienen war.

Ralph schaute Marie an, als ob die Entscheidung von ihr abhinge. »Im Volume war ich schon lange nicht mehr«, antwortete sie.

David kassierte, wie immer bei jedem einzeln. Als er mit Marie abgerechnet hatte, sagte sie: »Gute Nacht und danke für den schönen Platz.« Sie ließ acht Franken im Wechselgeldtellerchen liegen.

David strich das Trinkgeld verlegen ein. »Vielleicht sehen wir uns später noch im Volume.«

»Vielleicht.«

Während er den Tisch abräumte, sah er Marie mit den andern im Korridor verschwinden.

Zwischen Bar und Lounge Chairs, mit vollem Tablett im Getümmel der immer ungeduldiger werdenden Gäste, immer ein paar Bestellungen im Rückstand, gingen im Esquina zwei Stunden normalerweise schnell vorbei. Aber heute zogen sich die Minuten in die Länge. Sie ging David nicht aus dem Kopf. Marie, die jetzt mit den andern im Volume war und bestimmt mit Ralph tanzte. Er hatte gesehen, wie er ihr in den Mantel half. Ironisch zwar, als Parodie auf einen Mann, der einer Frau im einundzwanzigsten Jahrhundert in den Mantel hilft, aber dennoch in den Mantel half. Und wie sie es sich gefallen ließ mit der Selbstverständlichkeit einer Frau, die es gewohnt ist, daß man ihr in den Mantel hilft.

So würde er jetzt auch mit ihr tanzen. Ironisch. Jede Bewegung eine Anspielung. Auf ein Love Mobil, eine Chorus Line, einen Turniertänzer, einen Rockgitarristen, einen Tangokönig. Einen zudringlichen Tangokönig, David hatte Ralph schon öfter bei dieser Nummer beobachtet. Ihn sich mit Marie dabei vorzustellen störte ihn besonders.

»Was ist los, David?« Tobias, der Besitzer des Esquina, ein an sich gutmütiger Chef, klang etwas gereizt.

David wußte genau, was er meinte. Er hatte seinen Sektor nicht mehr im Griff. Überall unabgeräumte Tische; Gäste, die sich an die Bar drängten, um sich ihre Drinks selbst zu holen; andere, die gereizt nach der Rechnung riefen.

Davids Antwort kam spontan: »Tut mir leid, mir ist schon den ganzen Abend nicht gut.«

»Scheiße, jetzt, wo schon Sandra ausgefallen ist.«

»Deshalb bin ich bis jetzt geblieben.«

»Heißt das, du gehst jetzt?«

»Ich glaube nicht, daß ich bis drei durchhalte.«

»Dann hau schon ab, und schau, daß du morgen wieder fit bist.«

»Und wer macht das hier?«

»Wer wohl?« Tobias nahm ihm das Tablett ab. »Welcher Tisch?«

»Zwölf«, antwortete David im Weggehen.

Vor dem Volume hatte sich eine Menschentraube gebildet. Die Türsteher ließen nur noch *members* und *beautiful people* herein. David war keines von beiden, aber er kannte einen der Türsteher.

Er tauchte in den Kosmos aus farbigem Zigarettenrauch,

diffusen Gesichtern, aufgeregten Stimmen und körperlich spürbaren Bässen und begann, Marie zu suchen. Ein paarmal glaubte er, sie im vorbeiziehenden Lichtkegel eines Spots entdeckt zu haben. Aber jedesmal, wenn er sich an die Stelle vorgearbeitet hatte, wo ihr Gesicht, ihre Schulter, ihr Haar einen Augenblick aufgeleuchtet war, fand er dort keine, die ihr auch nur entfernt ähnlich sah.

Er wollte die Suche schon aufgeben, da entdeckte er Rolli, der vergeblich versuchte, die Aufmerksamkeit eines Barmanns auf sich zu lenken. Wo Rolli war, konnten auch die andern nicht weit sein.

Als Rolli ihn sah, sagte er: »Schon so spät?«

»Ich bin früher gegangen. Wo sind die andern?«

»Soeben gegangen.«

»Wohin?«

»Heim.«

»Schon?«

»Die, die bei uns saß…«

»Marie.«

»Ja, Marie wollte gehen. Und da wollte Ralph natürlich auch gehen.«

»Natürlich.«

»Und dann wollten plötzlich alle gehen.«

Der Barmann hatte beschlossen, Rolli nicht mehr zu übersehen, und schrie: »Was?«

»Ein Bier.«

»Und du?« Die Frage war an David gerichtet.

»Nichts.«

Der Barmann wandte sich ab.

»Komm, trink doch noch was«, bettelte Rolli.

Aber David hatte keine Lust. Wenn Rolli angetrunken war, wurde er deprimiert. Und deprimiert war David selbst.

Die Straßen waren verlassen. Gelegentlich fuhr ein Auto vorbei. Manchmal konnte David die Gesichter der Insassen sehen, manchmal nur die Glut ihrer Zigaretten.

Aus einem hell erleuchteten Club drang laute Musik. Ein paar Gäste standen auf dem Trottoir und rauchten die Sachen, die man sie im Innern nicht rauchen ließ.

David ging weiter. Die Musik wurde leiser und leiser, bis seine Schritte sie übertönten. Einmal blickte David zurück und sah von weitem die Lichter des Clubs. Wie ein kleines Dorf an einer öden Landstraße.

Über ihm in der Finsternis ahnte er die Nebeldecke, die morgen den Tag verhängen würde. Er versuchte, sich nicht auszumalen, wo Marie war. Er fühlte sich elend.

In seiner Wohnung war es kühl, wie immer um diese Zeit. Die Zentralheizung war so programmiert, daß sie ab zehn Uhr auf das Minimum gedrosselt wurde und erst ab sechs Uhr wieder die volle Leistung brachte. Für Davids Wohnung im obersten Stock bedeutete das, daß die Heizkörper kalt waren, wenn er von der Arbeit nach Hause kam.

Er fand ein Bier im Kühlschrank, setzte sich damit auf den Bettrand und zappte durch die Fernsehprogramme. Ein Potpourri aus Adventsfilmen, Nonstop-Werbesendungen und Softporno, das ihn nicht zu fesseln vermochte.

Er schaltete den Fernseher aus und musterte ohne Begeisterung das Nachttischchen, das er vor ein paar Stunden aus nicht mehr nachvollziehbaren Gründen gekauft hatte.

Die gelbe Marmorplatte hatte einen Sprung, der ihm beim Kauf nicht aufgefallen war. Die Schublade saß schief in ihrer Öffnung. An einer Stelle ihrer Vorderseite waren Spuren eines Werkzeugs zu sehen, mit dem jemand versucht hatte, die Verkantung zu lösen.

David ging in die Küche und kam mit einem Schraubenzieher zurück. Damit versuchte er sein Glück.

Schon nach wenigen Versuchen begann sich die Schublade zu bewegen. David setzte etwas mehr Kraft ein. Mit einem quietschenden Geräusch lösten sich die Nägel, mit denen das vordere Brett der Schublade an die Seitenbretter genagelt war. Das hatte er nicht gewollt. Er legte den Schraubenzieher beiseite und beschloß, es morgen mit etwas Seife zu versuchen, wie ihm der Verkäufer geraten hatte.

Aber als er aufstand, um in die Küche zu gehen, sah er durch die Lücke, die bei seinem dilettantischen Versuch entstanden war, daß etwas in der Schublade lag. Er griff wieder zum Schraubenzieher und löste das Brett vollends von den Seitenbrettern.

In der Schublade lag ein Stoß vergilbter Seiten.

SOPHIE, SOPHIE stand in Großbuchstaben auf dem Titelblatt. Und darunter: *Von Alfred Duster.*

David hob das Blatt ab. Der erste Satz der engbeschriebenen Seiten lautete:

Das ist die Geschichte von Peter und Sophie. Lieber Gott, laß sie nicht traurig enden.

David begann zu lesen.

5

Marie hatte schon vom Esquina gehört. Es galt als etwas neoalternativ. Aber nach dem Minimaldesign des Raumschiffs war das Esquina eine Wohltat. Vielleicht war auf den zweiten Blick sein Trödlerlook etwas forciert und seine Abgewetztheit etwas künstlich, aber der große Raum strahlte eine Behaglichkeit aus, die sich auf die Gäste übertrug.

Leider war er hoffnungslos überfüllt. Alle Sessel und Sofas waren belegt, alle Tische besetzt, die Bars waren umlagert, und an den Stehtischen stand man in zwei Reihen.

Marie hatte keine Lust, sich irgendwo anzustellen und zu versuchen, sich nach und nach zehn Zentimeter Tischkante zu erobern. Sie wollte schon wieder gehen, als sie einer fragte, ob sie einen Platz suche. An seiner Kleidung war er nicht als Kellner zu erkennen, aber er trug ein Tablett mit leeren Gläsern und vollen Aschenbechern.

Er verschaffte ihr einen Platz in einer Runde, die ihr auf Anhieb gefiel. Sechs Männer, zwei Frauen, alle nicht viel älter als sie und offenbar Stammgäste im Esquina. Einer, den sie Ralph nannten, stellte sie vor:

»Das ist Silvie. Sie bringt jungen Menschen bei, alte Schuhe abzuzeichnen. Sandra sorgt dafür, daß die Passagiere niemals die Schwimmwesten vor dem Verlassen des

Flugzeugs aufblasen. Roger schreibt diese Sachen auf den Inseraten, die kein Schwein liest. Rolli sorgt dafür, daß sie auch für die, die sie lesen möchten, unleserlich bleiben. Kelly verliert Architekturwettbewerbe. Bob ist der Mann, der schuld daran ist, daß im Fernsehen alle so tiefe Falten im Gesicht haben. Und Sergio hier macht Kunst und erträgt keine Witze darüber. Und du?«

Marie versuchte, sich dem Ton anzupassen. »Ich bin die, die alle diese Christbaumkugeln in die Schaufenster hängt, und daneben versuche ich, die Matura nachzuholen. Und du?«

»Ich sorge für das literarische Niveau von Gebrauchsanweisungen und Beipackzetteln.«

Das war genau, was Marie gebraucht hatte, um dieses ungewohnte Gefühl von Einsamkeit zu vertreiben: ein bißchen blödeln mit ein paar Leuten, die sich mochten und noch nicht nach Hause wollten.

Sie hatte sofort einen Draht zu den beiden Frauen. Silvie, die Zeichenlehrerin, bei der sie nie wußte, ob sie es ernst meinte, weil ihre tiefe Stimme in einem solch komischen Gegensatz zu ihrer zarten Erscheinung stand. Und Sandra, die Flight Attendant, die nahtlos von der Diva zum Kumpel und wieder zurück wechseln konnte. Sie schien eng befreundet mit Bob, dem muskulösen, wortkargen Fernsehkameramann, und seinem Freund Kelly, dem Architekten, dem mit jedem Glas Champagner die Handgelenke und Augendeckel etwas mehr außer Kontrolle gerieten.

Roger, der Texter, war der Wortspielpartner für Ralph. Und Rolli, der Grafiker, sein Coach.

Sergio, der Künstler, spielte den Coach für Ralph, obwohl der keinen nötig hatte. Er war der schlagfertigste und witzigste von allen, der unbestrittene Champion der Runde.

Ziemlich bald wurde auch klar, daß er nicht die ganze Wahrheit gesagt hatte, als er sich als Übersetzer von technischen Texten bezeichnete. Er war vor allem Schriftsteller und nebenbei auch ein Kenner von Raymond Carver, Richard Ford und John Updike – alles Autoren, die auch auf Maries Wellenlänge lagen.

Auch die Atmosphäre des Esquina gefiel ihr immer besser. Sie fühlte sich wie im Wohnzimmer guter Freunde. Die Musik folgte keiner Doktrin, sondern sie hatte das Gefühl, einfach die CDs zu hören, die dem Gastgeber momentan gefielen. Die Bedienung war aufmerksam und doch familiär, der Kellner setzte sich sogar ab und zu für einen Moment zu ihnen.

Was für ein Unterschied zu den In-Lokalen, in die sie Lars geführt hatte, um sie mit seinen seltsamen Freunden und den Feinheiten des Global Marketing bekannt zu machen.

So wohl fühlte sie sich im Kreise ihrer neuen Zufallsbekannten, daß sie keinen Moment zögerte, als man beschloß, den Abend im Volume abzuschließen.

Im Volume war sie schon oft gewesen. Hier vermischten sich die Szenen. Hier ging man noch hin nach dem teuren Japaner, dem Kino, dem gestylten Szenerestaurant oder dem Fondueplausch. Vorausgesetzt, man kam rein, was bei der Gesellschaft, mit der sie ankam, kein Problem war. Sie schienen auch im Volume ein und aus zu gehen. Seltsam, dachte sie, daß sie ihnen hier nicht schon einmal begegnet war.

Sie waren früh dran und fanden Sitzplätze in der Lounge. Ralph forderte sie wie ein Tanzschüler mit einer steifen Verbeugung zum Tanzen auf. Daß sie darüber so unbändig lachen mußte, weckte in ihr zum ersten Mal den Verdacht, sie könnte zuviel getrunken haben. Als sie sich auf der Tanzfläche zur Musik bewegen wollte, fand sie diesen Verdacht bestätigt. Schon nach ein paar Takten gab sie auf und ging zum Platz zurück. Ralph folgte ihr.

»Tanzen ist sowieso überholt«, bemerkte er. »Früher war es noch ein Vorwand, um fremde Frauen zu umarmen, aber heute braucht es dazu keinen Vorwand mehr.« Er drückte sie fest an sich, und sie fand auch das wieder wahnsinnig komisch.

Als sie zu lachen aufgehört hatte, behielt er den Arm um sie. Sie hatte nichts dagegen und wäre vielleicht noch eine ganze Weile so sitzen geblieben, wenn sie nicht, keine fünf Meter von ihr, Lars entdeckt hätte. Er stand da, die Linke in der Hosentasche, in der Rechten ein Glas, und versuchte, sich nicht anmerken zu lassen, daß er besoffen war. Bei Leuten, die ihn nicht kannten, mochte das funktionieren. Aber Marie wußte, daß ihm das linke Auge zufiel, wenn er zuviel getrunken hatte. Es war ein untrügliches Anzeichen. Er zog dann die linke Augenbraue hoch, um das Lid oben zu halten. Aber es nützte nichts, es sah noch seltsamer aus, dieses schwere Augenlid unter dieser hellwachen Augenbraue.

Was Marie jetzt am allerwenigsten vertragen würde, war eine Szene mit dem angetrunkenen Lars in Gegenwart eines Mannes, der seinen Arm um sie gelegt hatte und den sie gerne wiedersehen würde.

Sie befreite sich behutsam von Ralphs Arm. »Ich glaube, ich sollte gehen.«

»Gute Idee«, sagte er und stand auf.

Es war nicht schwer, ungesehen an Lars vorbeizukommen, er war mit seinem linken Auge beschäftigt.

»Wo wohnst du?« fragte Ralph, als sie vor dem Eingang standen.

»Taxidistanz.«

»Ich wohne gleich hier um die Ecke.« Er schaute sie an, weder fragend noch anzüglich, einfach abwartend.

Wenn in diesem Augenblick nicht zufällig ein Taxi angehalten hätte, wäre sie vielleicht schon wieder ihren Prinzipien untreu geworden. Aber so verabschiedete sie sich mit drei nicht nur angedeuteten Wangenküssen und der Zusage, gelegentlich wieder einmal im Esquina aufzutauchen.

Als sie ganz leise die Wohnungstür aufschloß, brannten im Wohn-Eßzimmer alle vier Kerzen des Adventskranzes, der Fernseher lief und ihre Mutter saß tränenüberströmt vor *Der kleine Lord*.

6

David lag angekleidet auf dem Bett und schlief. Neben ihm, auf einem unordentlichen Haufen, die Manuskriptblätter, die er schon gelesen hatte. Die andern befanden sich sauber gestapelt auf dem lädierten Nachttisch.

Die Vorhänge waren offen. Das gelbe Licht der Deckenlampe mischte sich mit dem Dämmerlicht des nebligen Vormittags. Von der Wohnungstür drangen Küchengerüche herein. Frau Haag briet ihr Ragout an.

Die Stille im Raum wurde durch das gedämpfte Piepsen eines Handys gestört. Es dauerte eine ganze Weile, bis David die Augen aufschlug. Er richtete sich auf und schaute sich im Zimmer um. Das Piepsen kam aus der Küche. Er stand auf und schlurfte zur Küchentür. Als er sie erreichte, hatte das Piepsen aufgehört. Er nahm das Handy aus der Jacke, die auf dem Küchentisch lag. Gleich würde ein Signal ankündigen, daß eine Nachricht eingegangen sei. Er ging ins Zimmer zurück, zog Schuhe, Socken, Hosen und Hemd aus und kroch unter die Bettdecke.

Sein Hals schmerzte, und sein Kopf tat weh. Jetzt war es warm in der Wohnung, aber er mußte ein paar Stunden ohne Decke im ungeheizten Zimmer geschlafen haben.

Seiner Seele ging es auch nicht besonders. Er fühlte sich wie nach einem aufwühlenden Traum, aus dem er zu früh erwacht war und dessen Welt ihn noch nicht losgelassen hatte.

Aber es war nicht die Welt eines Traumes. Es war die Welt von Peter Landwei, dem Helden der Geschichte, die er gelesen hatte, bis ihm die Augen zufielen.

Peter war gerade zwanzig geworden, als er Sophie auf der Eisbahn begegnete. Er war dort, wie schon oft, nach dem Eishockeytraining noch geblieben und hatte von der Bande aus den Mädchen zugeschaut, die Hand in Hand zu Doris Day, Perry Como und Billy Vaughn ihre Runden drehten. Zuerst fiel ihm Sophie auf, weil sie offenbar zum ersten Mal auf Schlittschuhen stand. Breitbeinig und mit durchgedrückten Knien ließ sie sich von zwei Freundinnen über die Eisfläche schieben und ziehen und landete alle paar Meter auf dem Hintern. Erst als sie direkt vor ihm auf dem Eis saß und nicht aufstehen konnte vor Lachen, fiel ihm auch auf, wie hübsch sie war. Er schwang sich über die Bande und half ihr auf die Beine.

Das war der Anfang einer Liebe voller Hindernisse. Sophie war erst sechzehn und hatte strenge Eltern. Und man schrieb das Jahr 1954. Sie trafen sich heimlich zu Spaziergängen, Zoobesuchen und Kaffee und Kuchen in Tea Rooms, wo sie niemand kannte. Nie konnten sie ungestört zusammensein. Peter wohnte zwar allein in einem Mansardenzimmer, aber das Risiko, sich dort zu treffen, war viel zu groß.

Eines Abends, als Peter von der Arbeit – er arbeitete in einem Radiogeschäft als Techniker – nach Hause kam, empfing ihn Sophies Vater vor dem Hauseingang. Er drohte ihm mit einer Anzeige. Und nötigte ihn zum Versprechen, sich nie mehr mit seiner Tochter zu treffen.

Zwei Tage später erwartete ihn Sophie vor seiner Mansardentür. Sie blieb zwei Stunden, und *sie taten es zum ersten Mal*, schrieb Duster.

Eine Woche später war Sophie aus Peters Leben verschwunden. Erst nach weiteren drei Wochen erreichte ihn ein Brief aus Lausanne, wo Sophie jetzt in einem Internat steckte. Noch am gleichen Tag schwang sich Peter auf sein Motorrad und unternahm die weite Fahrt nach Lausanne. An dieser Stelle war David eingeschlafen.

David war kein Freund von Liebesgeschichten. Er erinnerte sich, wie ihn im Gymnasium Gottfried Kellers *Romeo und Julia auf dem Dorfe* gelangweilt hatte. Er konnte die Hindernisse, die dieser Liebe im Wege standen, nicht verstehen. Er konnte diese Welt voller Tabus, Abhängigkeiten und Unüberbrückbarkeiten nicht nachvollziehen.

Aber mit dieser Geschichte war es anders. Vielleicht lag es daran, daß er sie in der Schublade des alten Nachttischs gefunden hatte, und an der Authentizität, die sie dadurch gewann. Und vielleicht hatte es auch mit den Gefühlen zu tun, die seine kurze, glücklose Begegnung mit Marie in ihm hinterlassen hatte. Jedenfalls hatte ihn die Geschichte von Peter und Sophie berührt, und er hoffte, daß das Stoßgebet des Autors, sie möge nicht traurig enden, erhört würde.

Das Handy kündigte an, daß eine Nachricht auf seiner Combox eingegangen sei. Es war Tobias: »Hallo David, ich weiß, du pennst noch, aber ich muß disponieren und wissen, ob du heute abend wieder auf den Beinen bist. Ruf mich gleich zurück.«

David fühlte sich nicht so, als könnte er heute bis drei Uhr in einem verrauchten lauten Club arbeiten. Aber die

Vorstellung, im Bett zu liegen, während Marie wieder ins Esquina kam, war noch schlimmer. Selbst wenn sie nicht kam, würde er sich um die Möglichkeit bringen, herauszufinden, was gestern noch geschehen war.

Er rief also Tobias an und meldete sich gesund.

»Du klingst aber nicht so.«

»Nur ein bißchen heiser, wie wir alle in diesem Land zu dieser Jahreszeit«, beruhigte ihn David.

Er ging auf die kalte Toilette im Hausgang, duschte und machte Toast und Tee. Danach legte er sich in frischer Unterwäsche und Bademantel wieder ins Bett, klopfte den Stapel gelesener Seiten zurecht und nahm die ungelesenen vom Nachttisch.

1954 dauerte die Fahrt nach Lausanne mit dem Motorrad fast sechs Stunden. Bis Peter das Pensionat etwas außerhalb der Stadt gefunden hatte, verging eine weitere Stunde. Es lag an der Straße hinter einer hohen, verwitterten Mauer. Peter setzte sich in der Dorfkneipe an einen Fenstertisch mit Sicht auf den Eingang des Instituts, bestellte einen Apfelsaft und wartete. Nach zwei Stunden kam die Wirtin, die mit jungen Männern an diesem Tisch Erfahrung hatte, und sagte, er brauche nicht länger zu warten, die Mädchen kämen heute bestimmt nicht heraus. Peters Französisch ließ sehr zu wünschen übrig, deshalb dauerte es seine Zeit, bis er verstand. Wann sie denn herauskämen, gelang es ihm zu fragen. Am Donnerstag, antwortete die Wirtin, falls überhaupt.

Am nächsten Donnerstag saß er wieder am gleichen Tisch. Und tatsächlich: Kurz nach Mittag öffnete sich das Tor, und eine Zweierkolonne uniformierter Mädchen kam heraus und marschierte, unter Aufsicht zweier ernster Mitt-vierzigerinnen, auf die Dorfkneipe zu.

Peter sprang auf und ging vor die Tür. Die Kolonne zog an ihm vorbei. Jetzt sah er sie, unverkennbar, trotz der Uniform. Sie hatte ihn auch gesehen und flehte ihn mit Blicken an, sich nicht zu erkennen zu geben.

Kurz danach erhielt er einen Brief, in welchem sie ihn bat, nicht mehr aufzutauchen, weil er sie damit in große Schwierigkeiten bringen würde. Aber sie gab ihm die Adresse der Wirtin des Lokals, an die er seine Briefe schicken könne.

Der Bericht über die zwei folgenden Jahre bestand aus Schilderungen von Peters Leiden und Auszügen aus ihren Liebesbriefen. Er las sich wie die Beweisaufnahme für das große Verbrechen, das Sophie danach beging: Peter nicht mehr zu lieben.

Sie war zurückgekommen, hatte gemerkt, daß er ihr fremd geworden war, und ihm verwundert gestanden: »Du bist nicht mehr der Mann, dem ich diese Briefe geschrieben habe.«

Peter verfolgte Sophie mit seiner Liebe, bettelte und drohte, bis sie sich nicht mehr anders zu helfen wußte, als vor seinen Augen mit einem andern Mann zu schmusen. Auf der Eisbahn, auf der sie sich kennengelernt hatten.

Das Stoßgebet, mit dem die Geschichte begann, wurde nicht erhört. Sie endete damit, daß Peter Landwei mit seinem Motorrad in eine Felswand raste.

Beim Lesen des letzten Satzes lief es David kalt den Rücken herunter. Er lautete: *Und dieser Peter Landwei – das war ich.*

David hatte eigentlich vorgehabt, im Bergfrieden zu Abend zu essen, in der Hoffnung, Ralph zu treffen und etwas über den Verlauf des Abends herauszufinden. Aber die Geschichte von Peter und Sophie hatte ihn in eine so mutlose Stimmung versetzt, daß er es vorzog, so lange wie möglich zu Hause herumzuhängen und sich auf dem Weg ins Esquina eine Falafel zu kaufen.

Es wurde ein harter Abend. Das Esquina war noch voller als sonst, und die Gäste benahmen sich, als stünde nicht Weihnachten, sondern der Weltuntergang vor der Tür.

Davids Erkältungssymptome verschlimmerten sich stündlich. Die Nase lief, er konnte kaum schlucken, und der Zigarrenrauch – das Esquina verfügte über einen gut bestückten Humidor, und Zigarren waren längst nicht mehr nur in Banker- und Werbekreisen salonfähig – löste einen schmerzhaften, trockenen Husten aus.

Und Marie, der Grund, weshalb er sich das alles zumutete, tauchte nicht auf.

Die gute Nachricht war, daß Ralph sich zu seiner gewohnten Zeit auf seinen gewohnten Platz setzte und die Unterhaltung bestritt. Wenn sie sich gestern nähergekommen wären, wäre sie vielleicht hier oder er nicht, war Davids Theorie.

Rolli hatte wohl noch lange weitergemacht, denn er fehlte in der Runde. Das hatte den Vorteil, daß David, als er die erste Bestellung aufnahm, ganz nebenbei fragen konnte: »Noch lange gemacht im Volume?«

Ralph ignorierte die Frage, aber Sergio beantwortete sie. »Keine Stunde, es war ziemlich öd.«

»Wo seid ihr dann hin?« erkundigte sich David, noch beiläufiger.

»Ich ins Bett. Wohin Ralph und – wie hieß sie? – gegangen sind, mußt du ihn fragen.«

David hütete sich, die Frage zu stellen. Aber Ralph beantwortete sie mit einem bedeutungsvollen Schweigen.

Diese Gewißheit – oder war es vielleicht doch nur ein begründeter Verdacht? – machte es David noch schwerer, den Abend durchzustehen. Als die letzten Gäste gegangen und die Tische abgeräumt waren, sah er so krank aus, daß ihm Tobias, der die Kasse machte, zurief: »Ich weiß deinen Einsatz ja zu schätzen, aber du tauchst mir hier erst wieder auf, wenn du gesund bist!«

David nahm für die kurze Strecke zu seiner Wohnung ein Taxi, so elend fühlte er sich. Zu Hause schrieb er Frau Haag einen Zettel mit der Bitte, sie solle ihm morgen bei ihrem Einkauf bitte Papiertaschentücher, einen Halsspray und ein starkes Grippemittel mitbringen. Er heftete eine Fünfzigernote an den Zettel und schob ihn unter Frau Haags Wohnungstür durch. Er hatte zwar noch Medikamente im Haus, denn in dieser Wohnung erkältete man sich leicht. Aber er schrieb den Zettel mit dem Hintergedanken, daß ihm Frau Haag etwas zu essen bringen und ihn auch sonst ein wenig bemuttern würde.

Frau Haag hätte nämlich gerne Enkel gehabt, hatte sie ihm einmal gestanden. Sie sei manchmal traurig, daß ihr Sohn ledig geblieben war, obwohl sie froh sei, daß sie ihn dadurch so oft bei sich habe.

Ihre Fürsorge und ihre Schwatzhaftigkeit gingen David manchmal auf die Nerven, aber in Situationen wie dieser war er ganz froh um beides. Sie war eine gute altmodische Köchin und ihr Geschwätz ein tröstliches Nebengeräusch, wenn er sich einsam fühlte. Es diente nicht dem Dialog, es kam einfach aus ihr heraus wie verbrauchte Luft, sie erwartete keine Antwort. Manchmal hörte er sie vom Treppenhaus aus allein in ihrer Wohnung reden.

David hatte sonst niemanden, der sich um ihn kümmerte, wenn er krank war. Seine Mutter lebte in zweiter Ehe in Genf, sein Vater in dritter Ehe in Bern. Geschwister hatte er keine und auch sonst keine Verwandten, mit denen er Kontakt hatte.

Er trank einen Lindenblütentee, nahm zwei Aspirin und legte sich ins Bett. Als er das Licht löschte, fiel sein Blick auf das Manuskript auf dem Nachttisch. Er schloß die Augen und wartete, bis das Aspirin wirkte.

Ein unbehagliches Gefühl zwang ihn, noch einmal Licht zu machen, aufzustehen und das Manuskript vom Nachttisch in die Küche zu tragen.

7

Am liebsten wäre Marie gleich am nächsten Tag wieder ins Esquina gegangen. Aber Ralph hätte das vielleicht falsch ausgelegt. Sie fand ihn zwar sympathisch und amüsant, aber nicht unwiderstehlich. Sie hatte auch keine Lust auf eine neue Liaison, so kurz nach dem Ende der letzten.

Weshalb sie dennoch schon am nächsten Abend beinahe wieder hingegangen wäre, lag an ihrer Mutter Myrtha.

Marie saß seit dem späten Nachmittag an ihrem kleinen Schreibtisch in ihrem Zimmer und kämpfte sich durch Theodor Fontanes *Der Stechlin*, über den sie eine Arbeit schreiben mußte.

Als sie kurz nach vier von der Schule heimgekommen war, war Myrtha noch in ihrem Zimmer gewesen. Sie hatte sich, wie oft um diese Jahreszeit, krank gemeldet und im abgedunkelten Zimmer ihre Dezemberdepression gepflegt. Marie hatte kurz hineingeschaut, und Myrtha empfing sie mit dem Satz: »Als Marilyn Monroe so alt war wie ich, war sie schon zehn Jahre tot.«

»Möchtest du einen Tee oder etwas?«

»Gin Tonic wäre jetzt das Richtige.«

»Das Falscheste.«

»Dann einen Wodka Tonic.«

»Ich meinte: Möchtest du einen Tee oder sonst etwas Vernünftiges?«

»Okay, laß das Tonic weg.«

Marie schloß die Tür und hörte ihre Mutter lachen.

Als sie gegen halb sieben in die Küche ging, um sich etwas zu essen zu machen, kam ihre Mutter eben aus dem Bad. Sie trug ein schwarzes Cocktailkleid und ihr aufwendigstes Make-up.

»Gehst du aus?« fragte Marie.

»Nein, ich erwarte Besuch. Gehst *du* aus?«

So kam es, daß Marie einen Moment lang ernsthaft in Erwägung zog, schon wieder ins Esquina zu gehen. Sie ging dann doch lieber ins Kino und anschließend ins Bellini, einer der wenigen Orte, wo sie sich wohl genug fühlte, um auch allein hinzugehen.

Marie ließ drei Tage verstreichen. Erst am vierten verließ sie kurz nach zehn die Wohnung und fuhr zum Esquina.

Das Lokal war noch nicht sehr voll. Nur wenige Leute standen an der Bar und den Stehtischen. An den Tischen wurde noch gegessen – Tapas und Tacos und Satayspießchen, mehr gab es nicht auf der Karte des Esquina.

Ralphs Sitzgruppe war leer. Auf dem Clubtischchen standen zwei Réservé-Schilder. Marie blieb unschlüssig stehen. Damit hatte sie nicht gerechnet.

»Die kommen nie vor elf, aber setz dich doch.«

Es war der Kellner vom letzten Mal. Sie lächelte dankbar und setzte sich in den gleichen Sessel wie damals.

»Möchtest du etwas trinken?« Die Frage klang, als dürfte sie sie auch mit Nein beantworten.

Marie bestellte ein Glas Cava. Er kam mit zwei Gläsern zurück, setzte sich in den Sessel neben ihr und prostete ihr zu. »Auf Rechnung des Hauses.«

»Danke. Wie komme ich zu dieser Ehre?«

»Einfach so. Und weil bald Weihnachten ist.«

Sie tranken einen Schluck. Vielleicht ist er einer der Inhaber, dachte Marie. Aber so, wie er dasaß und verlegen sein Glas studierte, wirkte er nicht wie ein Jungunternehmer. Eher wie ein zu schnell gewachsener Junge bei einer Mutprobe. Er hatte einen hübschen Kopf auf einem schlaksigen Körper, kurzgeschnittenes schwarzes Haar und spitze, sorgfältig ausrasierte Koteletten bis zu den Kiefergelenken, was sie etwas doof fand. Ihr fiel auf, daß sein linkes Ohrläppchen rot und geschwollen war.

»Ich heiße David«, sagte er endlich.

»Marie«, antwortete sie.

»Ich weiß«, murmelte er und verstummte wieder.

Um das Schweigen zu brechen, fragte sie: »Mußt du nicht arbeiten?«

»Doch.« Er stand auf.

»So habe ich es nicht gemeint«, sagte sie, obwohl sie ganz froh war, daß er es so verstanden hatte.

Er setzte sich wieder und sah aus, als würde er sich einen Satz ausdenken. Dann sagte er ihn: »Jetzt ist noch nicht viel los, aber in zwei Stunden kommst du hier nicht mehr durch.«

Ihr Beitrag war auch nicht viel tiefschürfender: »Arbeitest du schon lange hier?«

»Seit der Eröffnung im Januar. Ich wollte eigentlich nur kurz bleiben, das hier ist nämlich nicht mein Beruf.«

»Was ist denn dein Beruf?«

David hob die Schultern und grinste. »Bin noch am Überlegen. Und deiner?«

»Gelernt habe ich Dekorateurin, aber jetzt hole ich die Matura nach. Ich will studieren.«

»Die Matura habe ich auch fast gemacht. Was willst du studieren?«

»Literatur.«

»Und dann?«

Marie war etwas allergisch gegen die Frage. »Und dann wird man sehen. Ich betrachte es nicht als Karriereschritt. Ich will Literatur studieren, weil mich Literatur interessiert.«

David schwieg erschrocken.

»Vielleicht etwas in einem Verlag«, fügte Marie versöhnlich hinzu. Er nickte. »Im Lektorat oder so.«

Er starrte sie an und schwieg, als fürchtete er, wieder etwas Falsches zu sagen. Zu ihrer Erleichterung kam jetzt einer, der wirklich aussah, als würde ihm ein Teil des Ladens gehören. Er wirkte etwas verärgert, als er sagte: »David, ich glaube, du wirst an der Bar erwartet.«

David erhob sich. »Bis später«, murmelte er und entfernte sich. Sein halbvolles Glas ließ er stehen.

Marie war noch keine fünf Minuten allein, als Ralph in Begleitung von Sergio eintraf. »Ist hier zufällig noch etwas frei?« fragte er in seinem ironischen Ton.

»Der Kellner meinte, es sei in Ordnung, wenn ich mich einstweilen hier hinsetze.«

»David?«

»Ja.«

»Der überschreitet gerne seine Kompetenzen.« Ralph beugte sich zu ihr herunter und gab ihr drei Küsse auf die Wangen. Sergio schloß sich dem an. Er roch nach Alkohol und hatte Farbspuren an den Händen.

Die beiden setzten sich, und Ralph übernahm die Gesprächsleitung mit der Selbstverständlichkeit eines abgebrühten Moderators.

In kurzen Abständen stießen Silvie, Roger und die andern dazu. Eine halbe Stunde nach Ralphs Eintreffen kam es Marie vor, als hätten sie das Gespräch dort wiederaufgenommen, wo sie es vor vier Tagen unterbrochen hatten.

8

Freitag, und dazu noch die zweitletzte Woche vor Weihnachten. David kämpfte sich durch das überfüllte Lokal und reduzierte seinen Wortschatz auf: Moment, gleich, Sekunde, bin schon da und sofort.

Von weitem mußte er mit ansehen, wie gelöst Marie in Ralphs Gegenwart wurde. Als sie vor zwei Stunden allein hier aufgetaucht war, schien sie ihm etwas angespannt. Er hatte zwar das Gefühl, als habe sie sich gefreut, ihn wiederzusehen, und es geschätzt, daß er sie zu einem Glas einlud und sich zu ihr setzte. Aber zu einem richtigen Gespräch war es nicht gekommen.

Das hatte bestimmt ein Stück weit an ihm gelegen. Die Situation trug nicht zu seiner Lockerheit bei – er, kurz bevor der Rummel losging, mit der nach seiner Meinung schönsten Frau des Lokals und einem Glas Cava im Polstersessel, während jederzeit Tobias auftauchen und ihn an die Arbeit schicken konnte.

Aber es hatte auch an ihrer Nervosität gelegen, daß die Situation etwas verkrampft war. War es möglich, daß sie wegen ihm nervös war? So wie er wegen ihr?

Immerhin hatte sie ihn gebeten zu bleiben, als er wieder an die Arbeit gehen wollte. Und immerhin hatte sie sich für sein Leben interessiert. Und von ihrem erzählt.

Literatur. Da war Ralph allerdings im Vorteil. Und den schien er auch auszunutzen. Die letzten zwei Male, als er der Runde Bestellungen brachte, schien Ralph die Gesprächsleitung abgegeben zu haben und sich nur noch auf Marie zu konzentrieren. Die andern unterhielten sich in Zweier- oder Dreierkonstellationen. Ein ungewohntes Bild.

David ging zu ihnen und leerte die Aschenbecher. Schierer Luxus, angesichts der vielen offenen Bestellungen. Aber die einzige Möglichkeit, sich bei Marie in Erinnerung zu rufen.

»*Der Stechlin?*« rief Ralph gerade aus, »na, viel Vergnügen. Bei Fontane muß ich immer an den Satz von Mark Twain denken: Wann immer der literarische Deutsche in einen Satz taucht, siehst du nichts mehr von ihm, bis er auf der andern Seite seines Atlantiks wieder auftaucht mit seinem Verb im Maul.«

Marie lachte laut auf, und David, mit seinem Tablett voller Asche und Stummeln, lachte mit.

»Ober, belauschen Sie unsere Gespräche nicht«, befahl Ralph. Und David blieb nichts anderes übrig, als auch darüber zu lachen.

Es war spät, als David endlich aus dem Esquina herauskam. Die hartnäckigsten Gäste waren bis halb vier geblieben, und bis dann alles wieder so war, wie es die Putzfrauen am Morgen anzutreffen wünschten, war es vier geworden.

Marie war schon um zwei gegangen. In Begleitung von Ralph und den andern. Wieder ins Volume, wie er beim Kassieren mitbekommen hatte.

Vor dem Eingang des Volume hing um diese Zeit keine Menschentraube mehr. Die paar Leute, die noch dort standen, waren dabei, sich zu verabschieden. David ging hinein und stieß fast sofort auf Sergio, Silvie und Roger, die von der Bar aus gelangweilt den paar wenigen Tänzern zuschauten. »Wo sind die andern?« fragte David.

»Gegangen«, informierte ihn Sergio. »Ralph und Marie sind gar nicht mehr mitgekommen.«

»Waren zum Umfallen müde«, ergänzte Silvie zweideutig.

»Haben morgen einen harten Tag vor sich«, doppelte Roger nach.

David bestellte einen Cuba Libre und trank ihn schnell.

Auf dem Heimweg machte David den kleinen Umweg an Ralphs Wohnung vorbei. In seinen Fenstern im vierten Stock brannte Licht.

David versuchte vergeblich zu schlafen. Um Viertel nach fünf stand er auf, schaltete den Computer ein und begann, Seite für Seite von Alfred Dusters Manuskript in den Scanner zu legen.

Kurz vor sieben klopfte es an der Wohnungstür. David wartete, bis der Scanner die Seite, die gerade auf der Glasscheibe lag, eingelesen hatte. Dann ging er öffnen.

Frau Haag stand vor der Tür. Sie trug einen mit Katzenmotiven bedruckten Morgenrock und ein Haarnetz. »Was machen Sie denn? Seit fünf geht es wrrrrm, wrrrrm, wrrrrm-täc, wrrrrm, wrrrrm, wrrrrm-täc, genau neben meinem

Kopf. Wie soll man da schlafen, Herr Kern?« Sie blickte über seine Schulter zum Tisch, auf dem der Computer, der Drucker und der Scanner standen.

»Das ist mein Scanner. Verzeihen Sie, ich wußte nicht, daß man das bei Ihnen hört.«

»Mein Bett steht genau hinter dieser Wand. Was ist ein Scanner?«

»Damit kann man Bilder und Texte in den Computer einlesen.«

»Und wozu soll das gut sein, mitten in der Nacht?«

»Ich konnte nicht schlafen.«

»Ich hätte gekonnt.«

»Entschuldigen Sie. Ich höre sofort auf.«

»Jetzt können Sie auch weiterlärmen, ich muß sowieso aufstehen.« Sie musterte ihn. »Und die Grippe?«

»Weg.«

»Aber dieses Ohr sollten Sie einem Arzt zeigen, das gibt sonst eine Blutvergiftung. Adieu.« Sie schlurfte zu ihrer Wohnung zurück.

David schloß die Tür. Er ging in die Küche und schaute sein Ohr im Spiegel an. Es war jetzt noch dicker und röter als am Vorabend, und die Lymphdrüse darunter war geschwollen und tat weh. Um acht würde er die Praxis von Doktor Wanner anrufen, dem Hausarzt aus der Zeit, als er noch bei seiner Mutter wohnte.

Er setzte sich wieder vor den Computer, legte eine neue Seite unter den Deckel und startete den Scanner.

Um ein Uhr riß ihn der Wecker seines Handys aus dem Schlaf. Die Praxishilfe von Doktor Wanner hatte ihm einen

Termin um zwei Uhr gegeben. Er hatte dazu die Symptome etwas übertreiben müssen.

Die Wartezeit, bis er in der Praxis anrufen konnte, hatte er damit zugebracht, die ersten paar Seiten des gescannten Manuskripts zu überarbeiten. Die Software hatte Probleme mit den hochstehenden Gs des Originals, mit den mit einer Reihe von X übertippten Streichungen und natürlich mit den zum Glück seltenen handgeschriebenen Korrekturen am Seitenrand. Bis acht Uhr hatte er Lesefehler verbessert, seltsame Zeichen gelöscht und die Korrekturen in den Text getippt.

Nach dem Anruf hatte er sich ins Bett gelegt und war endlich eingeschlafen.

9

In der Woche vor Weihnachten hatte Marie ein wenig den Boden unter den Füßen verloren.

Am Montag, als sie aus der Schule kam, fand sie ein kurzes Briefchen von Myrtha auf ihrem Schreibtisch, in welchem sie sich für die Feiertage verabschiedete. Kurt habe sie in seine Ferienwohnung in Crans Montana eingeladen. Sie wünschte frohe Festtage und hinterließ eine Telefonnummer.

Marie hatte keine Ahnung, wer Kurt war. Aber sie war erleichtert, den Stimmungsschwankungen ihrer Mutter für eine Weile nicht ausgesetzt zu sein und die Wohnung für sich zu haben.

Aber schon am ersten Abend fühlte sie sich allein im übermöblierten Wohnzimmer und fand sich im Esquina wieder, obwohl sie sich vorgenommen hatte, nicht mehr so bald dort aufzutauchen. Sie schlief zuwenig, trank zuviel und gab mehr aus, als sie sich leisten konnte.

Die Abende begannen sich auch zu wiederholen. Die Déjà-vus häuften sich. Hatte Roger die schlagfertige Antwort nicht schon einmal plaziert? Hatte Sergio nicht schon einmal erzählt, wie die Kubanerinnen die Cohibas früher noch auf den Oberschenkeln rollten? Hatte sich David, der Kellner, nicht schon vor zehn Minuten mit gespielter Lässigkeit auf die Armlehne eines Polstersessels gesetzt und gefragt: »Alles okay bei euch?«

Der Hauptgrund, weshalb sie eigentlich eine Esquina-Pause einlegen wollte, war Ralph Grand. Sie wußte nicht, was sie von ihm halten sollte. Er war zwar geistreich und witzig und unterhaltsam und beeindruckte sie mit seinem Wissen über Literatur. Aber manchmal war sie sich nicht sicher, ob er es sich nicht ausschließlich zu diesem Zweck angeeignet hatte: um Leute zu beeindrucken. Kam dazu, daß er immer besitzergreifender wurde und es manchmal den Eindruck machte, als hätte er es darauf angelegt, den Anschein zu erwecken, als gingen sie miteinander ins Bett. Was nicht zutraf.

Trotzdem ging sie am ersten Abend, an dem sie endlich einmal die Wohnung für sich allein hatte, ins Esquina. Warum, darüber wollte sie ein andermal nachdenken.

Am Dienstag abend hatte sie ein Weihnachtsessen mit ihrer Klasse. Aber statt danach direkt nach Hause zu gehen, ging sie wieder ins Esquina. Diesmal konnte sie zwar einen Teil der Verantwortung auf Sabrina schieben, die unbedingt noch irgendwohin wollte. Aber Marie hätte ja nicht unbedingt das Esquina vorschlagen müssen.

Es hatte aber auch sein Gutes: Sie konnte Ralph in Gegenwart einer neuen Frau beobachten. Das nährte ihren Verdacht, daß er vielleicht doch nur ein Bildungsprotz war. Denn sobald er erfuhr, daß Sabrina eine Schulkameradin von Marie war, begann er sein literarisches Feuerwerk zu zünden. Es kam ihr an ein paar Stellen bekannt vor.

Zu Hause beschloß sie, daß sie von Ralph geheilt war.

Am Mittwoch lag ein Brief von ihm im Briefkasten. Er

enthielt eine Liste mit Sekundärliteratur zu Fontanes Stechlin, die zweiundachtzig Positionen umfaßte. Dem hatte er handgeschriebene Notizen beigelegt. »Galt schon bei seinem Erscheinen wegen seiner Inhaltsarmut als langweilig«, stand da zum Beispiel. Oder: »Hugo Aust bezeichnet den Roman als ›Dokument des nachnaturalistischen Realismus‹. Klingt doch gut?« Oder: »Benz und Balzer bezeichnen F. als ›Wegbereiter der Judenverfolgungen des 20. Jahrhunderts‹.« Oder: »Was du als langweilig bezeichnest, ist für Thomas Mann die ›Verflüchtigung des Stofflichen, die bis zu dem Grade geht, daß schließlich fast nichts als ein artistisches Spiel von Ton und Geist übrigbleibt‹.«

Auf ein kleines Begleitkärtchen hatte er geschrieben: »Hier ein bißchen Stoff zu deinem Fontane-Problem. Wenn du mehr wissen willst, kannst du mich jederzeit anrufen. Ich hoffe, wir sehen uns bald.« Unter seiner Unterschrift und der Telefonnummer hatte er ein P. S. hinzugefügt: »Es muß ja nicht immer im Esquina sein.«

Vielleicht hatte sie ihm unrecht getan. Vielleicht war er doch nicht so oberflächlich, wie er ihr die letzten Tage vorgekommen war.

Am gleichen Nachmittag machte Marie von Ralphs Angebot Gebrauch und rief ihn an. Nachdem er ihr ein paar Fragen zu seinen Notizen beantwortet hatte, verabredeten sie sich für den Abend. Marie schlug das Bellini vor.

Das Bellini war ein langer Raum, der durch eine ovale, von beiden Seiten zugängliche Bar getrennt war. Die Längswände waren verspiegelt und beidseitig mit grün gepolsterten Lederbänken gesäumt. Die Bar wurde in ihrer ganzen

Länge durch eine Spiegelwand in zwei identische, spiegel-
verkehrte Hälften geteilt.

Wer sich selber nicht gefiel, mied das Bellini besser. Aber
die gedimmte Beleuchtung war so schmeichelhaft, daß dies
auf die wenigsten zutraf. Vor allem jetzt, wo auf den Gesichtern der Glanz der Weihnachtskerzen lag, die sich in
den Christbaumkugeln ihrer Tannengestecke spiegelten.

Ralph war ganz anders. Aufmerksamer, zurückhalten-
der, leiser. Es war, als wäre ihm auf fremdem Territorium
ein Teil seiner Selbstsicherheit abhanden gekommen.

Es wurde ein angenehmer Abend. Marie sah sich veran-
laßt, ein Urteil nach dem andern zu revidieren. Sie konnte
mit ihm, im Gegensatz zu Lars zum Beispiel, über Dinge
sprechen, die sie interessierten. Er war unter vier Augen
nicht überheblich, er konnte tatsächlich auch zuhören,
konnte sogar seinen ironischen Tonfall ablegen und auch
einmal ernst sein.

Im Laufe des Abends gefiel ihr immer besser, wie seine
schmalen, ausdrucksvollen Hände das Glas, die Zigaretten,
das Feuerzeug anfaßten.

Ralph begleitete sie nach Hause. Und dann bat sie ihn
doch noch auf ein Glas herauf.

Als sie erwachte, war Ralph nicht mehr da. Er war noch in
der Nacht gegangen, und sie war nicht unglücklich darüber.
So konnte sie sich in Ruhe darüber klar werden, wie sie sich
fühlte. Vor dem Einschlafen war das Resultat einigermaßen
ernüchternd gewesen: Sie hatte sich bestenfalls okay gefühlt.
Jetzt, nach dem Aufwachen, war es etwas besser: Sie fühlte
sich so gut wie schon lange nicht mehr. Mehr nicht.

Es wurde ein anstrengender Tag. Nach dem Unterricht mußte sie noch bis spät als Dekorateurin arbeiten. Mit der Besitzerin der Boutique hatte sie vereinbart, daß die beiden Hauptfenster für das Wochenende vor Weihnachten noch einmal neu gestaltet werden sollten. Mit Ralph war ausgemacht, daß sie, falls sie nicht zu müde war, direkt nach der Arbeit ins Esquina kam.

Daß sie zu müde sein könnte, ihren neuen Liebhaber nach der ersten Nacht wiederzusehen, war eine sehr theoretische Annahme gewesen. Aber als sie endlich den Gummizug der Pantoffeln, die sie zum Dekorieren trug, von den Füßen streifte, überlegte sie sich einen Moment ernsthaft, ob sie nicht gleich nach Hause sollte.

Sie ging dann doch ins Esquina. Weniger aus Sehnsucht nach Ralph als aus der Befürchtung, er könnte es als zickig auslegen, wenn sie nicht kam.

Schon beim Betreten des Esquina bereute sie ihren Entschluß. Die exaltierte Stimmung im lauten, vollen Lokal stand im krassen Gegensatz zu ihrer eigenen Gemütslage. Und als sie Ralphs Clique begrüßte, wurde ihr klar, daß deren Abend für sie uneinholbar weit fortgeschritten war.

Ralph begrüßte sie mit einem Kuß auf den Mund, der von den andern mit großer Selbstverständlichkeit zur Kenntnis genommen wurde. Als seien sie über die neuste Entwicklung informiert.

Marie saß wortkarg in der munteren Runde und wünschte sich, mit Ralph allein zu sein. Weniger, weil sie sich nach der Intimität mit ihm sehnte, als weil sie hoffte, daß er ohne sein Publikum wieder so würde, wie er gestern abend gewesen war.

Einmal ging sie zur Toilette, und als sie herauskam, stand David, der Kellner, bei der Tür, als ob er auf sie gewartet hätte. »Du interessierst dich doch für Literatur«, sagte er.

Sie nickte und wartete, was als nächstes kommen würde.

»Darf ich dir einmal etwas zu lesen geben?«

»Was?«

»Ein Manuskript.«

»Was für ein Manuskript?«

»Ein Versuch. Du sagst mir einfach, wie du es findest.«

»Du schreibst?«

»Ein bißchen. Darf ich es dir geben?«

»Klar. Hast du es Ralph schon gezeigt? Der versteht mehr von Literatur als ich.«

David schüttelte den Kopf.

»Warum nicht?«

»Der macht sich bestimmt lustig.«

Diese Bedenken konnte sie verstehen.

»Du dürftest es auch niemandem sonst zeigen.«

»Abgemacht. Dann gibst du es mir das nächste Mal.«

David sah jetzt noch verlegener aus. »Ich habe es hier. Es paßt da rein.« Er zeigte auf ihre Tasche. »Es dauert nur eine Minute.«

Er verschwand in einer Tür mit der Aufschrift »Personal« und kam gleich darauf mit einem dicken Umschlag zurück.

»Das fühlt sich aber nach mehr an als nach nur ein bißchen schreiben«, bemerkte sie lächelnd, als sie den Umschlag in ihrer Tasche verstaute.

»Etwa hundertsiebzig Seiten, aber mit großem Zeilenabstand.«

»Wie lange habe ich Zeit?«

»Ach, irgendwann, es eilt nicht.«

Bevor sie zu ihrem Platz zurückging, sagte sie noch: »Übrigens: Ich bin ziemlich ehrlich. Ich werde dir auch sagen, wenn es mir nicht gefällt.«

Die Art, wie er ja sagte, ließ sie daran zweifeln, ob sie das auch wirklich übers Herz bringen würde. Sie wandte sich ab und hörte ihn noch sagen: »Vielleicht hast du ja über die Feiertage mal Zeit.«

Als sie wenig später mit Ralph das Esquina verließ, sah sie, wie David ihr von weitem nachschaute. Er sah aus, als ob er ein aufmunterndes Lächeln brauchen könnte. Sie schickte ihm eines.

Auch Marie blieb nicht die ganze Nacht. Sie wollte nicht in Ralphs Chaos aus Büchern, Zeitschriften, Manuskripten, Prospekten, Kleidungsstücken und schmutzigem Geschirr aufwachen. Dazu war sie zu wenig verliebt, dessen war sie sich jetzt schon sicher.

So sicher, daß sie ihr Budget mit einer weiteren teuren Taxifahrt strapazierte.

Das Gewicht ihrer Tasche erinnerte sie wieder an Davids Umschlag. Sie öffnete ihn auf dem Rücksitz und nahm das von einem Gummiband zusammengehaltene Bündel Manuskriptseiten heraus.

Im unsteten Licht der vorbeiziehenden Straßenlampen las sie das Deckblatt: SOPHIE, SOPHIE stand da in Großbuchstaben. Und darunter: *Roman*. Und darunter: *Von David Kern*.

10

David ging über einen gekiesten Parkplatz, auf dem,
seit er in der Gegend wohnte, ein ausgedientes
Wohnmobil stand. Er hatte kein Ziel, er hatte es einfach
nicht mehr ausgehalten mit sich und seinen Zweifeln.

Das passierte ihm immer wieder: Er hatte eine Idee und
war dann so in ihre Ausführung vertieft, daß er gar nicht dazu kam, sich zu fragen, ob sie auch wirklich gut war. Vielleicht hatte es damit zu tun, daß er ein Einzelkind war, gewohnt, sich stundenlang mit sich und seiner eigenen Welt zu
beschäftigen.

Genauso war es ihm jetzt wieder mit der Idee vom Manuskript ergangen. Er wollte ursprünglich einfach das Original kopieren, es Marie zeigen und sagen, er hätte das entdeckt und was sie davon halte. Damit hätte er sich als jemand mit ähnlichen Interessen zu erkennen gegeben und
eine gemeinsame Ebene geschaffen.

Er hatte die Idee so gut gefunden, daß er sie sofort aus-
führen mußte. Anstatt das Manuskript am nächsten Tag
zum Kopieren zu bringen, begann er es noch in der gleichen Nacht mit dem Texterkennungssystem einzulesen. So
konnte er es danach schöner und übersichtlicher darstellen.

Fast die ganze Woche über hatte er sich in jeder freien
Minute in die Aufgabe vertieft, die Lesefehler zu korrigie-

ren und Alfred Dusters Korrekturen zu übertragen. Die ganze Zeit war er in dieser fremden Welt der fünfziger Jahre gefangen und in den Gedanken von Peter Landwei, die alle nur um seine Sophie kreisten.

In jener Nacht, als Ralph nicht aufgetaucht war und Sergio zu berichten wußte, daß er sich mit Marie verabredet hatte, passierte ihm dann das mit dem Namen.

Bereits als er das Manuskript in Maries Tasche verschwinden sah, wurde ihm bewußt, daß es ein Riesenfehler gewesen war, Alfred Dusters Namen durch seinen eigenen zu ersetzen.

Was hatte ihn glauben lassen, daß Marie die Geschichte von Peter Landwei so berührend finden würde wie er? Je länger er darüber nachdachte, desto sicherer war er, daß sie sie für eine hilflose Liebesgeschichte eines vor Selbstmitleid zerfließenden lebensuntüchtigen Twens halten würde. Hätte er das Manuskript wenigstens anonym gelassen. Oder mit einem Pseudonym versehen und sich, je nach ihrer Reaktion, die Möglichkeit offengelassen, sich dazu zu bekennen oder nicht.

Die Fäuste in den Taschen seiner gesteppten Jacke vergraben, den Kopf eingezogen stapfte er an einem mit Plakatresten gesprenkelten Zaun vorbei.

Sein Ohr war dank der Antibiotika, die ihm Doktor Wanner verschrieben hatte, fast geheilt. Und die Koteletten hatte er auf die Hälfte ihrer Länge reduziert. Um sich wenigstens äußerlich ein wenig von jenem David zu unterscheiden, der den unverzeihlichen Fehler mit dem Manuskript begangen hatte.

Vier Tage hatte sie es nun schon. Jeden Tag hatte er sich

mit der Vorstellung gequält, sie sitze zu Hause und lese das Manuskript. Mit wachsendem Befremden. Oder mit wachsender Belustigung. Sie sitze in ihrem Lieblingssessel und lache sich kaputt. Jeden Abend war er versucht gewesen, sich krank zu melden, um der Begegnung mit ihr aus dem Weg zu gehen.

Aber bis jetzt waren seine Befürchtungen umsonst gewesen. Im Gegenteil, die Begegnungen waren angenehm. Sie nahm ihn nicht nur zur Kenntnis, sie nannte ihn auch bei seinem Namen und lächelte ihn an. Fast verschwörerisch, schien ihm manchmal.

Auch ihre Beziehung mit Ralph hatte sich nach seinen Beobachtungen – und er war in Bezug auf Marie und Ralph ein genauer Beobachter – etwas abgekühlt. Sie hielten zwar Händchen, aber das wirkte auf ihn mehr wie etwas, das sie sich gefallen ließ, als etwas, das sie suchte.

Eigentlich hätte alles nach Plan laufen können. Er hatte es geschafft, daß sie ihn und vielleicht auch Ralph mit anderen Augen betrachtete. Er hätte der Kellner mit Tiefgang sein können, der sich in seiner Freizeit für verschollene Manuskripte interessierte, von welcher Qualität auch immer.

Wenn Marie jetzt am Abend ging, wünschte sie ihm eine »gute Nacht, David«. Und an keinem der letzten zwei Abende hatte er sie bei seinem Kontrollgang nach Arbeitsschluß im Volume angetroffen. Ralph hingegen schon.

Er ging dann jeweils beschwingt nach Hause. Erst wenn er die Wohnungstür aufschloß und sein Blick auf den Scanner fiel, erinnerte er sich wieder an den Mist, den er gebaut hatte.

Hätte er doch nur auf die kindische Idee mit dem Namen verzichtet.

Letzte Nacht war er um fünf Uhr erwacht mit der Schreckensvision, das Manuskript sei etwas längst Veröffentlichtes und allen, die sich in Literatur auskannten, bereits Bekanntes. Er war aufgestanden und hatte in Internetbuchhandlungen und -antiquariaten unter dem Buchtitel und dem Namen des Autors gesucht. Zum Glück vergeblich.

Er war zurück ins Bett gegangen und kurz darauf wieder aufgestanden, weil ihm eingefallen war, daß sowohl der Name als auch der Titel geändert worden sein konnten. Er durchforschte die Suchdienste vergeblich nach Peter Landwei und ging halbwegs beruhigt wieder ins Bett.

Heute würde er Marie wieder begegnen. Es war Heiligabend, und sie hatte sich von ihm versichern lassen, daß das im Esquina ein ganz normaler Abend sei. Gestern war sie früh gegangen. Früh genug, um im Bett noch etwas lesen zu können. Das würde zu ihm passen, daß er die größte Blamage seines Lebens an einem Weihnachtsabend erlebte.

Er war halb entschlossen, Marie noch heute nachmittag anzurufen und ihr zu gestehen, daß er nicht der Autor sei. Seinen Namen habe er nur eingesetzt, um einen Freund zu decken, der ihn um seine Meinung gebeten habe und dem er hatte versprechen müssen, den Romanversuch niemandem zu zeigen. Das klang zwar nicht sehr plausibel, aber etwas Gescheiteres fiel ihm nicht ein.

Es sah aus, als würde aus dem schmutzigen Himmel gleich Regen fallen. Oder Schnee. David fror. Er ging etwas schneller.

Bei einer Altglassammelstelle klingelte sein Handy. Das Display zeigte eine Nummer, die er nicht kannte. Er meldete sich, und eine Frauenstimme sagte: »Marie.«

David brauchte einen Moment, um sich vom Schrecken zu erholen. Die Stimme sagte: »David?«

»Ja«, brachte er heraus.

»Ich habe deinen Roman gelesen.«

Anstatt die Geschichte vom anonymen Freund zu erzählen, sagte David nur: »Und?«

Die Container rochen nach Wein. Die beiden mit der Aufschrift »Grün« waren überfüllt. Auf dem Boden reihten sich Flaschen, die keinen Platz mehr gefunden hatten. Überall lagen aufgeweichte Papiertragetaschen.

»Nicht am Telefon«, sagte Marie. »Und auch nicht im Esquina. Können wir uns nicht treffen?«

»Wann?«

»Jetzt.«

Sie verabredeten sich in einer italienischen Paninoteca. Sie war fast leer. Jetzt, kurz vor Ladenschluß, waren die Leute bei den letzten Panikeinkäufen, oder sie ließen den Nachmittag vor Heiligabend in stilvolleren Lokalen ausklingen.

David war vor Marie da, die Paninoteca lag in der Nähe. Er wartete gottergeben an einem der kleinen Kunststofftischchen vor einem Cappuccino.

Sie betrat das Lokal, winkte ihm zu und hängte ihren Mantel an die Garderobe. Sie trug einen engen schwarzen Rock und einen roten Pullover. Die schwarze Wollmütze, die sie tief in die Stirn gezogen hatte, behielt sie auf. Sie schien zu wissen, wie gut sie ihr stand.

David stand auf und verschüttete etwas von seinem Cappuccino auf die Untertasse. Sie gaben sich die Hand und – zum ersten Mal, seit sie sich kannten – drei Wangenküsse.

Marie legte ihre Unterarme auf die Tischplatte, lehnte sich vor, schaute ihm in die Augen und sagte: »Ich habe dich gewarnt, daß ich ehrlich sein werde.«

II

Marie hatte Weihnachten nicht immer gehaßt. Als ganz kleines Mädchen hatte sie es fast nicht erwarten können, das nächste Fensterchen im Adventskalender öffnen zu dürfen. Und am Abend, an dem dann endlich, endlich das Christkind kam, saß sie stumm vor Ergriffenheit unter dem Christbaum und mußte von ihren Eltern dazu aufgefordert werden, die Geschenke zu öffnen.

Aber nach der Scheidung war Weihnachten nur noch dazu da, sie daran zu erinnern, daß ihre Eltern nicht mehr zusammenwaren. Sie mußte jetzt zweimal feiern, einmal mit Myrtha und ihrem jeweiligen Freund, einmal mit ihrem Vater und seiner furchtbaren neuen Frau.

Mit zwölf gab sie bekannt, daß sie nicht mehr Weihnachten feiern wolle. Bei ihrem Vater stieß sie dabei auf keinerlei Widerstand. Bei Myrtha war es komplizierter. Wenn sie von ihrer Weihnachtsdepression heimgesucht wurde, was, je älter sie wurde, desto öfter eintraf, brachte Marie es nicht übers Herz, Weihnachten zu ignorieren.

Aber jetzt, wo Myrtha in Crans Montana war und Marie unbeschwerte Weihnachten mit ein paar Videos und Fertigpizzas verbringen könnte, hatte sie plötzlich das Bedürfnis nach Gesellschaft. Deshalb verbrachte sie die letzten Abende des Weihnachts-Countdowns zu ihrer eigenen

Verwunderung mit ihrer neuen Ersatzfamilie im Esquina. Und selbst in den Nächten blieb sie nicht immer allein. Zwei davon verbrachte sie mit Ralph, auf den sie sich doch eigentlich gar nicht hatte einlassen wollen.

Für jeden Abend nahm sie sich vor, nur kurz auf ein Glas hereinzuschauen und vor zwölf zu Hause zu sein. Aber jedesmal blieb sie hängen. Nicht, weil das Gespräch gerade so interessant war oder die Gesellschaft so angenehm oder die Nacht so schön. Es war die Vorstellung, allein in der Wohnung ihrer Mutter vor dem Fernseher zu sitzen, die sie im Esquina hielt.

Erst am Tag vor Heiligabend führte sie ihren Vorsatz durch und war vor halb zwölf zu Hause. Sie zappte sich durch alle Sender und traf auf jedem auf etwas Weihnachtliches. Sie machte sich einen Kräutertee und zog sich in die karge Welt aus Stahlrohr und verzinktem Blech ihres Zimmers zurück. Die Einrichtung stammte aus der Zeit, als sie mit einem Mann, an den sie nicht erinnert werden wollte, eine Wohnung teilte und etwas Geld verdiente, und sie machte es ihr leichter, die Welt aus Plüsch und Nippes ihrer Mutter zu ertragen.

Sie fand eine CD, die sie nicht an Weihnachten erinnerte, und legte sich auf ihren Futon. Sie kämpfte sich ein paar Seiten durch den *Stechlin* und griff auf der Suche nach dem erstbesten Vorwand, abzuschweifen, und auch, weil er sie heute wieder so erwartungsvoll angeschaut hatte, nach Davids Manuskript. Es lag noch immer auf dem Regal, wo sie es vor vier Tagen hingelegt hatte.

Der erste Satz bestätigte ihren Verdacht, daß sie David falsch eingeschätzt hatte:

Das ist die Geschichte von Peter und Sophie. Lieber Gott, laß sie nicht traurig enden.

Um halb drei ging Marie in die Küche und machte sich einen Tee. Das Manuskript nahm sie mit. Sophie war vom Internat zurückgekehrt und nicht mehr die gleiche wie früher.

Peter hatte als Treffpunkt den Hirschenpark vorgeschlagen, die Bank beim kleinen Brunnen mit den zwei spielenden nackten Bronzeknaben. Ihre Bank. Dort hatte er ihre kalten Hände warm gerieben. Dort hatte er sie zum ersten Mal geküßt. Dort hatten sie sich zum ersten Mal gesagt, daß sie sich lieben. Dort hatten sie sich versprochen, daß sie sich immer treu bleiben würden.

Aber Sophie wollte nicht. Es sei ihr zu kalt, hatte sie gesagt. Jetzt, im Oktober! Als hätten sie nicht halbe Winternachmittage auf dieser Bank zugebracht, als die Bronzeknaben von einer Eisschicht überzogen waren und ihrer beider Atem sichtbar war, wenn sie Luft holten zwischen den Küssen.

Im Zoorestaurant wollte sie ihn treffen, wo es an Sonntagnachmittagen rammelvoll war. Wo sonntäglich herausgeputzte Familien lärmend ihre Meringues und Vermicelles verdrückten; wo die Kinder ihre Ovomaltinen, die Mütter und Tanten ihre Kaffees und die Väter und Onkel ihre Kirschs tranken. Wo er bestenfalls ein wenig ihre Hand halten durfte, ohne das sittliche Empfinden dieser Spießer zu verletzen. Dort sollte er ihr zum Sonntagskonzert von Radio Beromünster sagen, wie schreck-

lich er sie vermißt hatte und wie unbeschreiblich, unsagbar, unfaßbar glücklich er war, sie wieder bei sich zu haben.

Das Teewasser kochte. Marie goß es über den Teebeutel in ihrer großen Tasse und ging zurück in ihr Zimmer.

Lieber Gott, dachte sie, laß es nicht traurig enden.

Marie hatte Tränen in den Augen, als sie kurz nach vier die letzte Seite gelesen hatte. Während der ganzen Lektüre hatte sie immer wieder David vor sich gesehen, diesen schüchternen, ungelenken Jungen. Woher nahm er das? War er das selbst, dieser romantische, unverdrossene, verbissene Liebende?

Nichts in seiner Erscheinung und seiner Art ließ ahnen, was in ihm vorging. Zu welch tiefen Empfindungen er fähig war. Und dazu, sie in Worte zu fassen.

Marie war überzeugt, daß sie es hier mit einem kleinen Kunstwerk zu tun hatte. Und zwar nicht mit einem naiven. Das war nicht einfach die verzweifelte Niederschrift einer unglücklichen Liebe. Die Geschichte war in die genau recherchierten fünfziger Jahre versetzt. Und dadurch noch bewegender.

Marie löschte das Licht und versuchte einzuschlafen. Aber immer wieder sah sie David vor sich, wie er sie voller ängstlicher Erwartung angeschaut hatte, ob sie wohl seine Geschichte schon gelesen hatte oder vielleicht demnächst lesen würde. Sie schämte sich, daß sie ihn so lange hatte warten lassen. Gleich morgen früh würde sie ihn anrufen und ihn beglückwünschen.

Das letzte Mal, als sie auf die Leuchtziffern ihres Wekkers schaute, war es fast sechs.

Marie war in einem Schloß am Meer. Sie saß in einem Schulzimmer voller Weihnachtsflitter in einer Schulbank für kleine Kinder und trug einen Faltenrock, einen Blazer mit goldenen Knöpfen und einen breitkrempigen Strohhut auf dem Rücken. In den anderen Bänken saßen die meisten ihrer Mitschüler aus dem Gymnasium, Myrtha und ihr Vater, die Clique aus dem Esquina und Lars. Alle schauten sie erwartungsvoll an, weil sie eine wichtige Frage beantworten mußte, sie wußte aber nicht, welche. Vor ihr stand Ralph, der aussah wie ihr Primarlehrer Häberlein, und nickte ihr aufmunternd zu. Die Antwort lag ihr auf den Lippen, nur die Frage war ihr entfallen.

Weinend erwachte sie und schaute auf den Wecker. Es war schon nach zwei Uhr. Sofort fiel ihr David wieder ein und sein Roman. Sie stand auf und rief die Nummer an, die er auf den Umschlag seines Manuskripts gekritzelt hatte.

Und jetzt saß sie ihm gegenüber, und es tat ihr leid, daß sie so grausam hatte sein können zu sagen: »Ich habe dich gewarnt, daß ich ehrlich sein werde.«

David nickte. »Ich weiß.«

»Gratuliere!«

Er blickte drein, als sei er nicht sicher, ob sie sich über ihn lustig machte. Er hatte die Koteletten etwas gestutzt. Sie fand, es sah besser aus.

»Ich habe es letzte Nacht an einem Stück gelesen. Ich finde es wunderbar, ehrlich.«

»Tatsächlich?« Jetzt lächelte er.

»Ach komm, das weißt du doch selbst, daß es gut ist.«

David hob die Schultern. »Ich dachte, es sei vielleicht eine Schnulze.«

»Ist es nicht. Es ist schön. Traurig und schön.«

David studierte den Boden seiner leeren Tasse und lächelte.

»Wann schreibst du so etwas?«

»Ach, tagsüber. Oder wenn ich nach Hause komme und noch nicht schlafen mag.«

»Du kommst morgens um drei mit dröhnenden Ohren nach Hause und kannst dich in die Welt von Peter und Sophie versetzen und in die fünfziger Jahre?«

»Um vier. Meistens wird es vier, bis ich zu Hause bin.«

»Unglaublich.«

»Da ist nichts dabei. Es ist wie ein Zwang. Nicht zu schreiben wäre schwieriger. Trinkst du nichts?« Ein Kellner hatte sich abwartend neben den Tisch gestellt.

»Doch. Und Hunger habe ich auch. Ich habe heute noch nichts gegessen wegen dir.« Sie bestellte ein Mineralwasser und ein Panino mit Gorgonzola, Melanzane und Salami.

»Ich freue mich, daß du es okay findest.«

»Ich finde es mehr als okay. Ich finde es wundervoll. Und ich bin sicher nicht die einzige.«

David antwortete wieder mit seinem zweifelnden Schulterzucken.

»Wem hast du das Manuskript sonst noch gezeigt?«

»Niemandem.«

»Warum nicht?« fragte Marie überrascht.

»Ich kenne niemanden.«

»Mich kennst du ja auch nicht.«

»Ein bißchen schon, oder?« Er blickte von seiner leeren Tasse auf. Als er ihren Augen begegnete, wandte er den Blick wieder ab.

»Hast du keine Freundin?«

»Nein, bin solo.« Die Antwort kam blitzschnell.

Der Kellner brachte das warme runde Sandwich. Marie nahm es in beide Hände. »Und einem Verlag hast du es natürlich auch noch nicht geschickt.« Sie nahm einen Biß.

»Nein, nein. Ich will es nicht veröffentlichen.« David klang erschrocken.

Als Marie geschluckt hatte, fragte sie: »Weshalb schreibst du denn, wenn du es nicht veröffentlichen willst?«

»Mehr so für mich. Wie andere Briefmarken sammeln.«

»Und die Frauen fragen, ob sie noch schnell raufkommen, die Briefmarkensammlung anschauen?« lachte Marie.

David wurde rot, und Marie bereute den Witz.

Als Marie ihr Panino gegessen hatte, sagte sie: »Ich weiß einen Verlag, zu dem *Sophie, Sophie* gut passen würde. Willst du dir den Namen notieren?«

»Nein, danke«, antwortete David mit Bestimmtheit.

12

Ich weiß, daß das kein Parkplatz ist, deswegen parke ich auch nicht.«

»Was tut dann Ihr Wagen dort?«

»Der steht nur kurz da.« Karin Kohler wollte weitergehen, aber der Mann im Hauseingang trat einen Schritt vor. »Das nenne ich parken.«

»Nein, parken ist längerfristig. Ich lasse den Wagen nur kurz stehen.« Wieder wollte sie weitergehen. Aber der Mann stellte sich ihr in den Weg. Er war ein ganzes Stück kleiner als sie, aber das waren viele Männer. Sie maß eins sechsundachtzig. Ohne Absätze. »Sind Sie Polizist?«

»Nein, ich wohne hier, und ich sehe Ihren Wagen oft stundenlang kurz dort stehen.« Der Mann hatte einen roten Kopf bekommen und stand jetzt so dicht vor ihr, daß sie seine Fahne riechen konnte.

»Und das stört Sie?«

»Sogar ganz gewaltig stört mich das. Vor allem, wenn ich zwanzig Minuten lang einen Parkplatz gesucht habe.«

»Und was gedenken Sie dagegen zu tun?« Sie blickte mit ihrer ganzen Herablassung auf ihn hinunter. Und davon konnte sie viel aufbringen, besonders an einem Januartag wie diesem, an dem die obersten Stockwerke der Frankfurter Hochhäuser in der Nebeldecke steckten.

»Das werden Sie dann schon sehen, was ich tun werde.«

Sie klemmte ihre überdimensionierte Handtasche unter den rechten Oberarm, schob die Schulter vor und drängte sich an ihm vorbei. Er rief ihr etwas nach, das sie nicht verstand. Ohne sich umzublicken steuerte sie auf den Eingang eines Bürohauses aus der Nachkriegszeit zu, trat ein und hoffte, der Aufzug sei unten. Es gehörte zu ihrem Fitneßprogramm, daß sie den Lift nur nehmen durfte, wenn er zufällig im Erdgeschoß stand. Sonst mußte sie die Treppe nehmen.

Der Aufzug war da. Und wie jedesmal, wenn sie in seiner abgestandenen Luft die ruckartige Fahrt in die dritte Etage hinter sich brachte, dachte sie, sie wäre gescheiter zu Fuß gegangen.

Der Kubner Verlag teilte sich die Etage mit einem Studio für Webdesign, einem Putzinstitut und einer Firma mit *Consult* im Namen. Das war nicht immer so gewesen.

Als Wilhelm Kubner noch lebte, ging es dem Verlag zwar auch nicht viel besser, aber Kubner hatte die besseren Beziehungen als Uwe Everding, der Verlagsleiter. Dieser hatte den Verlag noch zu Kubners Lebzeiten übernommen, indem er mit Hilfe einer kleineren Erbschaft und eines größeren Kredits dessen Konkurs abgewendet hatte. Seither lebte der Verlag von Konzessionen, was das Programm, und Sparmaßnahmen, was das Personal anging.

Karin Kohler war eine dieser Sparmaßnahmen. Sie war bis zu Everdings Übernahme die Leiterin des Lektorats gewesen, welches aus zwei Personen bestand, sie selbst miteingerechnet, und hatte über einige Autonomie verfügt. Ihr war nämlich zum Beispiel die Entdeckung von Tamara

Lindlar zuzuschreiben, der dänischen Autorin, der der Verlag sein letztes Aufblühen zu verdanken hatte. Das war vor ziemlich genau achtzehn Jahren gewesen.

Seit Kubners »Rückzug von der aktiven Verlagsleitung« vor fünf Jahren, so die offizielle Schreibweise, war das Lektorat langsam abgebaut worden. Zuerst wurde ihre Mitarbeiterin auf einen Halbtagsjob reduziert, dann ganz eingespart.

Danach wurde Karin Kohlers Pensum auf die Hälfte reduziert. Als ihr klar wurde, daß das in der Praxis nichts anderes bedeutete, als daß sie die gleiche Arbeit für etwa die Hälfte des Gehalts machen mußte, kündigte sie und wurde freie Lektorin. Ihr Hauptauftraggeber wurde der Kubner Verlag, für den sie jetzt auf Honorar- und, theoretisch, Erfolgsbasis arbeitete.

Ihre Arbeit bestand aus der Betreuung der arbeitsintensiveren Neuerscheinungen, meistens Autoren aus ehemaligen Ostblockländern, deren Rechte billig waren und deren Übersetzungen finanziell gefördert wurden. Daneben gab es ein paar jüngere deutschsprachige Autoren, die zwar von den Feuilletons wohlwollend aufgenommen wurden, deren Auflagen aber nicht ausreichten, um den Verlag über Wasser zu halten. Dazu war er auf die von Uwe Everding betreuten Produkte angewiesen. Erstens Editionen deutscher Klassiker, die in bibliophiler Aufmachung in Polen produziert und zu Tiefpreisen verkauft wurden. Zweitens Textsammlungen für die Grundschule unter dem Namen Kubner Scuola, eine Einkommensquelle, die noch auf eine Verbindung Wilhelm Kubners mit einem mittleren Beamten aus dem Kultusministerium, gefährlich nahe am Ruhestand, zurückging. Drittens eine Reihe esoterischer Schriften unter dem Namen Auriga, der bewußt keine Rückschlüsse auf Kubner zuließ.

Wenn man die Tür mit dem Schild »Kubner Verlag, bitte eintreten, ohne zu klingeln« öffnete, stand man vor dem Schreibtisch von Hannelore Braun, der Verlagssekretärin, Empfangsdame, Telefonistin, Kaffeeköchin und Presseassistentin in einem. Karin Kohler mochte sie für ihren hartnäckigen Optimismus, auch wenn dieser ihr manchmal auf die Nerven ging.

»Wenn ich erschossen werde, war's ein Mieter vom Haus dort drüben. Wegen Falschparken.«

»Okay, Karin«, strahlte Hannelore. »Kaffee?«

Karin nickte und ging in ihr Büro, auf dem immer noch »Dr. K. Kohler, Cheflektorin« stand. Sie setzte sich an ihren Schreibtisch und wartete ungeduldig, bis Hannelore mit dem Kaffee kam. Ohne Kaffee schmeckte die Zigarette nicht. Und ohne Zigarette konnte sie die Post nicht durchsehen.

Sie war jetzt zweiundfünfzig und immer noch jeden Tag gespannt auf die Post. Es konnte ja sein, daß etwas dabei war, das ihr Leben veränderte. Ein Traumangebot, eine Hymne auf einen von ihr betreuten Autor im Hochfeuilleton, ein Manuskript mit dem Zeug zum Bestseller. Seit ihrer Kündigung hatten sich die Chancen dafür verdoppelt. Sie bekam zweimal Post: Einmal als freie Lektorin zu Hause und einmal hier im Verlag.

Der Vorteil der langjährigen Übung im Sich-auf-die-Post-Freuen war, daß man die Enttäuschung darüber, daß wieder nichts Lebensveränderndes dabei war, leichter wegsteckte. Karin nahm sich einen Rotstift und begann, das spektakulärste Stück der heutigen Postausbeute zu bearbeiten: Die Druckfahnen einer Sammlung litauischer Erzählungen.

Nach einer halben Stunde kam Everding ins Büro. Er hatte vor ein paar Wochen begonnen, Pfeife zu rauchen, was ihn nicht sympathischer machte. Sie hatte andere Pfeifenraucher gekannt, bei denen sah das immer beiläufig aus. Bei Everding wirkte es wie die Haupttätigkeit. Auf seinem Schreibtisch stand jetzt ein Pfeifenhalter mit sechs Pfeifen, ein Aschenbecher mit einem halbrunden Stück Kork zum Ausklopfen, ein lederner Würfelbecher mit Pfeifenreinigern, eine Auswahl von Tabakdosen für die verschiedenen, den Tageszeiten und Anlässen angemessenen Sorten, ein Pfeifenstopfer, ein Lederetui für den mobilen Einsatz für Tabak und zwei Pfeifen, ein Pfeifenfeuerzeug.

Ständig war er am Stopfen, Nachstopfen, Anzünden, Wiederanzünden, Tabakkrümel-von-der-Tischplatte-Wischen, Asche-Abklopfen. Die Fingernägel seiner rechten Hand waren schwarz gerändert, Briefe und Manuskripte, die über seinen Schreibtisch gegangen waren, hatten schwarze Fingerabdrücke und Aschespuren.

Everding hatte eine zu groß und zu lang aussehende braune Pfeife im Mund und versuchte damit zu sprechen. »Daf ift von Fteiner.« Er legte ihr zwei Manuskripte auf den Schreibtisch. Er nahm die Pfeife aus dem Mund, sagte: »Schau mal rein«, und hinterließ eine süßliche Rauchspur.

Klaus Steiner war ein Studienkollege von Everding und Lektor bei Draco. Er schickte manchmal Manuskripte, die er für prüfenswert hielt, obwohl sie Draco abgelehnt hatte.

Karin haßte diese Resteverwertung. Noch nie war unter den mit Steiners fahrigen Anmerkungen versehenen Texten etwas halbwegs Brauchbares gewesen.

Sie packte die Druckfahnen und die beiden Manuskripte in ihre Tasche. Das Angenehme am Beruf der freien Lektorin war, daß er zu Hause ausgeübt werden konnte.

Unter dem Scheibenwischer ihres alten Opels klemmte ein Strafzettel über vierzig Euro. Sie steckte ihn in die Handtasche und schaute zum Eingang des Hauses, vor dem sie vor einer Stunde der Mann angepöbelt hatte. Er stand grinsend an einem offenen Fenster, als hätte er auf sie gewartet. Sie beschloß, ihn zu ignorieren. Aber als sie die Tasche auf den Rücksitz geworfen und die Hände freihatte, streckte sie ihm beide Mittelfinger entgegen.

Drei Stunden lang korrigierte sie die Druckfahnen der litauischen Erzählungen. Dann aß sie Salat und ein Käsebrot und machte sich einen Kaffee, als Basis für ihre dritte Zigarette, ihre letzte bis zum Aperitif. Sie erlaubte sich sechs Zigaretten am Tag. Eine nach dem Frühstückskaffee, eine nach dem Bürokaffee, eine nach dem Mittagskaffee, eine zum Aperitif, eine nach dem Abendessen, eine vor dem Schlafengehen.

Sie setzte sich aufs Sofa und nahm sich die Draco-Manuskripte vor. Das erste bestand aus atemlos niedergeschriebenen Impressionen aus der Jugendszene einer nicht genannten Großstadt, hinter der sie Berlin vermutete. Ihre Hoffnung, daß sie sich allmählich zu einer Geschichte fügen würden, wurde nach einer halben Stunde routinierten Querlesens enttäuscht. Sie legte den Stapel beiseite.

Beim zweiten lag ein Begleitbrief, wie sie ihn auch schon ab und zu gelesen hatte. Jemand gab vor, das Manuskript für einen Freund einzuschicken, der sich selber nicht zu diesem Schritt entschließen konnte.

»Sehr geehrtes Lektorat«, begann er. »Ein Freund hat mir dieses Manuskript zu lesen gegeben. Ich handle zwar nicht mit seinem Einverständnis, aber bestimmt in seinem Sinn, wenn ich es Ihnen zur Beurteilung schicke. Ich kenne Draco als Verlag, der sich immer wieder für die junge deutsche Literatur (der Autor ist dreiundzwanzig) einsetzt, und glaube, daß *Sophie, Sophie* gut in Ihr Programm passen würde.«

Unterschrieben war der Brief mit »Marie Berger«.

Karin Kohler seufzte, legte den Brief beiseite und begann zu lesen.

13

Der Januar war der Monat, der nicht vorbeigehen wollte. Die Euphorie, mit der man das neue Jahr begrüßt hatte, war der Ernüchterung darüber gewichen, daß man keinen Schritt weitergekommen, sondern wieder an den Anfang zurückgeworfen war. Alles war gleich wie im Dezember, nur die Festlaune war der Katerstimmung gewichen.

Im Esquina war wenig los. Es fehlten die Gäste, die noch bei ein paar Gläsern die Weihnachtsessen ausklingen ließen, und die, die sich für das neue Jahr einen seriöseren Lebenswandel vorgenommen hatten. Darunter so prominente Namen wie Ralphs Schatten Sergio Frei und Rolli Meier, der Grafiker, hinter dessen Abwesenheit man aber auch finanzielle Beweggründe vermutete. Seine Einmannfirma *ADhoc* war noch immer nicht über die Startschwierigkeiten hinweggekommen.

Der Rest der Stammrunde hatte das Jahr begonnen, wie er es beendet hatte. Zwischen elf und ein Uhr früh traf man sich zu ein paar Drinks unter Anleitung von Ralph Grand. Wer Lust hatte, blieb etwas länger.

Auch Marie ließ sich ab und zu blicken. Marie, die der Grund dafür war, daß für David dieser Januar wie im Flug vorbeigegangen war.

David war verliebt. Marie und er waren zwar noch kein

Liebespaar, aber er war zuversichtlich, daß sich das bald ändern würde. Alle Anzeichen sprachen dafür.

Sie begrüßten und verabschiedeten sich jetzt immer mit Küßchen. Marie kam manchmal absichtlich etwas früher, und dann unterhielten sie sich, bis die andern kamen. Marie im Polstersessel, er im Stehen, ab und zu durch die langsam hereintröpfelnden Gäste unterbrochen.

Schon dreimal hatten sie sich nach ihrem Schulschluß und vor seinem Arbeitsbeginn zum Essen verabredet. Sie unterhielten sich dann jeweils über Literatur. Sie brachte ihm Bücher mit, von denen sie annahm, sie würden ihm gefallen. Und er konnte endlich seinen Updike anbringen, mit dem er sich damals für Ralph gewappnet hatte.

Immer wieder sprachen sie über *Sophie, Sophie.* Zuerst hatte er versucht, den Gegenstand zu meiden. Er kannte den Text zwar gut, aber eher wie ein Setzer als wie ein Leser. Doch bald hatte er verstanden, daß es das Thema war, bei dem er ihr am nächsten kam. Je mehr sie darüber sprach, desto sicherer wurde auch er in Inhalt und Deutung des Romans.

Nur wenn Marie darauf zu sprechen kam, daß er das Manuskript einem Verlag schicken solle, blieb er stur. Es sei zu persönlich, um damit an die Öffentlichkeit zu gehen, war die Begründung, auf die er sich eingependelt hatte. Sie ließ sie zwar nicht gelten, denn dadurch, daß er die Geschichte in die fünfziger Jahre verlegt habe, sei sie entpersonifiziert, über den autobiografischen Verdacht erhaben. Aber David ließ sich nicht umstimmen. Was bei ihr die Vermutung bestätigte, daß der autobiografische Verdacht nicht ganz unbegründet war.

Irgendwann Anfang Januar stellte David erleichtert fest, daß Marie den Gedanken, er solle das Manuskript einem Verlag schicken, aufgegeben hatte. Das Thema schien erledigt.

Das deutlichste Anzeichen dafür, daß seine Chancen gut standen, war Maries Beziehung zu Ralph. Nach Davids Beobachtungen hatte sich diese abgekühlt. Marie hatte zwar Sergios Sessel an Ralphs Seite geerbt und ließ es sich gefallen, daß er dann und wann im Gespräch seine Hand auf ihren Arm oder ihr Knie legte. Aber ihre Beziehung hatte sich, falls sie denn je etwas anderes gewesen war, zu einer Sympathie zwischen zwei Menschen mit ähnlichen Interessen gewandelt.

Jedenfalls hatte David sie nie mehr das Esquina gemeinsam verlassen sehen. Und auch nicht das Volume, wohin sie manchmal hinterher noch mitging. Und wo David und Marie letzte Nacht bis halb fünf unter dem spöttischen Blick von Ralph getanzt hatten.

Jetzt war es neun Uhr früh, und das Handy klingelte.

David ertastete es sich fluchend und hielt es vor die Augen. »Marie« stand auf dem Display. Er räusperte sich und versuchte sein »guten Morgen« möglichst munter klingen zu lassen.

»Guten Morgen, tut mir leid, du hast natürlich noch geschlafen«, sagte Maries Stimme.

»Nur noch etwas gedöst«, behauptete er.

»Ich muß dich sehen, sobald wie möglich, es ist etwas Verrücktes passiert.«

Peng, dachte David, jetzt bin ich aufgeflogen. »Etwas Schlimmes?«

»Nein, etwas Phantastisches.«

David war erleichtert. »Was?«

»Nicht am Telefon.«

»Wann?«

»Beim Frühstück.«

»Wo?«

»Im Dutoit.«

»Kann ich mir nicht leisten.«

»Ich mir auch nicht.«

»Wo dann?«

»Im Dutoit.«

Kurz nach zehn war David im Dutoit, viel Holz und Silber und ein warmer Duft nach Kaffee, Süßem und Parfums. Marie war nicht schwer zu entdecken unter all den gepflegten Damen zwischen fünfzig und neunzig. Sie trug ihren roten Pullover und die schwarze Wollmütze und winkte ihm überschwenglich. Beim Begrüßungskuß drückte sie ihn eine Sekunde lang fest an sich. Das hatte sie noch nie getan.

Kaum hatte er sich gesetzt, fragte eine ältere Frau in schwarzem Kleid und weißer Spitzenschürze nach ihren Wünschen. Sie bestellten je ein kleines Frühstück und ein Kännchen Kaffee.

»Was ist so phantastisch?« fragte David.

»Zuerst mußt du mir versprechen, daß du nicht sauer bist.«

»Versprochen. Was hätte ich für einen Grund?«

»Das steht in diesem Brief.« Marie reichte ihm ein Kuvert. Es war an sie adressiert, trug deutsche Briefmarken und einen roten Kleber mit der Aufschrift »Eilzustellung«.

Er zog den Brief heraus und entfaltete ihn. »Kubner Verlag« stand im Briefkopf. Und unter dem Datum fett: »Betrifft: *Sophie, Sophie*.«

»Damit hat man mich heute aus dem Bett geklingelt.«
David beschlich eine Ahnung. Er hob den Blick und begegnete ihrem schuldbewußtesten, strahlendsten Lächeln. Er las:

»Sehr geehrte Frau Berger,
    vielen Dank für die Zusendung des Manuskripts SOPHIE, SOPHIE an den Draco Verlag. Dieser hat nach sorgfältiger Prüfung entschieden, daß der Roman aus konzeptionellen Gründen nicht in sein Programm paßt.«

David atmete auf und warf Marie wieder einen Blick zu.
»Weiter«, drängte sie.

»Im Rahmen unserer informellen Zusammenarbeit hat Draco sich erlaubt, das Manuskript unserem Lektorat zur Prüfung zu überlassen, welches zu einem anderen Ergebnis gekommen ist.
    Wir halten SOPHIE, SOPHIE grundsätzlich für ein vielversprechendes Werk und könnten uns vorstellen, es in unserer Reihe ›junge Autoren‹ zu veröffentlichen.
    Weil die Vorbereitung unseres Programms schon weit fortgeschritten ist und wir für den Fall, daß wir uns einig werden, mit einem gewissen Maß an Lektoratsarbeit rechnen, wäre ein baldiges Treffen mit Ihrem Freund bei uns in Frankfurt von Nutzen. Die Reisekosten werden ihm selbstverständlich erstattet.

Bitte teilen Sie uns mit, wann in den nächsten Tagen ein solches Treffen stattfinden könnte, oder bitten Sie Ihren Freund, sich so bald als möglich persönlich mit mir in Verbindung zu setzen.

Mit freundlichen Grüßen
Karin Kohler, Lektorat«

Scheiße. David tat, als lese er immer noch, und überlegte, was er sagen wollte.

»Was meinst du?«

Zum Glück kam die Frau mit dem Frühstück. Bis sie Teller, Besteck, Servietten, Butter, Konfitüren, zwei Kännchen Kaffee, zwei Kännchen heiße Milch und das Silberkörbchen mit den Croissants auf dem winzigen Tischchen untergebracht hatte, konnte sich David etwas fassen.

»Es tut mir leid, daß ich auf eigene Faust gehandelt habe.« Sie sah nicht aus, als ob ihr irgend etwas leid täte. »Wenn sie das Manuskript abgelehnt hätten, hättest du nie etwas davon erfahren.« Sie schenkte beiden Kaffee ein.

»Darum ging es nicht.«

Marie wartete, daß er weitersprach. Aber er nahm sich ein Croissant und biß ein Stück ab. Es hatte ihm zwar den Appetit verschlagen, aber durch das Kauen gewann er Zeit.

»Worum ging es nicht?«

David schluckte runter. »Ich hatte keine Angst, es würde abgelehnt. Ich hatte Angst, es würde angenommen.«

Marie bestrich ein Croissant. »Das habe ich dir nie geglaubt und glaube es, ehrlich gesagt, auch jetzt nicht. Das ist doch phantastisch: Du schreibst deinen ersten Roman, und er erscheint gleich bei Kubner!«

Sie biß den mit Butter und Konfitüre bestrichenen Teil des Croissants ab. David sah, wie ein kleines Stück der braunen Kruste einen Moment auf ihrer Oberlippe haftenblieb und ihre rosa Zungenspitze herausschnellte und es verschwinden ließ.

»Kubner! Daß ich nicht von Anfang an daran gedacht habe. Viel kleiner als Draco, aber auch viel feiner. Die betreuen dich noch persönlich. Draco ist eine Fabrik. – Ach komm, David, freu dich doch!« Marie faßte mit beiden Händen über den Tisch, zog seinen Kopf zu sich heran und gab ihm einen Kuß. Auf den Mund.

Jetzt freute sich David.

»Wann fährst du?«

David zuckte die Schultern. »Ich weiß noch gar nicht, ob ich fahre.«

Marie ignorierte die Antwort. »Tobias gibt dir sicher frei, wenn du es ihm erzählst.«

David erschrak. »Dem erzähl ich es ganz bestimmt nicht.« Er nahm einen Schluck Kaffee, und ein neuer Gedanke erschreckte ihn. »Und du auch nicht. Versprichst du das? Keinem Menschen ein Wort. Keinem.«

Marie seufzte. »Einem hab ich es schon erzählt.« Sie brauchte nicht zu sagen, wem.

»Ralph«, stöhnte David.

»Nicht das von Kubner«, beruhigte sie ihn. »Nur, daß du schreibst. Sehr gut schreibst. Daß ich etwas lesen durfte. Sonst nichts.«

Wenn er es sich richtig überlegte: Ganz so unangenehm war ihm diese Indiskretion nicht. »Und? Was hat er gesagt?«

Marie führte die Tasse zum Mund. »Du kennst ja Ralph.«

»Ja. Was hat er gesagt?«

Sie trank, stellte die Tasse zurück und winkte ab. »Irgend etwas Abschätziges.«

David sah Ralph vor sich. Wie er ungläubig die Brauen hob, wie er nachsichtig lächelte, wie er schwer nickte und dann sagte: »Ach. Schreibt? David? Gut? Oder einfach besser, als er bedient?«

Oder: »Doch, doch, das habe ich mir gleich gedacht, daß der schreiben kann. So wie der die Bestellungen notiert.«

»Wann fährst du also?« fragte Marie noch einmal.

David überlegte. »Wie lange fährt man nach Frankfurt?«

»Mit der Bahn vier, fünf Stunden, glaube ich.«

»Dann kann ich jederzeit fahren, solange ich um neun zurück bin.«

Marie schüttelte den Kopf und lächelte. »So läuft das nicht, der erste Besuch beim zukünftigen Verlag. Da geht man nachher etwas Schönes essen, und dann übernachtet man in einem schicken Hotel. Da mußt du an einem Tag hin, an dem du frei hast.«

»Dann am Mittwoch. Mittwoch und Donnerstag arbeite ich nicht.«

Sie legte ihre Hand auf seine und drückte sie.

»Aber du rufst an«, bat er.

Sie zog ihre Hand wieder weg, aber er holte sie sich zurück und behielt sie zwischen seinen beiden großen Händen.

Marie lächelte. »Du rufst an, ich bin doch nicht deine Agentin.«

»Was bist du denn?« David schaute ihr in die Augen.

Sie hielt seinem Blick stand, und ihr Lächeln wurde ernster. Sie schien sich die Frage zu überlegen. Dann antwortete sie: »Ich weiß es nicht, David.«

Trotz des Ernstes seiner Lage war David beschwingt. So katastrophal der Anlaß ihres Treffens im Dutoit auch gewesen war, die Begegnung selbst war wunderbar verlaufen. Der unerwartete Kuß auf den Mund. Sein Mut, ihre Hand zu nehmen. Die Selbstverständlichkeit, mit der sie es sich gefallen ließ. Ihre abfällige Bemerkung über Ralph. »Du kennst ja Ralph.« Das hatte geklungen wie: »Ach, reden wir nicht über Ralph. Was soll man schon erwarten von einem wie Ralph.« Und vor allem, vor allem ihre Antwort auf seine Frage, was sie für ihn sei. »Ich weiß es nicht, David.«

Eine solche Antwort auf eine solche Frage in einer solchen Situation ließ nicht alles offen. Wenn eine Frau dem Mann, der gerade ihre Hand in seinen Händen hält, eine solche Antwort gibt, dann überlegt sie sich doch, ob er nicht mehr für sie bedeutet. Vor allem, wenn sie diesen Mann kurz zuvor auf den Mund geküßt hat. Zwar mehr geschmatzt als geküßt, aber es gibt auch andere Stellen im Gesicht eines Mannes, auf die man schmatzen kann.

Deswegen kam ihm die andere Sache nicht so bedrohlich vor, wie sie es vielleicht war. Bis zu seiner Reise nach Frankfurt blieben ihm noch vier Tage. Genug Zeit, sich etwas einfallen zu lassen. Eine Geschichte, die der Wahrheit entsprach, ohne daß sie ein ungünstiges Licht auf ihn warf. Zum Beispiel könnte er diese Lektorin ins Vertrauen ziehen, ihr sagen, daß er das Manuskript entdeckt habe und die Wirkung testen wollte, die es auf jemanden habe, der es für etwas Zeitgenössisches hielt. Oder zum Beispiel könnte er so hohe Forderungen stellen, daß die ihn gleich wieder nach Haus schickten. Oder er könnte sich krank melden. Oder vielleicht fiel ihm noch etwas Besseres ein.

David überquerte die Kabelstraße und ging durch den Hofeingang mit dem Schild »Godis Fundgrube«.

Godi verhandelte mit einem tamilischen Paar über den Preis eines mit hellblauem Kunststoff gepolsterten und mit verspiegelten Knöpfen beschlagenen Kleiderschrankes. Er versuchte den überhöhten Preis damit zu erklären, daß es sich um ein Liebhaberstück aus den sechziger Jahren handle. Ein Standpunkt, der den Kunden auch wegen der Sprachbarriere schwer zu vermitteln war. David mußte lange warten, bis die beiden unverrichteter Dinge abzogen. Godis Laune besserte sich nicht, als sich herausstellte, daß David nur die Adresse des Mannes wollte, bei dem er damals das Nachttischchen gekauft hatte.

»Die Adressen meiner Grossisten gebe ich nicht weiter«, brummte er.

»Ich will ihn nur etwas fragen.«

»Über das Nachttischchen?«

»Ja. Ich bring die Schublade nicht auf.«

»Der hat keine Adresse. Der lebt in einem Wohnwagen in der Furt hinten.«

»Und wie kommt man da hin?«

»Mit dem Auto.«

»Und wenn man keines hat?«

»Mit dem Bus bis Endstation Haldenweide und dann zu Fuß.«

»Wie lange geht man da?«

»Bin noch nie zu Fuß gegangen.«

»Hast du seine Handynummer?«

»Nein.«

»Wie erreichst du ihn denn?«

»Er erreicht mich.«

Vor der Endstation Haldenweide hatte sich der Bus bis auf ein Ehepaar mit zwei mißmutigen Kindern geleert. Jetzt fuhr der Chauffeur in einem weiten Bogen auf einen Teerplatz, hielt, stellte den Motor ab und öffnete die Türen. »Haldenweide, Endstation, bitte alles aussteigen.«

David trat in den Nieselregen hinaus. Die Familie ging zielstrebig auf einen Fußweg zu, der von der Endstation wegführte. »Rest. Gubelmatt, 1 Std. 30 Min.«, stand dort auf einem Wegweiser.

David blieb unschlüssig auf dem Teerplatz stehen. Er hatte die Wahl zwischen zwei befahrbaren Straßen und drei Fußwegen. Er ging zurück zum Bus. Der Chauffeur saß hinter dem Steuer und las Zeitung. Als er David sah, öffnete er die Tür.

»Ich suche einen Altwarenhändler hier in der Nähe.«

»Vielleicht in der Furt«, vermutete der Chauffeur, »dort gibt es einen Schrottplatz und ein paar Altstoffhändler.«

»Wie komme ich dorthin?«

»Die Straße dort, immer geradeaus und nach der Kläranlage rechts. Dann sehen Sie es.«

»Wie weit etwa?«

»Vielleicht zwei Kilometer.«

David ging schnell, denn der kalte Nieselregen drang bis auf die Knochen. Er konnte die Kläranlage riechen, bevor er sie sah. Sie lag hinter einem Maschendrahtzaun, er sah

Berge getrockneten Klärschlamms, die auf ihre Weiterverwertung warteten.

Der Schrottplatz lag ebenfalls hinter einem Zaun. An ihn grenzte ein unordentliches Areal voller Schuppen, Verschläge, Container, Abbruchfahrzeuge und Baustofflager. David betrat es und begann nach einem Trödler mit Wohnwagen zu suchen.

Nach kurzer Zeit erkannte er den alten vw-Bus des Dikken, von dem er das Nachttischchen gekauft hatte. Er stand vor einem Schuppen aus Holz und Wellblech, an dessen Seite ein großer ausgedienter Zirkuswohnwagen stand. Als David näherkam, hörte er die Stimme eines Fußballkommentators und sah durch das Fenster das bläuliche Licht eines Fernsehers. Er klopfte an die Blechtür.

Der Dicke öffnete sofort. Er trug einen Trainingsanzug mit dem Emblem von Real Madrid. Aus der Tür drang warme Luft, die nach Essen und Zigaretten roch. Der Mann schaute David an. »Ja?«

»Ich habe im Dezember bei Ihnen ein Nachttischchen gekauft.«

Der Mann starrte David ins Gesicht. »Ich weiß.«

»Ich möchte gerne wissen, woher Sie es haben.«

»Warum?«

»Es interessiert mich einfach. Ich weiß gerne, was alte Sachen für eine Geschichte haben.«

»Dort, wo das herkommt, gibt es nichts mehr zu holen, es stammt aus einer Hausräumung.«

»Wo?«

»Bachbettstraße, die Nummer weiß ich nicht mehr. Das Haus wurde abgerissen.«

»Wissen Sie, wem es gehört hat?«

»Ich habe den Auftrag von der Verwaltung bekommen.« Die Stimme des Fernsehkommentators wurde aufgeregter, und das Publikum schrie auf. »Scheiße«, stieß der Dicke hervor und verschwand im Wohnwagen. David mußte warten, bis er alle drei Zeitlupenwiederholungen gesehen hatte. »Wo waren wir?«

»Beim Namen der Verwaltung.«

»Holdag.«

»Danke. Und entschuldigen Sie die Störung.«

»Ein Goal hab ich verpaßt wegen Ihnen.«

»Tut mir leid.«

»Und sagen Sie Godi, wenn er meine Bezugsquellen ausspionieren will, soll er das nächste Mal selber kommen.«

14

Wie sieht einer aus, der so etwas schreibt:

Seit einer Woche ist mein Motorrad in der Werkstatt, und ich muß mit dem Elfer zur Arbeit. Weißt Du, was das schlimmste daran ist? Nicht, daß er jeden Morgen so überfüllt ist, daß ich manchmal bis zum Bergplatz auf dem Trittbrett fahren muß. Nicht, daß er nach nassen Mänteln und kalten Stumpen stinkt und fünfmal länger braucht als mein Motorrad. Nein, das schlimmste ist, jeden Tag zweimal mit so vielen Leuten zusammengepfercht zu sein, die Dich nicht kennen. Nicht wissen, daß, wenn Du lächelst, in Deiner rechten Wange ein Grübchen entsteht und in der linken keines. Nicht ahnen, daß es im Nacken unter Deinen offenen Haaren nach Lebkuchen duftet. Nie gespürt haben, wie leicht Deine Hand in meiner liegt. Es ist mir unerträglich, eine halbe Stunde Körper an Körper mit Menschen zu verbringen, die keinen Schimmer davon haben, wie es sein muß, Dich zu lieben. Noch nie waren mir die Menschen so fremd, und noch nie mußte ich sie aus so großer Nähe ertragen.

Karin Kohler hatte versucht, aus der Beschreibung, die ihr Marie Berger am Telefon gegeben hatte, sich von David

Kern ein Bild zu machen. Groß, dunkles kurzes Haar, eher schüchtern, trägt eine schwarze wattierte Jacke.

Karin hatte gesagt, sie sei auch groß, ihr Haar sei auch dunkel, aber nicht mehr überall, und sie stehe am Treffpunkt in der Bahnhofshalle und halte den Herbstkatalog von Kubner sichtbar in der Hand.

Es war jetzt Viertel nach zwei. Um sieben vor hätte der ICE ankommen sollen, aber die Anzeigetafel zeigte eine Verspätung von fünfundzwanzig Minuten an. Es war wieder mal so, wie Karin immer sagte: Nur wenn man selber verspätet ist, ist die Deutsche Bahn pünktlich.

Es war nicht ganz einfach gewesen, Everding von *Sophie, Sophie* zu überzeugen. »Schon der Titel«, hatte er gesagt, nachdem sie das Manuskript bei der Wochensitzung auf den Besprechungstisch geknallt und nur ein Wort gesagt hatte: Bestseller. Als ob man Titel nicht ändern könnte.

Nachdem er den Text endlich gelesen hatte, hatte er den Plot bemängelt. Everding hatte den Plot etwa gleichzeitig mit der Tabakpfeife entdeckt und hatte von beidem etwa gleich viel Ahnung.

»Das ist eine Liebesgeschichte. Liebesgeschichten brauchen keinen Plot«, hatte sie geantwortet.

»Und weshalb muß sie in den schrecklichen fünfziger Jahren spielen?«

»Weil man in den schrecklichen fünfziger Jahren die Liebe noch verbieten konnte.« Sie hatte Everding nur dadurch überzeugen können, daß sie gedroht hatte, mit dem Manuskript zu Schwarzbusch zu gehen, dem etwas erfolgreicheren Konkurrenzverlag, bei dem Everding seine Lauf bahn begonnen und von dem er sich damals unter seltsamen Umständen getrennt hatte.

Es war schließlich Hannelore Braun, die Verlagssekretärin, die den Ausschlag gab. Mit der unsachlichen Bemerkung: »Ich habe jedenfalls geweint.«

Als David Kern endlich vor ihr stand, merkte sie es nicht. Obwohl er etwas größer war als sie selbst, dunkles kurzes Haar hatte und eine schwarze wattierte Jacke trug. Die Beschreibung paßte nicht auf den jungen Mann, der ihr die Aussicht auf den jungen Autor nahm, den sie erwartete, und der aussah, als wollte er sie um etwas Kleingeld bitten. Es hatte mit seinem Ausdruck zu tun. Sie brachte dieses hübsche, etwas unfertige Jungengesicht nicht im Traum mit *Sophie, Sophie* in Verbindung.

Erst als er schüchtern fragte: »Frau Kohler?«

»Ach, so sehen Sie aus!« rief sie und schüttelte ihm die Hand. »Sind Sie gut gereist?«

Sie führte ihn durch den Bahnhof zum Parkplatz, wo ihr Wagen stand. »Kennen Sie Frankfurt?«

»Ich war noch nie hier«, gestand er.

»Da ist Ihnen nicht viel entgangen. Ich schlage vor, wir gehen zuerst zu mir, dort können Sie Ihre Tasche loswerden und sich etwas frisch machen. Sie wohnen in meinem Gästezimmer. Die meisten unserer Autoren ziehen das einem unpersönlichen Hotel vor. Ist das für Sie in Ordnung?«

David Kern nickte wie die meisten Autoren beim ersten Mal, wenn sie mit diesem Detail der Kubner-Autorenbetreuung konfrontiert wurden. Sie half ihm, seine Tasche auf dem mit Zeitungen, Einkaufstüten, einem Regenschirm und zwei Pannendreiecken belegten Rücksitz unterzubringen (das Kofferraumschloß klemmte seit ein paar Wochen), und sie fuhren los.

»Wissen Sie, weshalb ich Sie nicht erkannt habe, trotz der Beschreibung Ihrer Freundin – sie ist doch Ihre Freundin?«

Seine Antwort kam zögernd. »Ja. Doch.«

»Habe ich mir gedacht. Wenn sie Ihre Agentin wäre, hätten Sie sie bestimmt mitgebracht.« Sie lachte. »Weshalb ich Sie nicht erkannt habe, hat mit *Sophie, Sophie* zu tun. Beim Lesen stellt man sich den Autor anders vor.«

»Wie denn?«

Sie überlegte. Reifer, wollte sie sagen. Oder erwachsener. Aber dann zog sie es vor zu antworten: »Ich weiß nicht. Einfach anders.«

Er war nicht sehr gesprächig auf der Fahrt zu ihrer Wohnung. Aber als sie ankamen, wußte sie immerhin, daß er dreiundzwanzig war, in der Nacht als Kellner sein Geld verdiente und tagsüber schrieb.

»Und woher kennen Sie sich so gut aus in den fünfziger Jahren?«

»Recherchen«, antwortete er.

»Und weshalb die fünfziger?«

Er hob die Schultern. »Einfach so.«

»Einfach so!« lachte sie und machte sich ein wenig Sorgen über die Medientauglichkeit ihres neuen Autors.

In der Wohnung gab sie ihm eine Viertelstunde Zeit, um sich frisch zu machen. Sie hatte den Eindruck, daß er nicht so richtig wußte, was damit gemeint war, und einfach im Gästezimmer saß und wartete, bis die Zeit um war.

Danach fuhren sie in den Verlag. »Weshalb haben Sie das Manuskript nicht selbst geschickt?« wollte sie auf der Fahrt wissen.

»Es war nicht zur Veröffentlichung bestimmt.«

»Wozu denn?«

»Einfach so. Für mich.«

»Etwas Persönliches, das Sie verarbeiten wollten?«

»Ja.«

Sie waren in der Nachbarschaft des Verlags angekommen. Karin begann, nach einem Parkplatz zu suchen. »Wir treffen gleich den Verleger, Uwe Everding. Sagen Sie ihm das nicht.«

»Was?«

»Daß Sie mit dem Buch etwas Persönliches verarbeiten wollten. Das haßt er nämlich.«

»Was soll ich sonst sagen?«

»Sie brauchen nicht viel zu sagen. Einfach das nicht. Nur als Tip.«

Der einzige Parkplatz, den sie fand, war der, der sie letzten Monat bereits achtzig Euro gekostet hatte. »Falls da einer aus diesem Haus guckt«, bat sie David, »dann hinken Sie mit beiden Beinen.«

Die Besprechung war eine Katastrophe. Die erste Frage, die Everding stellte, lautete: »Weshalb haben Sie dieses Buch geschrieben?« Und der Junge antwortete doch tatsächlich: »Weil ich damit eine persönliche Erfahrung verarbeiten wollte.«

Es war Karin Kohler mit Mühe gelungen, Everding von seinem Vortrag über den Mißbrauch des Lesers als Therapeuten des Autors abzubringen, da passierte schon die zweite Panne. Everding schabte ein Häufchen noch mottender, stinkender Asche aus seiner Pfeife in den tellergroßen Aschenbecher und sagte: »Und der Plot scheint mir, ehrlich gesagt, ein bißchen dünn.«

Als David Kern in aller Unschuld fragte: »Was heißt das, Plot?«, hatte sie Everdings Antwort gekannt, noch bevor er sie ausgesprochen hatte: »Das habe ich mir fast gedacht, daß Sie das nicht wissen.«

Karin Kohler mußte ihre ganze, in sechsundzwanzig Jahren Kubner Verlag gesammelte Erfahrung im Krisenmanagement aufbringen, um die Besprechung doch noch so weit zu bringen, daß der Vertrag auf den Tisch gelegt und Punkt für Punkt durchgegangen wurde.

Aber dann, als es ans Unterschreiben ging, sagte Karin Kohlers Neuentdeckung: »Darf ich mir das noch ein paar Tage überlegen?«

»Zehn Prozent für die ersten Zwanzigtausend ist normal für einen Erstling«, sagte Karin Kohler. »Mehr bekommen Sie woanders auch nicht.« Sie saßen an einer Sushibar mit einem Laufband, auf dem endlos Sushis vorbeifuhren. David schien weniger beeindruckt als die Autoren aus ehemaligen Ostblockländern, die sie jeweils hier bewirtete. Aber es schmeckte ihm. Der Stapel leerer farbiger Tellerchen – jede Farbe stand für einen Preis – wuchs besorgniserregend.

David nickte mit vollem Mund.

»Wenn wir von einem Verkaufspreis von neunzehn Euro neunzig ausgehen, sind das bei zwanzigtausend immerhin fast vierzigtausend Euro. Nicht schlecht für etwas, das Sie erst gar nicht veröffentlichen wollten. Und danach gibt es ja zwölf Prozent.«

»Glauben Sie, daß über zwanzigtausend verkauft würden?« David behielt das Laufband im Auge.

»Das kann man nie sagen, aber ich habe ein gutes Gefühl. Und ich bin schon länger im Geschäft, als Sie auf der Welt sind.«

David streckte die Hand nach einem Tellerchen aus, überlegte es sich anders und zog sie wieder zurück.

»Und zweitausend Vorschuß ist bei uns auch Standard für einen Erstling. Das ist ja mehr symbolisch. Wir sind kein Vorschußverlag.« Hoffentlich fragt er mich jetzt nicht, welches denn die Vorschußverlage sind, dachte Karin.

Aber David hatte ein Sashimi entdeckt, das ihm gefiel, und angelte es sich jetzt. Wieder eines auf einem roten Tellerchen, mußte sie feststellen. Die roten waren die teuersten.

15

Davids Wohnung sah aus wie das Esquina, nur authentischer. Die Leitungen über Putz waren tatsächlich Leitungen, und wenn man den Heißwasserhahn in der Küche aufdrehte, sprang im emaillierten Durchlauferhitzer tatsächlich ein Heer von blauen Flämmchen an und heizte den dünnen Wasserstrahl, der in das eierschalenfarbene Steingutbecken spritzte. Die Möbel waren Versatzstücke aus den fünfziger, sechziger und siebziger Jahren. Aber nicht von einem Sammler zusammengestellt, sondern von jemandem mit wenig Geld. Das einzig Zeitgemäße in der Wohnung waren ein Desktop, ein Printer und ein Scanner neueren Datums. Daß die Toilette im Treppenhaus lag, war Marie fast ein wenig zu authentisch.

David hatte sie aus dem Zug angerufen, und sie hatten sich für den Abend zum Essen verabredet. Er hatte das Subcontinent vorgeschlagen, ein neueres Lokal mit euroasiatischer Karte und vernünftigen Preisen.

»Hast du den Vertrag?« war ihre erste Frage gewesen.

»Ja, aber nicht unterschrieben.«

Sie mußte ihn fassungslos angestarrt haben, denn er fügte hinzu: »Ich wollte ihn dir zuerst zeigen.«

»Ich habe doch keine Ahnung von Autorenverträgen.«

»Bestimmt mehr als ich.«

Dann fragte sie ihn bei Ingwerhühnchen, Yucarösti und Kurkumafruchtsalat über sein Frankfurtabenteuer aus.

»Wie ist Karin Kohler?«

»Groß, älter, nett, etwas autoritär.«

»Und der Verleger?«

»Everding? Klein, raucht große Pfeifen und redet viel.«

»Und das Hotel?«

»Kein Hotel. Bei ihr im Gästezimmer.«

»Im Ernst?«

»Statt in einem unpersönlichen Hotel, hat sie gesagt.«

»Hast du nicht gesagt: Ich liebe unpersönliche Hotels?«

»Ich glaube, die müssen aufs Geld schauen. Auch die Büros sind etwas mickrig.«

»Alle literarischen Verlage müssen aufs Geld schauen.«

Beim Kaffee hatte sie gesagt: »Also, zeig mir den Vertrag.« Und er hatte geantwortet: »Den hab ich zu Hause.«

So war sie in Davids Wohnung gelandet. »Jetzt weiß ich, weshalb du dich in die fünfziger Jahre versetzen kannst«, war ihre erste Bemerkung, als sie sich umgesehen hatte.

Er hob die Arme und ließ sie wieder fallen. »Sie ist günstig, und ich bin sowieso nie zu Hause. Möchtest du etwas trinken?«

»Was hast du?«

Er ging in die Küche und kam mit einer Flasche Cava zurück. Der gleichen Marke wie im Esquina. »Geht das?«

Marie lächelte und nickte. Sie beobachtete ihn, wie er die Goldfolie ablöste, den Draht, der den Korken festhielt, aufdrehte, den Korken lockerte, ihn so weit öffnete, daß der Druck mit einem leisen Zischen entweichen konnte, ihn vollends entfernte und die beiden Champagnergläser – auch

sie offensichtlich von der gleichen Marke wie im Esquina –
füllte. Das alles hatte nichts von der Tapsigkeit, die sonst in
seinen Bewegungen lag. Er tat es mit der Übung und Eleganz eines Profis.

»Auf *Sophie, Sophie*«, sagte sie, als sie anstießen.

»Auf uns«, entgegnete er und wurde ein bißchen rot.

Sie setzten sich auf den Bettrand und begannen, den Vertrag durchzugehen.

Schon auf der zweiten Seite wurde ihr klar, daß es nicht
um Haupt- und Nebenrechte, Lizenzen und Tantiemen
ging, sondern um den Oberschenkel, den sie an ihrem spürte, den Arm, dessen Wärme sich auf ihren übertrug, die
Hand, die beim Umblättern die ihre streifte.

Sie sah seinen Haaransatz, der tief unten an seinem Nakken begann, und hatte Lust, ihn zu berühren. Sie sah die
Härchen an seiner Handkante, dicht und wie gekämmt,
und hatte Lust, von ihm berührt zu werden.

Sie legte ihre Hand auf seinen Nacken, er drehte den
Kopf, und sie küßten sich, als hätten sie beide von Anfang
an nichts anderes vorgehabt.

Sie halfen sich aus den Kleidern und liebten sich. Auch
dabei keine Spur von Davids Tapsigkeit.

Als Marie erwachte, war es in der Wohnung kalt geworden.
David lag diagonal auf dem Bett, wie ein Mann, der es gewohnt war, allein zu schlafen. Sie stand auf, hob die Bettdecke vom Boden auf und deckte ihn zu.

Auf der gelben Marmorplatte des Nachttischchens mit
der beschädigten Schublade standen zwei halbvolle Champagnergläser.

Auf einem Stuhl daneben lag ein hellblauer Frotteemantel mit der Aufschrift »Sauna Happy«. Sie warf ihn über und ging leise zur Wohnungstür hinaus.

Im Treppenhaus leuchtete ein Lichtschalter. Sie drückte darauf. Eine runde gläserne Deckenlampe ging an und verbreitete gelbliches Licht. Es gab zwei Türen. Die eine besaß eine Klingel mit der Aufschrift »F. Haag-Wanner«. Die andere mußte die Toilette sein. Marie öffnete sie.

Am Ende eines kleinen Gangs stand eine WC-Schüssel mit hölzerner Brille. Darüber ein altmodischer Spülkasten mit einer Kette, an der anstelle des Griffs ein Gummiknochen hing. Ein kleines Waschbecken mit kaltem Wasser, darüber, weit oberhalb ihrer Augenhöhe, ein kleines Fenster. Neben dem Waschbecken hingen zwei Handtücher an weißen Emailhaken. Auf dem einen stand in blauer Schrift »Gäste«. Ein neues, noch nie gewaschenes Handtuch hing daran. Marie lächelte. Hatte er mit ihrem Besuch gerechnet?

Als sie in die Wohnung zurückkam, schlief David immer noch tief. Sie löschte das Licht und schlüpfte zu ihm unter die Decke. Auf dem Tisch mit dem Computer und im Gestell mit der Anlage glimmten grüne und rote Lämpchen.

Sie schloß die Augen und gestand sich ein, was sie schon seit einiger Zeit geahnt hatte: Sie hatte sich in diesen unergründlichen großen Jungen verliebt.

16

Man ließ ihn warten. Beinahe eine halbe Stunde saß David nun schon auf einem Schalensessel an der Wand, während ihn die Verwaltungsangestellten hinter dem Tresen routiniert übersahen.

Aber es war ihm egal. Seit letzter Nacht war er gegen Ärger immun.

Bis jetzt war für ihn die Liebe eine einseitige Sache gewesen. Entweder war er verliebt gewesen, und sie nicht. Oder umgekehrt. Daran, daß die Liebe etwas Gegenseitiges sein könnte, hatte er schon gar nicht mehr geglaubt. Und daß dies ausgerechnet bei einer Frau wie Marie eintreffen könnte, grenzte an ein Wunder.

Während die Angestellten hinter dem Tresen weiterhin so taten, als existiere er nicht, versuchte er sich Marie vorzustellen. Zum ersten Mal verstand er, daß man ein Foto seiner Freundin mit sich herumtragen, sich nach einer Liebesnacht mit ihr nicht waschen und sich ihren Namen eintätowieren lassen wollte. »Marie« in einem Herz würde sich gut machen auf der empfindlichen Innenseite seines rechten Unterarms.

David war auch ein wenig stolz auf seine Taktik: Den Vertrag zu Hause zu lassen, die Wohnung aufzuräumen und Maries Marke Cava im Kühlschrank zu haben.

Am Tresen hatte sich jetzt ein Mann aufgepflanzt und wartete wortlos darauf, daß er auf ihn reagierte. David stand auf und ging zu ihm hin. Er war etwa sechzig und trug anstelle einer Krawatte einen Lederbändel, der mit einer Brosche aus Silber und Türkisen zusammengehalten wurde.

»Wohnungsbewerbungen Montag und Mittwoch von neun bis dreizehn Uhr«, sagte er.

»Ich will nur eine Auskunft über die Bachbettstraße zwölf.«

»Das werden alles Büros.«

»Ich suche keine Wohnung. Ich möchte nur wissen, wem das Grundstück gehört.«

»Uns. Der Holdag.«

»Und vorher?«

Der Mann musterte ihn mißtrauisch. »Weshalb wollen Sie das wissen?«

David war auf die Frage vorbereitet: »Ich muß einen Aufsatz über das Quartier schreiben.« Er hatte die Erfahrung gemacht, daß man ihm den Schüler noch immer abnahm.

Der Mann beschloß, ihm zu glauben. »Moment«, brummte er und schlurfte zu einer Tür im Hintergrund. Nach einer Weile kam er zurück, legte einen Ordner auf den Tresen, schlug ihn auf und begann darin zu blättern. David fiel auf, daß er einen zum Halsschmuck passenden Ring aus Silber und Türkisen trug.

»Erbengemeinschaft Frieda Wetz.«

»Was heißt das?«

»Daß die Liegenschaft einer Frieda Wetz gehörte und nach ihrem Tod von ihren Erben an uns verkauft wurde.«

»Steht da eine Adresse?«

Der Finger des Mannes fuhr die Seite hinunter. »Der Erbenvertreter heißt Karl Wetz, ebenfalls Bachbettstraße, Nummer neunzehn.«

Bachbettstraße neunzehn lag schräg gegenüber der Baustelle. Im Erdgeschoß war ein Elektrogeschäft. Vor dem Schaufenster standen Körbe mit Aktionsangeboten. Nachttischlämpchen, farbige Glühbirnen, elektrische Brotmesser, Leuchtgirlanden, die von Weihnachten übriggeblieben waren. »Elektro-Wetz« stand auf dem Ladenschild. David trat ein. Ein Türgong erklang.

Von der Decke wuchs ein Dickicht von Deckenlampen, das in ein Gewucher von Wandlampen überging, sich als ein Gestrüpp von Tischlampen fortsetzte und in einen Wald von Stehlampen mündete. Es roch nach Lötzinn.

Aus einem Nebenraum kam ein älterer Herr in einer grauen Arbeitsschürze. »Was darf es sein?« fragte er.

»Guten Tag, ich möchte mit Herrn Karl Wetz sprechen.«

»Das tun Sie bereits«, lächelte der Mann. »Worüber wollen Sie denn mit ihm sprechen?«

»Ich suche einen Alfred Duster, der vor langer Zeit in der Bachbettstraße zwölf wohnte.«

»Wann soll denn das gewesen sein?«

»In den fünfziger Jahren.«

Wetz überlegte. »In den fünfziger Jahren wohnte ich auch dort, das Haus gehörte meinen Eltern. Duster sagten Sie?« Er schüttelte den Kopf.

»Vielleicht ein Untermieter?« half David.

»Duster? – Nein. Duster sagt mir nichts.«

»Und Landwei? Peter Landwei?«

Wetz schaute in sein Lampendickicht hinauf. Dann schüttelte er entschieden den Kopf. »Bis in die sechziger Jahre wohnten in der Nummer zwölf immer die gleichen vier Familien. Und keine hieß Duster oder Landwei. Und in den Mansarden wohnten immer Italiener. Mit einer Ausnahme. Aber der hieß nicht Landwei, der hieß Weiland. Er verunglückte tödlich mit dem Motorrad.«

Auf dem Weg nach Hause kaufte David im Thai-Takeaway ein grünes und ein rotes Curry und Satayspießchen für zwei Personen.

Er räumte auf, machte das Bett, spülte die Gläser, schob eine CD in die Anlage und setzte sich in seinen Sessel.

Sophie, Sophie war also eine wahre Geschichte. Peter Weiland hatte sie unter dem Pseudonym Alfred Duster geschrieben und zur Sicherheit den Namen seines Helden verändert. *Dieser Peter Landwei – das war ich* entsprach der Wahrheit. *Sophie, Sophie* war ein langer Abschiedsbrief, den bis vor ein paar Wochen nie jemand zu Gesicht bekommen hatte.

War das eine gute Nachricht?

Das Beruhigende daran war, daß der Autor nicht mehr lebte und es unwahrscheinlich war, daß jemand *Sophie, Sophie* kannte. Das Beunruhigende war, daß er nicht einfach mit dem vergessenen Manuskript eines gescheiterten Schriftstellers herumgespielt hatte, sondern mit etwas so Makabrem wie dem verschollenen literarischen Abschiedsbrief eines Selbstmörders.

David stellte sich immer wieder vor, wie Marie auf dieses Geständnis reagieren würde, und kam jedesmal zum gleichen Resultat: Sie würde sich verschaukelt vorkommen. Sie würde ihm den Betrug nicht verzeihen. Er würde sie verlieren.

Er versuchte, sich vorzustellen, was er dann machen würde, und konnte plötzlich nachempfinden, weshalb Peter Weiland keinen andern Ausweg fand, als den Rotwandtunnel zu verfehlen.

Er erhob sich von seinem Sessel und öffnete den Kleiderschrank. Unter einem Stapel T-Shirts lag das Original von *Sophie, Sophie*. Er ging damit in die Küche und stopfte es in den Müll.

Er zog seine Jacke an, band den Müllsack zu und trug ihn hinunter.

Es war schon fast dunkel. Im Hinterhof roch es nach Essen. Auf vielen Balkons hing Wäsche, auf allen waren Satellitenschüsseln montiert.

Die Deckel beider Müllcontainer standen halb offen. David öffnete einen ganz. Der Gestank von verfaultem Gemüse und verdorbenem Essen schlug ihm entgegen. Er nahm einen der Müllsäcke heraus, und noch einen und noch einen, bis eine Vertiefung entstanden war, in die er seinen versenken konnte. Er deckte ihn zu mit den Säcken, die er herausgenommen hatte, und schloß den Deckel wieder, so gut es ging.

Als er zu den Balkons hinaufschaute, lehnte auf einem ein Mann am Geländer und rauchte. Er mußte schon eine Weile dort oben gestanden haben. David nickte ihm zu und ging ins Haus zurück.

Kaum war er wieder in der Wohnung, klingelte es. David drückte auf den Türöffner und wartete auf der Treppe.

Marie war etwas außer Atem. Er nahm sie in die Arme, und sie küßten sich. Sie ließen sich auch nicht stören, als Frau Haag ihre Wohnungstür öffnete, ein kleines »Oh!« ausstieß und die Tür wieder schloß.

Als er Marie endlich in die Wohnung führte, fragte sie: »Hast du unterschrieben?«

»Nein.«

»Weshalb nicht?« Sie klang besorgt.

»Ich wollte, daß du dabei bist.«

17

Myrtha war nicht die Art von Mutter, der man den neuen Freund vorstellt, sobald man das Gefühl hat, es könnte etwas Ernsteres daraus werden. Im Gegenteil: Marie tat alles, um Begegnungen zwischen Myrtha und ihren Freunden zu vermeiden. Ihre Mutter neigte dazu, diese weniger mit den Augen einer möglichen Schwiegermutter zu betrachten als mit den Augen einer Rivalin. Nicht daß Marie die Konkurrenz von Myrtha fürchtete. Es ging ihr mehr darum, ihre Mutter davor zu bewahren, sich lächerlich zu machen.

Deshalb stellte sich bei Marie und David die Frage »Your place or my place« nie. Sie trafen sich, wenn es die Schule oder die Arbeit erlaubte, am Spätnachmittag bis zu Davids Arbeitsbeginn. An seinen freien Abenden übernachtete sie bei ihm. Und am Freitag und Samstag kam sie meistens ins Esquina und wartete, bis er gehen konnte.

In der ersten Zeit waren ihr die Besuche im Esquina unangenehm gewesen. Ralph Grand hatte seine doppelte Niederlage – in der Liebe und in der Literatur – nicht mit der üblichen Nonchalance weggesteckt. Er nannte Marie und David gehässig »das literarische Duett« und behandelte David noch herablassender als früher. Sie ging nur hin, um in Davids Nähe zu sein.

Diesem schien Ralphs Benehmen, das sich natürlich auf die ganze Clique übertrug, nichts auszumachen. Marie hatte ihn sogar im Verdacht, daß er die Situation genoß und seinen Triumph auf seine ihm eigene, zurückhaltende Art auskostete.

Seinem Buchprojekt gegenüber blieb er seltsam unbeteiligt. Karin Kohler hatte das Manuskript redigiert, und ohne Maries Eingreifen hätte er ihr jede Änderung durchgehen lassen.

Die Lektorin machte zum Beispiel Jagd auf alles, was auch nur entfernt nach Helvetismus roch. Mit der Begründung, David habe es nicht nötig, »auf den Emil-Bonus zu spekulieren«. Marie fand, daß dabei ein Stück von der kleinbürgerlichen Atmosphäre der Schweiz der fünfziger Jahre verlorenging. David schien es egal zu sein.

Karin Kohler merzte auch die Wiederholungen aus, denen der Roman nach Maries Meinung viel von seiner Eindringlichkeit zu verdanken hatte. Auch das schien David nicht zu stören.

Marie wunderte sich. David war zwar der erste Schriftsteller, den sie persönlich kannte, aber sie wußte aus vielen Biographien, daß die meisten von ihnen verbissen um jedes Wort kämpften. Sie fand es auch ganz normal, daß sich ein Künstler für die Authentizität seines Werks wehrt. Als sie David darauf ansprach, sagte er, er habe das Kind jetzt in andere Hände gegeben, sollten die schauen, was sie aus ihm machten.

Mit dieser Erklärung gab sie sich zufrieden. Sie bewunderte ihn insgeheim für diese Souveränität. Vielleicht gehörte er zu den Schriftstellern, die sich vor der Kritik an ihrem vollendeten Werk dadurch schützen, daß sie sich in das nächste vertiefen.

Auf einer einzigen Änderung bestand er. Sie betraf die Namen der Protagonisten. Peter Landwei mußte in Peter Kramer umgetauft werden, und Sophie in Martha.

»Du kannst doch den Roman nicht *Martha, Martha* nennen. Das klingt wie eine Arie. »Martha! Martha! Du entschwandest!« hatte sie protestiert.

»Sie entschwand ja auch«, hatte er erwidert. Aber schließlich hatten sie sich auf Lila geeinigt. *Lila, Lila* klang noch schöner als *Sophie, Sophie,* fand sie.

Sogar als der Entwurf des Buchumschlags eintraf, ließ ihn das kalt. Der große Briefumschlag mit dem Kubner-Schriftzug hatte schon Tage auf Davids Tisch gelegen, bevor sie ihn entdeckte.

»Ach das? Der Buchumschlag«, antwortete er, als sie ihn danach fragte. Als bekäme er jeden Tag Umschlagentwürfe für seine Romane.

Das Motiv war ein Schwarzweißfoto aus den fünfziger Jahren. Ein Paar auf einem Motorrad. Er blickte ernst geradeaus auf die Straße. Sie saß im Damensitz hinter ihm. Mit dem rechten Arm umfaßte sie seine Taille, mit dem linken versuchte sie, ihre Petticoats zu bändigen. Ihre Haare flatterten im Fahrtwind, und sie warf lachend den Kopf in den Nacken. Im Himmel über dem Motorrad stand in großen roten Buchstaben: DAVID KERN. Im Asphalt unter den Reifen im gleichen Schriftgrad LILA, LILA. Darunter in weißer Schrift und halber Größe ROMAN und KUBNER.

»Und das zeigst du mir nicht?« rief sie aus.

David antwortete mit seinem Schulterzucken.

Im Briefumschlag steckte ein zweiter Entwurf: Die Umschlagrückseite. Sie zeigte David vor einer vollgesprayten Hauswand. Er trug seine wattierte Jacke und sein ernstes Lächeln, das ihn älter aussehen lassen sollte. Am rechten Bildrand stand: »Foto: Roland Meier/ADhoc«. Marie hatte Rolli, der wie viele Grafiker auch fotografische Ambitionen besaß, dazu überredet, das Autorenporträt zu machen. Er hatte etwas gezögert, weil er wohl fürchtete, Ralph könnte es mißbilligen.

Zum Bild gehörte ein kurzer Lebenslauf, der David als den vielleicht vielversprechendsten Nachwuchsschriftsteller des Landes bezeichnete, welcher seinen Lebensunterhalt mit verschiedenen Gelegenheitsjobs bestritt.

Den größten Teil der Seite nahm der Klappentext ein:

»*Lila, Lila* ist die Geschichte einer ersten Liebe. Sie spielt in den fünfziger Jahren, als Familie, Staat und Gesellschaft noch Macht über die Liebe eines jungen Paares besaßen und ausübten. Der zwanzigjährige Peter verliebt sich in die erst sechzehnjährige Lila. Ihre Eltern sind gegen die Beziehung und stecken Lila in ein Mädchenpensionat. Mit aufwühlender Unmittelbarkeit schildert David Kern den Trennungsschmerz aus der Sicht des verzweifelten Peter. Er spiegelt sich in beengenden Stimmungsbildern aus den repressiven fünfziger Jahren und bewegenden Liebesbriefen. Als Lila endlich aus dem Pensionat zurückkommt, ist sie nicht mehr dieselbe. Die Geschichte von Peter und Lila nimmt eine neue Wende. ›Lieber Gott‹, beginnt der Autor seinen Erstling, ›laß sie nicht traurig enden.‹«

Marie warf die Arme um David und küßte ihn. Das war eine Art, Freude auszudrücken, die David mühelos erwidern konnte.

»›Der vielleicht vielversprechendste Nachwuchsschriftsteller des Landes‹ ist ziemlich peinlich«, sagte er, als sie sich voneinander gelöst hatten.

»Das ist Werbung, Klappentexte klingen so, niemand nimmt das ernst«, beruhigte sie ihn.

Es gefiel ihr zwar, daß David bei alledem auf dem Boden blieb. Andere, sie selbst wohl eingeschlossen, hätten abgehoben und eine harte Landung riskiert. Aber manchmal – zum Beispiel gerade jetzt – ging er ihr mit seiner Coolness doch auf die Nerven. Er tat, als mache er das alles nur ihr zuliebe mit. Die Rollen waren vertauscht. Sie war es, die nervöser wurde, je näher das Erscheinungsdatum rückte. Und er derjenige, der sie beruhigte.

An einem fast schon hochsommerlichen Nachmittag in diesem sonst kühlen und regnerischen Mai war das Unvermeidliche passiert: Myrtha und David waren sich begegnet. Marie hatte einen freien Nachmittag, und sie wollten ins Landegg, eine Badeanstalt am See. David holte sie zu Hause ab, wie er das schon öfters getan hatte. Am Nachmittag war Myrtha gewöhnlich bei der Arbeit.

Aber an diesem Tag fühlte sie sich nicht wohl und ging nach Hause. Gerade als Marie die Wohnungstür abschloß, trat sie aus dem Lift. Marie blieb nichts anders übrig, als David vorzustellen. »Aha, der Schriftsteller«, sagte Myrtha. »Endlich bekomme ich Sie zu Gesicht. Marie versteckt Sie vor mir.«

In der Badeanstalt bemerkte David: »Sieht gut aus, deine Mutter, für über vierzig.«

»Du solltest sie erst ohne Grippe sehen.«

Es wurde ein Strandbadnachmittag wie in Maries Kindheit. Sie lagen auf bunten Frottiertüchern abwechselnd in der prallen Sonne und im Schatten der noch zartgrünen Weide, schmierten sich die weißen Rücken länger als nötig mit Sonnencreme ein, aßen Nußgipfel vom Kiosk, tranken lauwarme Sinalcos und hörten mit halbgeschlossenen Augen dem Durcheinander der Stimmen und Kofferradios zu. Auf dem See zogen kleine Boote ihre Furchen und am Himmel kleine Flugzeuge ihre Kondensstreifen.

»Woran denkst du?« fragte Marie.

»Was denkst du, woran ich denke?«

»An das, woran alle Schriftsteller immer denken.«

»Nämlich?«

»An das nächste Buch.«

David schwieg.

»Hab ich recht?«

»Fast.«

»Woran also?«

»An das, woran ich immer denke.«

»Nämlich?«

»An dich.«

»Ich bin ja hier.«

»Aber ich habe die Augen zu.«

»Dann mach sie auf.«

David öffnete die Augen.

»Und jetzt? Woran denkst du?« fragte sie.

»An dich.«

»Jetzt siehst du mich doch.«

»Eben.«

Sie beugte sich über ihn und gab ihm einen langen Kuß.

Am Abend, als Marie sonnendurchglüht in die Wohnung kam, saß Myrtha in Pyjama, Morgenrock und mit Halstuch am Küchentisch und wartete, bis das Wasser für ihren Lindenblütentee kochte. »Ist er nicht ein bißchen jung, dein Schriftsteller?« erkundigte sie sich heiser.

»Er ist gleich alt wie ich, ein paar Monate jünger.«

»Ach? Ich hätte ihn auf achtzehn geschätzt, wenn's hoch kommt.«

»Er dich auf fünfzig.« Marie wußte nicht, weshalb sie das sagte. Einen Gefallen tat sie David damit nicht. Von da an nannte ihn Myrtha nur noch »das Kind«.

Erst als der Begriff »Buchvernissage« auftauchte, begann auch David, nervös zu werden. Karin Kohler schlug vor, die Buchvernissage nicht in Frankfurt, sondern in seinem persönlichen Umfeld zu veranstalten. Sie rechne mit einem viel größeren Echo als in Frankfurt, wo um diese Jahreszeit jeden Abend ein paar Buchvernissagen stattfänden. Ob er eine Idee für ein geeignetes Lokal habe, wollte sie wissen. Vielleicht würde sich das Lokal anbieten, in dem er gerade arbeite. Vielleicht außerhalb der normalen Öffnungszeiten.

Marie fand die Idee, Davids großen Triumph am Schauplatz seiner vielen kleinen Niederlagen zu feiern, großartig. In diesen Worten sagte sie es natürlich nicht. »Ein Heimspiel«, nannte sie es. »Etwas Besseres als ein Auftritt vor eigenem Publikum kann dir gar nicht passieren. Stell dir vor, du müßtest in einer Buchhandlung auftreten, vor lauter fremden Leuten.«

Davids Einwand war grundsätzlich: »Von einer Buchvernissage stand nichts im Vertrag.«

»Weil es selbstverständlich ist. Buchvernissagen gehören zur Promotion. Und dafür stehst du nach Möglichkeit zur Verfügung, steht im Vertrag.«

David schwieg.

»Von sieben bis neun. Ein paar Journalisten, Buchhändler, Freunde, ganz familiär. Du liest eine halbe Stunde, danach Aperitif und Small talk.«

»Ich lese was? Aus dem Buch? Ganz bestimmt nicht!«

»Wie du willst. Jedenfalls finde ich das Esquina gut.«

David überlegte. Dann schüttelte er entschieden den Kopf. »Eine Buchvernissage am Arbeitsplatz macht mich endgültig zum schreibenden Kellner.«

Darauf wußte Marie keine Antwort.

18

Der Raum besaß kein Fenster, sonst wäre David hinausgeklettert. Der einzige Ausgang war die Tür, und die führte direkt in die Buchhandlung. An den andern Wänden reichten Regale bis an die Decke. Sie waren gefüllt mit Büchern, Verlagsprospekten, Karteikästen, ausgedienten oder nie verwendeten Plakatrollen, Deckenhängern und Regalstoppern. Auf dem Boden stapelten sich Kartons von Bücherauslieferungen und Verlagen. Auf einem hatten Kaffeebecher ihre Ringe hinterlassen. Er war ungeöffnet und trug die rote Aufschrift: »Endlich: Ihre persönlichen Leseexemplare für den Herbst!«

David saß auf einem Klappstuhl und hielt sein Buch umklammert. Er hätte doch auf Maries Idee eingehen sollen, die Vernissage an einem Schauplatz von *Lila, Lila* stattfinden zu lassen. Im Zoo zum Beispiel. Oder im Hirschenpark. Dann hätte er nötigenfalls abhauen können. Aber er hatte, nachdem er sich erfolgreich gegen das Esquina gewehrt hatte, die Wahl des Veranstaltungsorts Karin Kohler überlassen. Und die hatte gesagt: »Ich kenne mich nicht besonders gut aus in Ihrer Stadt, aber der Vertreter für Ihr Gebiet fand, wir sollten den Rahmen klein und familiär halten. Er schlug die Buchhandlung Graber vor, kennen Sie sie?«

David kannte sie nicht, aber jetzt saß er drin, und jeden Moment würde die Tür aufgehen, und er würde hinausgeführt und müßte Seite achtzehn bis einundzwanzig und hundertzweiundvierzig bis hundertneunundvierzig vorlesen.

Die Sache mit dem Lesen hatte zu Diskussionen geführt. Zuerst hatte sich David strikt geweigert, auch nur eine einzige Zeile zu lesen. Aber bei einem Besuch in Frankfurt hatte er sich weichklopfen lassen. Wenn er ehrlich war, hatte es nicht lange gedauert, bis ihn Karin Kohler, die er jetzt Karin nannte – Karin, aber Sie – soweit hatte.

Er hatte ihr wenig entgegenzusetzen. Auch in der Frage des Hotels hatte er schon auf dem Weg vom Bahnhof zum Parkplatz nachgegeben. Obwohl er ihr auf Drängen von Marie ein Mail geschickt hatte, in dem er seinen Wunsch nach Hotelunterbringung geäußert hatte. Etwas verschlüsselt vielleicht – »Sie brauchen mich nicht abzuholen, ich kann direkt ins Hotel gehen, wenn Sie mir die Adresse geben«, hatte er geschrieben – aber unmißverständlich.

Auf dem Weg zum Auto erklärte sie ihm: »Frankfurt ist eine Messestadt, die meiste Zeit sind alle Hotels ausgebucht. Es ist doch in Ordnung, wenn Sie wieder bei mir übernachten, jetzt, wo Sie sich schon auskennen?«

Noch ehe sie die Wohnung erreichten, hatte sie ihn soweit, daß er »im Prinzip« gegen eine kurze Lesung nichts einzuwenden hatte. Nur was die Stellen betraf, leistete er Widerstand. Erfolgreich sogar, was die Liebesbriefe anging. Sie gestand ihm zu, daß er keinen davon lesen mußte. Sein Argument, er geniere sich so schon genug, hatte sie, wenn auch nicht überzeugt, so vielleicht doch gerührt.

Man einigte sich auf eine Stelle am Anfang: das erste Rendezvous in der Konditorei Stauber. Und auf eine gegen Schluß: die Szene, in der Peter bei strömendem Regen vor dem Haus von Lilas Eltern auf dem Motorrad sitzt und sich vorstellt, was sie wohl gerade macht.

Karin brachte ihn sogar dazu, ihr die Stellen vorzulesen. Er saß an ihrem Eßtisch und stotterte vor sich hin. Sie hörte ihm von ihrem Sofa aus zu und ließ sich nichts anmerken.

»Sehen Sie jetzt, daß es nicht geht?« fragte er, als er endlich zu Ende gelesen hatte.

»Klar geht das. Sie lesen es noch ein paarmal laut Ihrer Freundin vor, und dann geht das wunderbar.«

Er war tatsächlich so weit gegangen, es Marie vorzulesen. Sie hatte ihn mit Bemerkungen beunruhigt wie: »Du bist ja Schriftsteller, nicht Schauspieler.« Und: »Dürrenmatt sprach auch kein Bühnendeutsch.«

Die Aussprache war nicht Davids Hauptsorge. Was er fürchtete, war das komplette Blackout. Daß er einfach den Mund nicht mehr aufbrachte. Oder noch schlimmer: Den Mund zwar auf-, aber keinen Pieps herausbrachte. Mit offenem Mund dasaß und in die Gesichter starrte. Und da kam einfach nichts. Wie in einem Traum, wenn er um Hilfe schreien wollte und kein Ton herauskam.

Oder daß er las und sich plötzlich selber lesen hörte. Wie ein Außenstehender. Nur noch zuhören konnte, was der da las. Spätestens nach zwei, drei Sätzen hätte er den Faden verloren und – Blackout.

Das war ihm nämlich schon passiert. In der Schule, bei Referaten, zum Beispiel. Und da bestand das Publikum aus seiner Klasse, die er doch weiß Gott kannte.

Das alles war aber noch gar nichts gegen seinen schlimmsten Albtraum: Er las ohne Blackout, ohne sich selber lesen zu hören, las einfach so gut er es konnte, und plötzlich steht jemand auf und sagt: »He, das kenn ich. Das ist nicht von dem, das ist von Alfred Duster.«

Die Tür ging auf, und Frau Graber kam herein. Sie lächelte ihm aufmunternd zu. »Über zwanzig werden es sein. Das ist sehr, sehr gut für eine Erstlingslesung. Bei diesem Prachtwetter. Die Presse ist auch da. Wir warten noch fünf Minuten auf die Nachzügler. Nervös?«

Ein wenig schon, wollte David antworten, aber es kam nichts heraus. Er räusperte sich. »Ein wenig schon.«

»Das ist normal bei den ersten dreißig Lesungen«, lachte Frau Graber. »Nehmen Sie noch einen Schluck Wein, das hilft.«

David gehorchte.

Frau Graber war eine dünne Frau um die Sechzig. Sie trug ihr graues Haar kurz geschnitten und glatt gekämmt wie eine Mütze für Kabriofahrer. Ihr schwarzes, sackartiges Kleid wurde auf der rechten Schulter von einer Silberbrosche zusammengehalten, die zu ihren großen Ohrringen paßte. »Ich habe Ihnen ein Mineralwasser bereitgestellt. Ohne Kohlensäure, wegen der Bäuerchen.«

Das hatte sie schon einmal gesagt. Vielleicht ist sie genauso nervös wie ich, schoß es David durch den Kopf. Sein Herz machte einen Sprung. Er schielte auf ihre Uhr, aber er konnte die Zeit nicht lesen, auf dem großen schwarzen Zifferblatt befanden sich nur zwei Zeiger, aber keine Zahlen oder Striche.

Eine oder zwei Minuten schwiegen sie. Er sitzend, sie

stehend. Jetzt schaute sie auf die Uhr. Davids Puls begann zu rasen.

»So, ich glaube, wir sollten. Sind Sie bereit?«

David stand auf und wunderte sich, daß ihn seine Beine trugen. Bevor Frau Graber die Tür öffnete, drehte sie sich noch einmal um und flüsterte: »Toi, toi, toi!« Als wäre er nicht schon nervös genug.

Das erste, was David auffiel, waren die vielen leeren Stühle. Er wußte nicht, ob er enttäuscht oder erleichtert sein sollte. Das zweite war Ralph Grand. Er lehnte an einem Büchergestell und hatte sein spöttischstes Lächeln aufgesetzt. David schaute schnell in eine andere Richtung.

Die vorderste Reihe war leer bis auf eine alte Dame. Sie blickte ihn mit einem Lächeln an, das so gütig war, daß ihm die Knie weich wurden. Jetzt fiel ihm ein, daß sie nicht darüber gesprochen hatten, ob er sich gleich setzen sollte oder stehend warten, bis Frau Graber ihre kleine Einführung, »keine Angst, kein langer Sermon«, gehalten hatte.

Frau Graber begrüßte die Anwesenden und bedankte sich dafür, daß sie trotz des schönen Wetters gekommen seien. Sie freue sich ganz besonders, die erste sein zu dürfen, die diesen vielversprechenden jungen Mann und sein erstes Werk vorstellte. Sie freue sich auch, sie im Anschluß dank der Großzügigkeit des Kubner-Verlags alle zu einem Glas und ein paar Häppchen einladen zu dürfen. Und sie freue sich, die Anwesenden auf die nächste Veranstaltung hinzuweisen: Eine Lesung des bekannten Schauspielers Ruud Martens aus Wolfgang Borcherts *Draußen vor der Tür*. Jetzt aber Bühne frei für David Kern.

Ein heftiges Klatschen löste einen dünnen Applaus des

Publikums aus. David erkannte Karin Kohler als Urheberin. Neben ihr saß Marie. Wieder setzte Davids Herz einen Schlag aus. Er nahm Platz und schlug sein Buch beim ersten Buchzeichen auf.

Die Konditorei Stauber lag ganz in der Nähe der Eisbahn, deshalb hatte Peter sie vorgeschlagen. Sie war berühmt für die größten Nußgipfel der Stadt, ihretwegen kamen die Schlittschuhläufer dort vorbei. Obwohl der Kioskinhaber bei der Eisbahn es nicht gerne sah, wenn man sein Essen mitbrachte.

David hatte den Absatz gelesen, ohne ein einziges Mal zu atmen. Jetzt holte er tief Luft. Es geriet ihm wie ein Seufzer. Er hatte das Gefühl, ein unterdrücktes Lachen zu hören. Er zwang sich weiterzulesen.

Peter war eine Viertelstunde zu früh gewesen. Er wollte sicher sein, daß er einen Tisch bekam, und zwar nicht einen am Schaufenster, wo man ausgestellt war wie die Patisserie.

»Lauter!« Die Stimme kam von den hinteren Reihen, wo die meisten Leute saßen. Weshalb haben sich die Idioten nicht weiter nach vorn gesetzt, ging es David durch den Kopf. Er versuchte, lauter zu lesen.

Aber jetzt war es fünf nach, und er saß immer noch allein vor seiner kalten Ovomaltine, die er hatte bestellen müssen.

Gleich kam das Rendezvous, über das er bei jedem Probe-lesen gestolpert war. REN-DEZ-VOUS, REN-DEZ-VOUS, gibt es ein einfacheres Wort?

>>*Hier können Sie sich nicht einfach aufwärmen und nichts konsumieren*<<, *hatte die Serviertochter mit dem Spitten, Spitzentäub, Entschuldigung.*

Das Spitzenhäubchen war nie ein Problem gewesen.

>>*Hier können Sie sich nicht einfach aufwärmen und nichts konsumieren*<<, *hatte die Serviertochter mit dem Spit-zen-häub-chen, das aussah wie eine Tortenmanschet-ze, Tor-ten-man-schet-te geschimpft, als er zum dritten Mal sagte, er warte noch.*

> *Wenn sie ihn jetzt sitzenließe? Beim ersten* REN-DEZ-VOUS?

Uff.

Unmöglich wäre es nicht. Sie hatte nicht gleich ja gesagt. Sie hatte gesagt, sie müsse es sich noch überlegen. Und dann war er an der Bande gestanden und hatte sie mit ihren beiden kichernden Freundinnen vorbeifahren se-hen, Runde für Runde. Erst als es ihm zu blöd geworden war und er begonnen hatte, sich auf der Bank die Schlitt-schuhe auszuziehen, hatte sie ihm zugerufen: >>*Also, gut!*<<

Ins Publikum schauen, ab und zu ins Publikum schauen, hatte ihm Marie bei den Proben eingeschärft. Er behielt den

Finger auf »Also, gut!« und hob den Blick. Er traf eine Frau, die sich gerade zu ihrer Sitznachbarin hinüberbeugte und ihr etwas zuflüsterte. David las weiter.

Nichts weiter. Einfach: »Also, gut.« Vielleicht hatte sie das nicht so verbindlich gemeint. Oder vielleicht hätte er Ort und Zeitpunkt noch einmal bestätigen sollen. Vielleicht hatte er desinteressiert gewirkt.

Was hatte die Frau ihrer Sitznachbarin gesagt? Bestimmt nichts Schmeichelhaftes.
»Lauter!« Dieselbe Stimme.

Aber dann sah er, wie sie in den Laden kam, sich umsah und durch den runden Türbogen ins Café trat. Sie trug ihren Kaninchenmuff und über der linken Schulter ihre Schlittschuhe mit den weißen, gestrickten Überzügen. Er stand auf, sie kam auf ihn zu und reichte ihm ihre weiche Hand, noch warm vom Kaninchenpelz. Sie hatte rote Backen und war ein wenig außer Atem. »Entschuldige«, sagte sie, »Tram verpaßt.«

Sie knöpfte ihren Mantel auf und setzte sich. »Soll ich dir den Mantel aufhängen?« fragte er.

»Nein, ich kann nur kurz bleiben, ich hätte eigentlich gar nicht kommen dürfen.«

»Weshalb nicht?«

Sie verdrehte die Augen. »Eltern.«

Genau bei »Eltern« passierte es. David begann, sich selbst zu sehen. Wie er da vornübergebeugt an diesem kleinen

Tischchen saß und mit viel zu lauter Stimme etwas vorlas, das man eigentlich nicht leise genug lesen konnte.

Sie bestellte auch eine kalte Ovo. Noch jetzt sah er sie vor sich, wie nach dem ersten Schluck ein dünner Schnurrbart aus Schaum zurückblieb, den sie wie absichtlich ein paar Sekunden stehenließ, bevor sie ihn von der Oberlippe leckte.

Er merkte, wie seine Stimme zu versagen begann. Er schielte nach dem Wasserglas. Aber als er unauffällig die Hand danach ausstrecken wollte, merkte er, daß sie zitterte. Wenn er mit dieser Hand ein volles Glas halten wollte, würde er die Hälfte verschütten. Er räusperte sich und las weiter.

Sie blieb länger als ein paar Minuten. Sie erzählte ihm von ihrem Leben, ihren Eltern, der Schule und der Musik, die sie mochte. Mitten im Satz verstummte sie, machte ihm mit den Augen Zeichen, die er nicht verstand, stand auf und ging. Peter blieb verdattert sitzen. Erst jetzt fielen ihm zwei Frauen auf, die sich an einen Nebentisch gesetzt hatten. Eine von ihnen schaute Lila nach. Dann beugte sie sich zu ihrer Begleiterin und raunte ihr etwas zu. Beide blickten zu ihm herüber.

Peter winkte der Serviertochter und bezahlte. Bevor er ging, trank er langsam Lilas Ovomaltine leer. Von der Seite, von der sie getrunken hatte.

Trinken, dachte David, egal, was.

19

Marie hatte David noch nie betrunken gesehen. Deswegen brauchte sie am Abend seiner Buchvernissage lange, bis sie merkte, was mit ihm los war. Er zeigte nicht die üblichen Symptome, kein Lallen, kein Torkeln, er wurde nicht laut oder blöd oder rechthaberisch. Er legte auch nicht seine Zurückhaltung ab, wie es schüchterne Menschen taten, wenn sie ein Glas zuviel getrunken hatten. David wurde feierlich. Er hielt sich bolzengerade, bewegte sich gemessen und sprach gewählt.

Zuerst dachte sie, er passe sich der Bedeutung des Anlasses an. Obwohl von Bedeutung ihrer Meinung nach wenig zu spüren war. Sie war zwar noch nie bei einer Buchvernissage gewesen, aber schon ab und zu bei einer Autorenlesung. Und selbst diesem Vergleich hielt Davids Premiere nicht stand. Gut zwanzig Personen, das Personal der Buchhandlung inbegriffen, lauwarmer Orangensaft, Rotwein zweifelhaften Ursprungs, etwas Käsegebäck. Und die Presse war vertreten durch die Volontärin der Gratiszeitung.

Die Buchhändlerin, die Lektorin und sie selbst versuchten, sich die Enttäuschung nicht anmerken zu lassen. Nur David schien zufrieden. Wohl weniger mit dem Anlaß als damit, daß er vorbei war.

Sie hatte gelitten bei seinem Auftritt. Irgendwann, in ein paar Monaten, wenn dieser Tag Geschichte und er ein routinierter Vorleser war, würde sie ihm erzählen, wie katastrophal er gewesen war. Er sprach zu leise und zu schnell, als wäre sein einziges Ziel, die Sache so schnell wie möglich hinter sich zu bringen. Was sein Lesetempo drosselte, waren einzig die vielen Versprecher, die ihn jedesmal rot anlaufen ließen. Es blieb ein Rätsel, was dieser unbeholfene Junge dort vorne mit dem Text zu tun hatte, den er vorlas. Man wollte ihm zurufen: Laß es gut sein, komm, trink ein Glas mit uns, und wir lesen dein Buch zu Hause.

Irgendwann würde sie es ihm erzählen, und sie würden darüber lachen.

Daß Ralph erschienen war, nahm sie ihm übel. Er war nicht zur Unterstützung von David da, sondern zu seiner Verunsicherung. Er hatte sich geweidet an dessen Auftritt, und sie wußte, daß er noch am selben Abend im Esquina eine Parodie darauf spielen würde.

Während David seine paar Exemplare – die meisten für die Buchhandlung – signierte und der Pressevertreterin ein paar Fragen beantwortete, unterhielt sie sich mit Karin Kohler. »Ist das immer so beim ersten Mal?« fragte sie hoffnungsvoll.

Die Lektorin überlegte. Vielleicht, wieviel Wahrheit sie mir zumuten kann, dachte Marie. »Na gut, ideal läuft es beim ersten Mal nie.«

Marie blickte sie an und wartete, ob da noch was nachkam.

Karin grinste. »Aber daß es so beschissen läuft, ist zum Glück eher selten. Falls Sie das für sich behalten können.«

Die Buchhandlung leerte sich rasch. Frau Graber hatte im Jäger einen Tisch reserviert, dem Lokal, »wo wir nachher immer noch hingehen«. Der Tisch, an den sich ihre beiden Buchhändlerinnen, David, Karin Kohler und Marie setzten, war für zwölf Personen gedeckt. Ein Detail, das David nicht aufzufallen schien.

Er aß mit großer Sorgfalt einen riesigen Teller Spaghetti – die Spezialität des Jäger –, und wenn eine der fünf Frauen eine Frage an ihn stellte, legte er die Gabel ab, wischte sich den Mund, überlegte sich die Antwort und lieferte sie in betont deutlicher Aussprache. Und sei es auch nur, wie in den meisten Fällen – ja oder nein.

Als er den Teller leer hatte, nahm er einen großen Schluck aus seinem Glas und stellte fest: »Ich glaube, ich bin nicht für diese Tätigkeit geschaffen.«

»Das würde ich nicht sagen«, widersprach Frau Graber, »für das erste Mal war es doch ganz respektabel, nicht wahr?« Sie blickte in die Runde und stieß auf nichts als Skepsis. Sie tätschelte Davids Unterarm. »Die Kunden, mit denen ich danach gesprochen habe, fanden es alle gut. Vielleicht sollten Sie das nächste Mal etwas langsamer und lauter lesen, dann wird es automatisch deutlicher.«

Karin Kohler pflichtete ihr bei. »Sie werden sehen, David, bereits in Markheim wird es besser laufen.«

Er trank seinen Rotwein aus, wischte sich über den Mund und verkündete: »Ich gehe nicht nach Markheim.«

»Natürlich gehen Sie. Es gibt keine bessere Übung als eine kleine Lesereise in der Provinz. Dort haben Sie das dankbarste Publikum. Nicht wie in den großen Städten, wo jeden Abend hundert Sachen los sind.«

David runzelte die Stirn und erkundigte sich: »Glauben Sie, ich könnte noch einen Schluck Wein haben?«

Jetzt erst wurde Marie klar, daß er betrunken war. Frau Graber warf Karin Kohler einen fragenden Blick zu, die Rechnung ging auf den Verlag. Als diese nickte, bestellte sie noch einen Halben vom Hauswein.

Auf dem Heimweg begriff Marie, daß David mit seinen gemessenen Schritten lediglich seinen Gang kontrollieren wollte. Das gelang ihm jetzt nicht mehr ganz. Er legte den Arm um sie und schien zu glauben, sie merke nicht, daß sie ihm als Stütze diente.

In seiner Wohnung, als er beim Ausziehen der Unterhose auf einem Bein stehen mußte, verlor er das Gleichgewicht und stürzte in seiner ganzen Länge aufs Bett. Marie deckte ihn zu. Sie hatte sich den großen Tag anders vorgestellt.

David murmelte: »Und ich gehe nicht nach Markheim.« Und schlief ein.

20

Markheim lag nicht an einer der großen Bahnlinien. David mußte dreimal umsteigen, verpaßte den Regionalexpreß und durfte fünfundvierzig Minuten auf den nächsten warten.

Am Bahnhof hätte ihn Frau Bügler von der Buchhandlung abholen sollen. »Sie müssen nicht nach mir Ausschau halten, ich kenne Sie vom Foto«, hatte sie versichert. Aber als sich der Bahnsteig geleert hatte, blieb David allein zurück.

Er nahm sein Handy und wählte Maries Nummer, wie er es seit seiner Abfahrt immer wieder getan hatte. Ihr Beantworter meldete sich. »Jetzt bin ich endlich in diesem beschissenen Markheim, und kein Mensch holt mich ab. Ruf mich an, du fehlst mir«, lautete seine Nachricht.

Er schulterte seine Reisetasche und ging die Treppe hinunter zur Halle des kleinen Bahnhofs. Ein Kiosk, eine Imbißbude, zwei Bahnschalter, ein Laden mit leeren Schaufenstern und der Aufschrift »Zu vermieten!«.

Auf einer Bank saß ein Mann in einem schmutzigen Regenmantel mit einem großen Hund. Neben ihm standen ein paar leere Bierflaschen. Auf einer andern Bank saßen zwei übergewichtige Jugendliche. Jeder aß vornübergebeugt eine triefende Pizza.

David ging durch den Ausgang. Vor dem Bahnhof stand ein Taxi. Der Fahrer lehnte an der Wagentür und las Zeitung. Er blickte kurz auf, als David herauskam, und las weiter. Niemand auf dem Bahnhofsplatz sah aus wie eine Buchhändlerin, die auf einen Autor wartete.

Er setzte sich auf eine Bank und kramte in der Tasche nach dem Reiseplan, den ihm Karin Kohler geschickt hatte. Sie hatte seine Weigerung, diese Lesereise anzutreten, einfach ignoriert. Und er hatte nachgegeben. Vor allem wegen Marie. Er hatte das Gefühl, sie betrachte seine literarische Karriere als ihr Verdienst und seinen Mangel an Enthusiasmus als Undankbarkeit oder Arroganz oder, was er am schlimmsten fände, fehlende Liebe.

Die mäßige Resonanz auf das Erscheinen von *Lila, Lila* hatte ihn ermutigt. Außer dem kleinen Bericht in der Gratiszeitung war im Lokalteil einer der großen Tageszeitungen der Stadt eine kurze Meldung mit einer Besprechung erschienen, die fast wörtlich den Klappentext wiedergab. Einzig den Satz mit dem »vielleicht vielversprechendsten Nachwuchsschriftsteller des Landes« hatte man gnädig weggelassen.

Vielleicht lief alles glimpflich ab. *Lila, Lila* würde in den vielen Neuerscheinungen untergehen und nach ein paar Wochen wieder so vergessen sein wie in den letzten fünfzig Jahren. Nur Marie und er würden noch ab und zu an die Geschichte denken, weil sie ihr ihre Liebe zu verdanken hatten. Und irgendwann, in ferner, gemeinsamer Zukunft, würde er ihr die Wahrheit über *Lila, Lila* gestehen. Und sie würden beide herzlich darüber lachen.

Eine Lesereise unter Ausschluß der Öffentlichkeit schien

ihm ein kalkulierbares Risiko. Denn so wenig er Lust hatte, auf Lesereise zu gehen, so sehr würde es ihm gefallen, wenn es im Esquina hieß, David Kern bediene dieser Tage nicht, er sei auf Lesereise.

Auch daß die Tour auf ihrer ersten Etappe bereits mit einer Panne begann, hielt er für ein gutes Omen. Je erfolgloser er war, desto größer die Chance, daß die Sache im Sand verlief.

Er fand die Nummer der Buchhandlung »Bücherwelt«. Eine Frauenstimme meldete sich: »Buchhandlung ›Bücherwelt‹, Kolb?«

»Herr Kern?« fragte eine andere Frauenstimme, nicht über das Telefon. David blickte auf. Vor ihm stand eine vierschrötige Blondine in einem altmodischen Sommerkleid.

David nickte. »Ich glaube, ich habe sie gefunden«, sagte er ins Telefon und legte auf.

»Ich habe Sie mir viel kleiner vorgestellt«, erklärte sie, als sie ihm die Hand schüttelte. »Ich habe Sie auf dem Bahnsteig gesehen, aber weil Sie so groß waren, habe ich nicht auf Ihr Gesicht geachtet. Erst jetzt, als Sie saßen, habe ich Sie erkannt. Ich schlage vor, ich bringe Sie zuerst ins Hotel.«

Sie fuhren in einem Subaru voller weißer Hundehaare zum Hotel Hermann. »Das Lieblingshotel unserer Autoren«, nannte es Frau Bügler.

Davids Zimmer befand sich unter dem Dach. Vom Mansardenfenster aus sah er ein paar Fassaden und Dächer und ein kleines Stück des diesigen Sommerhimmels. Eine ähnliche Aussicht wie bei ihm zu Hause.

Und noch etwas erinnerte ihn an seine Wohnung: Bad und Toilette befanden sich auf dem Gang.

Als er pünktlich um sieben in die kleine mit Kupfergegen-
ständen vollgestopfte Empfangshalle trat, wartete Frau
Bügler bereits. »Ist das Zimmer in Ordnung?« war ihre erste Frage.

»Sehr schön«, antwortete er.

Sie gingen zu Fuß zur Buchhandlung. So bekomme er
noch etwas von Markheim zu sehen, fand Frau Bügler. Sie
führte ihn durch ein verwirrendes System von Nebenfuß-
gängerzonen in eine Hauptfußgängerzone und von dort
aus in eine Seitenfußgängerzone zur Buchhandlung »Bücherwelt«. Unterwegs beklagte sie sich über das Wetter.
»Wenn es einmal Sommer ist, dann ausgerechnet an einem
Abend, an dem ich eine Lesung habe.« Als sie den Laden erreichten, sagte sie: »Ich hoffe, es hat sich in der Zwischen-
zeit etwas gefüllt.«

David erschrak. Am Schaufenster neben dem Ladenein-
gang hing ein Plakat. Es zeigte sein Autorenfoto vom
Buchumschlag, wohl mit einem Kopierer vergrößert. Darüber stand in handgemalten Buchstaben, jeder in einer
andern Farbe: »Heute Lesung!!!!« Darunter: »David Kern
liest aus *Lila, Lila*. Beginn 19 Uhr 30. Eintritt frei.«

Als sie die Buchhandlung betraten, war eine Frau, die
sich später als »ich bin Frau Kolb, wir haben telefoniert«
vorstellte, dabei, eine Reihe Klappstühle wegzuräumen. Ein
Mann, den sie bei gleicher Gelegenheit als »und das ist Karl,
mein Mann« vorstellte, half ihr dabei. Frau Bügler führte
David in ein Nebenzimmer. Im Vorbeigehen sah er ein ver-
stellbares Lesepult mit einem Glas Wasser und einer Leselampe. Die Sitzreihen waren leer bis auf zwei alte Damen in
der ersten Reihe.

»Einige der schönsten Lesungen hatten wir im ganz intimen Rahmen«, sagte Frau Bügler, als sie die Tür zum kleinen Raum schloß, der als Büro, Lager, Pausenraum und Personalgarderobe diente. »Deswegen reduzieren wir die Bestuhlung, wenn der Andrang nicht so groß ist.«

»Verstehe«, sagte David.

Nach einem Moment der Stille lächelte er ihr aufmunternd zu. Das war zuviel für sie.

»Die Markheimer sind ein Pack«, brach es aus ihr heraus, »das ganze Jahr beklagen sie sich, hier sei nichts los, und wenn man einmal etwas auf die Beine stellt, grillen sie lieber Würstchen im Garten!«

David konnte die Markheimer verstehen. Wenn »etwas auf die Beine stellen« eine Lesung von ihm bedeutete, würde er auch lieber Würstchen braten. »Mir macht es nichts aus, vor wenig Publikum zu lesen«, tröstete er sie.

Aber ein bißchen mehr Publikum hätte es dann doch sein dürfen. Außer den zwei alten Damen befanden sich gerade noch Frau Kolb und ihr Mann, zwei junge Mädchen, die David im Verdacht hatte, Mitarbeiterinnen zu sein, ein junger Mann, der sich benahm wie der Freund der einen, und ein intellektuell wirkendes reiferes Ehepaar im Raum.

David stellte sich ans Lesepult. Es reichte ihm knapp über den Schritt, Frau Bügler hatte es auf die Größe des kleineren Mannes eingestellt, den sie erwartet hatte. Er schaute sie hilfesuchend an.

Aber von Frau Bügler war keine Hilfe zu erwarten. Ihr passierte gerade das, wovor David sich am meisten fürchtete: Sie hielt ein Blatt in der Hand, auf das sie »ihre kurze

Einführung, keine Angst, ich rede nicht lange« notiert hatte, und brachte keinen Ton heraus.

David sah von der Seite, daß auf ihrer Oberlippe winzige Schweißperlen standen. Sie hatte den Mund halb geöffnet und starrte auf das Blatt. Dann wandte sie sich zu ihm und wies mit der freien Hand pathetisch auf ihn, wie ein Conferencier. Aber noch immer kam kein Ton.

Sollte er die Situation retten, indem er einfach zu lesen anfing? Er schlug das Buch an der ersten Stelle auf und merkte, daß auch er keinen Ton herausbringen würde.

»Ich habe ja sonst nicht so nahe am Wasser gebaut, aber die Stelle, wo Lila mit ihrer Freundin einfach an Peter vorbeigeht, ohne ihn eines Blickes zu würdigen – ich hätte losheulen können.« Die intellektuelle Ehefrau schaute ihren Mann an, bis dieser nickte. »Ich habe Gudrun noch selten mit feuchten Augen ein Buch lesen sehen. Ich wollte es erst gar nicht lesen. Ich mag keine traurigen Geschichten.«

Gudrun übernahm: »Aber ich habe ihm gesagt, es ist zwar traurig, aber es ist auch schön. Traurig, aber schön.«

»Traurig, aber schön«, bestätigte auch Frau Kolb. Ihr Mann hatte es noch nicht gelesen, wollte es aber noch am gleichen Abend anfangen.

Sie saßen im Tiefen Keller, dem Lieblingslokal von Frau Büglers Autoren, tranken etwas Wein und aßen eine Kleinigkeit. Frau Bügler hatte eine Kellerplatte für sechs bestellt, »mehr schafft man nicht zu zehnt«. Die Kellerplatte stellte sich als gemischter Aufschnitt mit etwas Geräuchertem heraus. Gerade richtig für sechs Personen, fand David, der noch nichts gegessen hatte.

Das Publikum von Davids Lesung war fast vollzählig am langen Tisch im verrauchten Kellergewölbe versammelt. Nur die beiden alten Damen aus der vordersten Reihe fehlten. Zwei ledige Schwestern, die keine Lesung ausließen, hatte Frau Bügler erklärt. Sie hatten zu Beginn des Abends für etwas Heiterkeit gesorgt, als die Schwerhörigere der beiden die andere anbrüllte: »Ich versteh wieder kein Wort!« und ihre Schwester zurückschrie: »Er sagt auch kein Wort!«

Der Dialog hatte Davids Zunge aus ihrer Erstarrung gelöst, und er las, wie er fand, ganz leidlich. Jedenfalls umschiffte er die Klippen Spitzenhäubchen, Tortenmanschette und Rendezvous ohne Zwischenfälle.

Frau Bügler gestand David, daß es ihr öfter passierte, daß sie bei der Einführung kein Wort herausbrachte. Seit bald fünfzehn Jahren veranstalte sie Lesungen, aber das Lampenfieber werde immer schlimmer.

David wünschte sich, sie hätte das für sich behalten. Er wünschte sich auch noch andere Dinge. Zum Beispiel, daß die intellektuelle Ehefrau aufhörte, ihm *Lila, Lila* zu erklären. Oder daß jemand Frau Kolb sagte, daß sie ein Stück Ei am Mundwinkel hatte. Oder daß die pummelige Auszubildende ohne Freund aufhörte, ihn wie ein seltenes Insekt anzustarren. Oder daß der intellektuelle Ehemann – er war Lehrer an der Markheimer Berufsschule – sich nicht auch noch die letzte der sechs Scheiben Geräuchertes schnappte. Oder daß Frau Bügler kein Gästebuch mitgebracht hätte.

Auf der Doppelseite vor jener, die für David reserviert war, klebte ein Zeitungsausschnitt. Ein längerer Artikel unter der Schlagzeile »Volles Haus für Georg Rellmann«. Das Bild war das Porträt eines grauhaarigen Pfeifenrauchers in nachdenklicher Pose. Die Bildlegende lautete: »Mit Erinnerungen aus einem erfüllten Schauspielerleben für Ernstes und Heiteres gesorgt – G. Rellmann.« Der Artikel begann mit dem Satz: »Die genaue Zahl der Besucher, die sich an diesem herrlichen Juliabend in der Markheimer Buchhandlung Bücherwelt drängten, wollte Inhaberin K. Bügler aus feuerpolizeilichen Gründen nicht verraten…«

Gegenüber dem Zeitungsausschnitt hatte der Autor mit schwungvoller Handschrift geschrieben: »Ach, hätte ich doch als Schauspieler immer ein solches Publikum gehabt wie als Schriftsteller in Markheim! Danke, danke! Georg Rellmann.«

Verzweifelt suchte David unter den Blicken der Runde nach einer Idee. Der intellektuelle Ehemann nahm sich das letzte Stück Geräuchertes mit dem Satz: »Wenn das keine Abnehmer findet…« Als ihm David einen Blick zuwarf, grinste er: »Nicht mich anschauen, Sie sind der Schriftsteller.«

Frau Bügler versuchte zu helfen: »Es muß ja nichts Literarisches sein, einfach, was Ihnen gerade so einfällt.«

David schrieb: »Zur Erinnerung an eine unvergeßliche Lesung. Herzlich David Kern.«

Die intellektuelle Ehefrau – sie hatte etwas mit Pädagogik zu tun, David hatte nicht verstanden, was – schaute ihm dabei über die Schulter und sagte: »Schöner Gedanke, ›erinnern an etwas Unvergeßliches‹. Sehr subtil.«

Um elf Uhr war David wieder beim Hotel. Man hatte ihm einen Hausschlüssel mitgegeben, für den Fall, daß er nach zweiundzwanzig Uhr zurückkam.

Er betrat die dunkle Vorhalle und machte Licht. Es roch

nach dem vollen Aschenbecher, der bei der Rezeption stand. Der Weg zur Treppe führte durch den Frühstücksraum. Die Tische waren gedeckt und das Büffet halb vorbereitet. Zwei Glaskrüge mit Säften standen neben einer Käseplatte, die mit Frischhaltefolie zugedeckt war.

Er ging die vier Treppen hinauf in sein Zimmer und setzte sich auf das schmale, kurze Bett, die einzige Sitzgelegenheit.

Jetzt noch Bornstadt, Staufersburg, Plandorf und Mitthausen, dann konnte er Marie wieder in die Arme schließen.

21

An der Böschung stand eine alte Frau mit einer abgewetzten Einkaufstasche und versuchte, deren Inhalt
gerecht unter die Enten zu verteilen. Sie überging die frech-
sten, die sich bis zu ihren Füßen vorwagten, und warf die
Brotstücke den schüchternsten zu, die am Flußufer hin und
her watschelten und, kaum hatten sie sich eines geschnappt,
es sich von den tüchtigeren wieder abjagen ließen.

Hand in Hand gingen David und Marie an der Frau vorbei und erwiderten verständnisvoll ihr Lächeln. Der schmale Uferweg war von Pappeln gesäumt. Immer wieder mußten sie sich an den Wegrand stellen, um ein Fahrrad vor-
beizulassen. Dabei herrschte hier Fahrverbot.

Der Spaziergang am Fluß war Davids Idee gewesen. Er
kannte den Weg aus der Zeit, als er noch joggte und sich
über die Ausflügler ärgerte, die die ganze Wegbreite für sich
in Anspruch nahmen. Der Weg war ihm als der ideale Ort
für das Gespräch erschienen, das er mit Marie führen wollte. Es ging um seine Karriere als Schriftsteller. Er wollte ihr
behutsam beibringen, daß er nicht beabsichtigte, sie weiter-
zuverfolgen. Und je nachdem, wie sie reagieren würde,
wollte er ihr vielleicht sogar die ganze Wahrheit sagen.

Er hatte Marie einen realistischen Bericht über seine
kleine Lesereise geliefert, den sie sich mit einer Mischung

aus Mitleid und Belustigung angehört hatte. Jetzt gingen sie schweigend nebeneinander her.

»Das ist nichts für mich, Marie.«

»Lesereisen? Die gehören dazu.«

»Schriftsteller.«

Sie stieß ihr heiseres Lachen aus, das er in den vergangenen Tagen so vermißt hatte. Dann führte sie seine Hand an den Mund und küßte seinen Handrücken. Damit schien das Thema für sie erledigt.

»Im Ernst, das ist kein Beruf für mich.« Ein Paar kam ihnen entgegen, auch Hand in Hand. David wollte Marie loslassen und hinter ihr weitergehen. Zum Aneinander-Vorbeigehen war nur Platz für drei.

Aber Marie hielt seine Hand fest. »Warum immer wir? Jetzt sollen mal die andern Platz machen.«

Die andern waren in ein Gespräch vertieft und machten keine Anstalten, aus dem Weg zu gehen. David hielt nicht durch. Als sie beinahe auf gleicher Höhe waren, verließ er Maries Seite. Das Paar ging vorbei, ohne sie zu beachten.

Als er wieder Maries Hand nahm, sagte er: »Das ist der Unterschied zwischen einem Schriftsteller und einem Kellner. Der Schriftsteller hätte nicht Platz gemacht.«

Marie blickte zu ihm hoch und schüttelte lächelnd den Kopf. »Den Schriftsteller erkennt man daran, wie er schreibt. Nicht daran, wie er spaziert.«

Als sie an diesem Sonntagmorgen gegen zehn Uhr erwacht waren, hatte die Sonne geschienen. Aber jetzt war der Himmel mit Wolken überzogen, die nach Regen aussahen. Am Flußufer picknickte eine Familie und tat, als ginge sie das Wetter nichts an. Die Mutter breitete den Inhalt einer Kühlbox auf einer getigerten Decke aus, der Vater fächelte die Holzkohle an, ein Kleinkind lag im Kinderwagen und suckelte an seinen Zehen, und ein kleiner Junge warf Steine in den Fluß.

»Schriftsteller ist nicht ein Beruf wie Bauzeichner oder Elektriker. Da machst du keine Schnupperlehre, und wenn es dir nicht gefällt, versuchst du es mit etwas anderem. Schriftsteller ist man, weil man schreiben muß.«

Das wäre ein gutes Stichwort, dachte David. »Ich weiß.«

Marie blieb stehen, legte die Arme um Davids Hals und schaute ihm in die Augen. »Tut mir leid, wem sag ich das. Klar, weißt du es.« Sie küßten sich, bis das Klingeln eines Fahrrads sie zwang, sich loszulassen und an den Wegrand zu stellen. Ein Paar auf neuen Rädern und im genau gleichen Renndreß fuhr vorbei. »Fahrverbot!« rief Marie ihnen nach.

David legte den Arm um sie, und sie gingen weiter. In einem Weidling standen zwei Männer mit hochroten Köpfen und stachelten das schwere Boot mit aller Kraft in Gegenflußrichtung das Ufer entlang. An der Böschung stand ein dicker Mann mit einer Stoppuhr und rief: »Hoooo-Hopp! Hoooo-Hopp!«

»Du darfst dich nicht entmutigen lassen, bei Erstlingen ist das immer so. Die müssen entdeckt werden. *Lila, Lila* ist noch nicht entdeckt. Aber ich bin sicher, es ist nur eine Frage der Zeit.«

Hoffentlich irrt sie sich, dachte David.

Vor ihnen ging ein altes Paar, noch langsamer als sie. Die Frau hatte sich bei ihrem Mann eingehängt, und sie führten ein Gespräch mit langen Pausen. »Wie lange die beiden wohl zusammen sind?« fragte Marie.

»Dreißig, vierzig Jahre bestimmt.«

»Und reden noch miteinander.«

»Das werden wir auch«, sagte David.

Marie legte den Arm um seine Hüfte und zog ihn zu sich heran.

Bei einem kleinen Stauwehr überquerten sie den Fluß. »Badeverbot! Lebensgefahr!« stand in roten Lettern auf einer weißen Tafel. Sie stützten sich auf das Geländer und schauten in die hellbraune Gischt am Schleusenausgang. Ein blaues Kleidungsstück, eine Jacke oder ein Pullover, tauchte aus dem Wirbel auf, tanzte ein paar Augenblicke obenauf und wurde wieder hinuntergerissen. »Laß uns weitergehen«, bat Marie.

Am andern Ufer gingen sie flußaufwärts, wieder in Richtung Stadt. Sie kamen an ein paar Schrebergärten vorbei und am hölzernen Clubhaus des Wasserfahrvereins, zu dem wohl die Weidlingfahrer von vorhin gehörten. An einem langen Holztisch saßen ein paar Vereinsmitglieder in hochsommerlicher Kleidung. Ein Mann zapfte Bier aus einem kleinen Aluminiumfaß. Es roch nach Grillwürsten.

»Es kommt!« rief jemand, und schon klatschten schwere Tropfen vor David und Marie auf den staubigen Asphalt des Uferwegs. Sie rannten los.

Zuerst wollte David mit rücksichtsvoll gedrosseltem Tempo laufen. Aber Marie war schnell. Sie lief nicht wie ein Mädchen, sondern zog mit langen Schritten davon. Erst kurz vor dem Eingang des Ausflugslokals holte er sie ein. Sie ergatterten einen Tisch vor dem Ansturm der Gartengäste, die jetzt sich und ihre Gläser, Flaschen und Teller vor dem Regen retteten.

»Ich wußte nicht, daß du Sprinterin bist«, keuchte David.

»Du weißt vieles noch nicht.« Auch Marie war außer Atem. Ihr Haar klebte in nassen Strähnen am Kopf, und die Anstrengung hatte ihre Wangen gerötet. Beides stand ihr wunderbar, fand David. Er nahm ihre Hand. »Ich will aber alles wissen.«

»Alles?«

»Alles.«

»Das dauert ewig.«

»Um so besser.«

Marie lächelte. »Aber ich will auch alles wissen.«

»Dauert auch ewig.«

»Dann fangen wir am besten gleich an. Keine Geheimnisse?«

»Keine.«

Beide schwiegen.

Während David noch nach dem geeigneten Einstieg suchte, kam ein Kellner an den Tisch und nahm die Bestellung auf.

»Eine kalte Ovo«, bestellte Marie.

»Zweimal«, sagte David.

Als der Kellner gegangen war, sagte Marie: »Als kleine Hommage an Lila und Peter. Ohne sie säßen wir jetzt nicht hier.«

Das genügte, um David von seinem Vorsatz abzubringen.

So verbrachten David und Marie den Tag, an dem die Besprechung in der *Republik am Sonntag* erschien.

22

Zwischen fünf und halb sechs hatte Jacky den Waschraum für sich allein. Er schlich sich aus dem Zimmer, bevor die andern zu husten begannen.

Wenn man ihn gefragt hätte, was ihm beim Wort »Männerheim« einfalle, hätte er »Husten« gesagt. Man schlief ein zum Husten der Zimmergenossen, erwachte vom Husten der Zimmergenossen und frühstückte zum Husten der Frühstückenden.

Jacky war jedesmal froh, wenn er vor den andern erwachte. Nicht nur wegen dem Husten. Er konnte sich dann die sauberste der acht nur durch ein bis Wadenhöhe reichendes Brett getrennten Toiletten aussuchen und ungestört durch fremde Geräusche und Gerüche sein Geschäft verrichten. Er konnte sich auch rasieren und die Zähne putzen, ohne ständig den Blick vom Auswurf der Waschbekkennachbarn abwenden zu müssen. Und vor allem: Er konnte heiß duschen. Das Männerheim Sankt Josef war nämlich zu einer Zeit gebaut worden, als in Männerheimen selten geduscht wurde und ein Hundertliterboiler gut ausreichte.

Jacky duschte täglich. Im Männerheim wohnen war schon schlimm genug, man mußte nicht auch noch danach aussehen. Er machte auch regelmäßig Gebrauch vom Angebot des Sankt Josef, seine Wäsche waschen zu lassen. Und er stellte sich gut mit Frau Kovacic, die ihm das Bügeleisen überließ.

Hemden bügeln, das konnte Jacky. Er hatte sein Leben lang gebügelte Hemden getragen, auch wenn er nicht immer die Mittel für die Wäscherei gehabt hatte. Oder für einen Boy, wie in den guten Zeiten in Nigeria, Kenia und Rhodesien.

Er rasierte sich vor dem Spiegel seines bevorzugten Waschbeckens am Fenster. So früh an einem Morgen im September drang zwar wenig Licht durch die Milchglasscheibe, aber er konnte das Fenster öffnen und frische Luft hereinlassen, Mangelware in Männerheimen.

Jacky war Naßrasierer, immer gewesen. Er mochte die Berührung des Pinsels und den Duft der Rasierseife. Es gefiel ihm immer noch, aus diesem weißen Schaumkopf mit den roten Lippen das Gesicht von Jakob Stocker, genannt Jacky, herauszuschaben. Auch wenn es schon ziemlich alt war und er immer mehr Finger brauchte, um die lose Haut straffzuziehen.

Aber an einem Morgen wie diesem sah es ganz passabel aus. Er hatte einen vernünftigen Abend hinter sich. Nicht durcheinandergesoffen, alles vom gleichen Rotwein und nicht vom schlechtesten. Bezahlt von einem Tisch neuer Bekannter im Restaurant Mendrisio. Da hatten ihm auch die drei Gutenachtbierchen im Bahnhofsbüffet nichts mehr anhaben können.

Jacky duschte, trocknete sich ab und frottierte die Haare, bis sie fast trocken waren. Er war überzeugt, daß er es dieser täglichen Kopfmassage zu verdanken hatte, daß sein

Haar noch einigermaßen dicht war. Er kannte nicht viele Siebzigjährige mit einem solchen Haaransatz.

Er schlüpfte in die Pantoffeln, zog seinen weinroten Morgenrock an, warf das Frottiertuch über die Schultern, klemmte den Waschbeutel unter den Arm und verließ den Waschraum.

Im Gang waren die ersten Huster zu hören, und es roch nach Milchkaffee. Frau Kovacic machte das Frühstück, das im Logierpreis inbegriffen war. Dieser betrug im Dreierzimmer dreißig Franken und wurde im Fall von Jacky von der Fürsorge übernommen. Diese bezahlte ihm auch ein Taschengeld von fünfzehn Franken am Tag, das er jeden Morgen ab sieben Uhr dreißig im Heimleiterbüro abholen konnte. Das war vielleicht der demütigendste Aspekt seiner momentanen Situation. Aber immer noch besser als alle Alternativen, die man ihm auf dem Sozialamt angeboten hatte.

Jacky betrat den Frühstücksraum, legte den Kopf schräg und winselte. Frau Kovacic lachte und füllte ihm eine große Tasse mit Milchkaffee. Er verbeugte sich und sagte: »Hvala lepo«, vielen Dank. Sein einziges Serbisch außer »izvolite«, bitteschön, mit dem sie jedes Mal antwortete.

Er setzte sich an den Küchentisch und las in der Gratiszeitung, die Frau Kovacic jeden Morgen mitbrachte. Es war jetzt halb sieben. In spätestens einer Viertelstunde gingen seine Zimmergenossen ins Bad, und er hatte das Zimmer eine Weile für sich. Genug Zeit, um zu lüften und sich ungestört anzuziehen.

Aber heute hatte er Pech, der Neue lag noch im Bett und schlief. Normalerweise legten sie die Alkoholiker zusammen. Was nicht hieß, daß Jacky ein Alkoholiker war. Er war nur von all dem, was man im Sankt Josef sein konnte, am ehesten ein solcher. Das war ihm recht so. Alkoholiker hatten den Vorteil, daß sie früh rausmußten, um sich etwas zu trinken zu besorgen, denn im Sankt Josef gab es natürlich keinen Alkohol. Jacky trank selten vor zehn und konnte sich deshalb am Morgen mehr Zeit lassen.

Aber der Neue war ein Junkie. Junkies lagen im Bett, bis sie von der Heimleitung rausgeschmissen wurden.

Jacky haßte Junkies. Nicht nur, weil sie am Morgen nicht aus den Federn kamen. Er traute ihnen nicht. Bei denen wußte man nie, ob sie einem nicht in der Nacht den Schrank aufbrachen. Oder das Portemonnaie aus der Hose klauten. Alles schon vorgekommen im Sankt Josef.

Und die Geschichten, die sie erzählten. Jacky war selbst nicht gerade phantasielos, wenn es darum ging, Gründe zu erfinden, weshalb er sich eben mal kurz ein paar Franken leihen mußte. Aber verglichen mit den Junkies war er ein blutiger Anfänger. Die waren so genial, daß sogar er selbst, Jacky Stocker, zweimal darauf reingefallen war.

Meistens waren sie jung. Zwischen achtzehn und fünfundzwanzig. Wenn man sie hereinließe, wären noch jüngere darunter. Aber achtzehn war das Mindestalter im Sankt Josef.

Dieser hier schien allerdings älter zu sein. Junkies waren zwar schwer zu schätzen, aber der hier hatte schon ziemlich viele graue Haare. Verglichen mit der Gesamtmenge, die ihm geblieben war.

Er machte keine Anstalten aufzuwachen. Jacky nahm einen Schlüssel aus dem Waschbeutel und öffnete das Vor hängeschloß seines Schranks. Vor dem, der jetzt dem Junkie gehörte, stand eine offene schwarze Reisetasche mit ein paar Kleidungsstücken. Bis der Neue sie einräumen konnte, mußte er warten, bis die Heimleitung Pablos Schrank geöffnet und seine Sachen in Verwahrung genommen hatte.

Pablo war der Alkoholiker, der früher im Bett des Junkies geschlafen hatte. Er war letzte Woche nicht mehr aufgetaucht. Das Sankt Josef wartete in solchen Fällen jeweils vier Tage, dann vergab sie das Bett, falls es gebraucht wurde.

Was mit Pablo passiert war, wußte man nicht. Es wäre nicht das erste Mal, daß er für ein paar Wochen in der Versenkung verschwand und plötzlich wieder dastand und seine Sachen verlangte.

Pablo war ein schwerer Fall. Er machte Container. Das hieß, er angelte in den Containern der Altglassammelstellen nach intakten Flaschen, in denen noch etwas drin war. Nicht selten war er mit schlimmen Schnitten hier angekommen und hatte das ganze Bett vollgeblutet.

Jacky nahm den Bügel mit dem Baumwolljackett aus seinem Schrank. Ein heißer Tag stand bevor, wie geschaffen für Khaki.

Der Junkie schlief auf dem Rücken und hatte den Mund weit geöffnet. Bei jedem Atemzug war ein leises Kratzen zu hören. Kein Schnarchen, mehr das Geräusch, das entsteht, wenn etwas Rauhes über etwas Feines streicht. Er war bleich. Auch darin unterschieden sich die Junkies von den Alkis.

Auf dem Nachttisch lag ein Buch. *Lila, Lila* von David

Kern. Jacky hatte schon darüber gelesen. Man konnte zur Zeit keine Zeitung oder Zeitschrift aufschlagen, ohne auf das Buch oder dessen Autor zu stoßen. Eine Liebesgeschichte aus den fünfziger Jahren.

Jacky erinnerte sich. Liegengebliebene Zeitungen und Zeitschriften zu lesen war eine seiner Hauptbeschäftigungen. Wer wie er darauf angewiesen war, immer wieder neue Leute mit seinem Wissen zu beeindrucken, mußte à jour sein. Mit alten Geschichten langweilt man rasch.

Jacky lebte davon, den unterhaltsamen Alten zu spielen. Er gehörte zum Inventar verschiedener Kneipen und war auf dem neuesten Stand der Dinge, überraschte mit Ansichten, die man einem Mann in seinem Alter nicht zugetraut hätte, und konnte ein paar Abende lang – nicht zu viele – Geschichten und Anekdoten aus seinem richtigen und erfundenen Leben erzählen, ohne sich nennenswert zu wiederholen.

Eine anstrengende Tätigkeit, vor allem vor einem Publikum in mittleren Jahren. Das trank zwar die besseren Weine, aber es war anspruchsvoller. Zweimal die gleiche Geschichte, und schon begann man, ihnen lästig zu werden.

Die Jungen waren einfacher zu beeindrucken. Die fanden es schon erstaunlich, daß einer in seinem Alter überhaupt noch ausging, vor allem in ihre Lokale. Und daß er auch noch eine Meinung über die neue CD von Eminem hatte, und sogar eine vernichtende.

Aber auch die Jungen durchschauten ihn mit der Zeit und ließen ihn seine Getränke selbst bezahlen. So war er gezwungen, immer wieder die Kneipen zu wechseln und sich neu entdecken zu lassen.

Jacky zog den Morgenrock aus und die Unterhose an. Er vermied es, an sich hinunterzuschauen. Vor ein paar Jahren hatte er beschlossen, es reiche ihm, seinen Körper zu spüren, zu sehen brauche er ihn nicht auch noch. Seinen nackten Körper, wohlverstanden, angezogen konnte er sich durchaus immer noch sehen lassen. Mit einem frischen Hemd, einer Krawatte und einem Jackett wie dem, das er gerade anzog.

»Wie spät ist es?« Der Neue war erwacht. Vielleicht schon vor einer Weile und hatte zugeschaut, wie Jacky sich anzog.

»Zeit zum Aufstehen.«

»Shit, ein Hilfssheriff«, brummte der Junkie und setzte sich auf den Bettrand. »Stört es dich, wenn ich rauche?«

»Rauchverbot in den Zimmern.«

»Ob es *dich* stört, will ich wissen.«

Jacky hätte ja gesagt, wenn nicht in diesem Moment Watte hereingekommen wäre, der dritte Zimmergenosse. Gleich würde der sich eine anzünden.

Watte war ein redlicher Alkoholiker. Einer jener rechtschaffenen Randständigen, für die man Männerheime erfunden hatte. Der weiße Vollbart, dem er seinen Spitznamen zu verdanken hatte, war nikotingelb um die Mundpartie. Und seine Nase war rot, als käme er gerade auf einem Esel aus dem Schwarzwald.

Watte ging hustend zu seinem Schrank, schloß ihn auf, holte ein Päckchen Zigaretten heraus, steckte sich eine an, nahm einen tiefen Zug und hörte auf zu husten. Er nahm das Buch vom Nachttisch des Junkies, las den Titel und legte es zurück. »Ich kannte mal eine Lila«, grinste er. »Hatte schöne« – er deutete mit beiden Händen ein paar große

Brüste an – »Augen.« Sein Lachen ging in einen Hustenanfall über.

Als er aufgehört hatte, sagte der Junkie: »Das lese ich jetzt zum vierten Mal.«

»Wovon handelt es?« fragte Watte.

»Von einem, der verarscht wurde, wie ich.«

»Wie?«

»Eine Schlampe läßt ihn sitzen, und er bringt sich um. Wie ich.« Er deutete anklagend auf seine zerstochenen Armbeugen, Handrücken und Füße.

Watte und Jacky wandten sich ab.

»Mit Abstand die unkulinarischste Methode, sein Bewußtsein zu erweitern«, bemerkte Jacky. Ein Spruch aus seinem Repertoire. Aber er nahm sich vor, einmal in das Buch hineinzuschauen, falls der Typ länger blieb.

Bei einem Buch, das sogar ein Junkie mehrmals lesen konnte, da müßte er vielleicht mitreden können.

23

Wenn er Geld braucht, mp, mp, mp, soll er lesen.«
Uwe Everding zog mit steil angewinkeltem Ellbogen die Flamme seines Feuerzeugs in den Pfeifenkopf.

Karin Kohler seufzte. An diesem Punkt waren sie schon
einmal gewesen. »Er arbeitet als Kellner, wie soll er da lesen?«

»Mp, mp, weshalb arbeitet er denn immer noch als Kellner?« Die Pfeife brannte. Everding stieß den Rauch aus und
nahm die klassische Pose des intellektuellen Pfeifenrauchers ein: Der Pfeifenkopf ruhte in der entspannten Rechten, das Mundstück berührte die Unterlippe, die Stirn war
leicht gesenkt, und die Augen musterten von unten herauf
sein Gegenüber.

»Weil er Geld zum Leben braucht.«

»Was bekommt er pro Lesung? Vierhundert Euro? Mindestens. Bar auf die Hand. Und bei dieser Presse kann er so
viele Lesungen machen, wie er will.«

Karin Kohler zählte auf fünf, atmete tief durch und erklärte es noch einmal langsam und deutlich: » David haßt
Lesungen. Bei jeder Anfrage schützt er seine Arbeit vor.
Und wenn ich sage, Lesungen gehören zum Beruf, sagt er,
nicht zu seinem, sein Beruf sei Kellner. Und irgendwie verstehe ich ihn. Er hat jetzt etwas über fünfzigtausend Bü-

cher verkauft, wird als Literaturjungstar gehandelt und hat außer zweitausend Euro Vorschuß und knapp tausend Honorar für Provinzlesungen noch keinen Cent gesehen.«

Everding unterbrach sie: »Einmal im Jahr wird abgerechnet, das ist Standard.«

Karin Kohler überging den Einwand. »Wenn ich ihm jetzt sagen könnte: Hier sind mal zwanzigtausend Euro für den Anfang. Kündigen Sie Ihren Job, und leben Sie wie ein Schriftsteller. Dann könnte er mir nicht mehr alle Lesungsanfragen absagen.«

»Kubner steigt nicht aufs Vorschußkarussell.«

Wie oft hatte sie diesen blöden Satz nun schon gehört. »Ich rede nicht von Vorschuß. David Kerns Tantiemenguthaben beläuft sich schon auf etwa hunderttausend Euro. Und du weißt so gut wie ich, daß es noch einiges mehr werden wird. Wir drucken zum vierten Mal nach.«

»Was bist du eigentlich: Meine Lektorin oder seine Agentin?« Er schaute sie herausfordernd an, zufrieden mit seiner Frage. Seine Pfeife fiel ihm ein. Er zog heftig daran, aber es kam kein Rauch mehr.

Nicht einmal sprechen und seine Pfeife am Brennen halten kann er, dachte Karin. »Vorläufig bin ich noch freie Lektorin. Aber falls ich seine Agentin werde, empfehle ich ihm, den Verlag zu wechseln.« Sie stand auf und wandte sich zur Tür.

»Also gut, zwanzigtausend, aber keinen Cent mehr. Und nur unter einer Bedingung: Lesen, lesen, lesen.«

Schon am nächsten Tag saß Karin Kohler im ICE. Was sie mit David zu besprechen hatte, eignete sich nicht fürs Telefon. Sie wollte ihm in die Augen schauen und ihm den Scheck in die Hand drücken können.

Der Gedanke, Davids Agentin zu werden, gefiel ihr übrigens. Was tat sie denn anderes? Presse, Lizenzen, Lesungen und Davids Interessen gegenüber dem Verlag vertreten. Nur für viel weniger Geld. Und mit der zusätzlichen Belastung, auch noch die Lektorin zu spielen. Sie managte das Buch, und sie managte den Autor. Vielleicht sollte sie es sich tatsächlich ernsthaft überlegen.

Der Schaffner kam vorbei und fragte, ob sie einen Wunsch habe. Einen Wunsch? Kaffee, Mineralwasser, Wein, Bier, erklärte er.

Karin bestellte einen Kaffee. Sie hatte nicht gewußt, daß die Schaffner in der ersten Klasse auch Getränke servieren. Sie fuhr sonst nie erster Klasse. Aber man fährt nicht zweiter Klasse mit einem Scheck über zwanzigtausend Euro in der Tasche, den man einem jungen Literaturstar überreichen will, den man selbst entdeckt hat.

Diese Ehre beanspruchte sie für sich. Obwohl Klaus Steiner, der Lektor von Draco, jetzt so tat, als hätte er gewußt, was das für ein Juwel war, das er dem Kubner Verlag da zugeschanzt hatte. Er ließ durchblicken, er habe es aus alter Freundschaft zu Everding getan. Und bei einem sehr teuren Essen, das er als Vermittlerhonorar bei Everding eingefordert hatte, bat er darum, Draco gegenüber nie zu erwähnen, daß er das Manuskript abgelehnt hatte. Und ob man das bitte auch dem Autor weitersagen könne.

Die ersten Wochen nach dem Erscheinen von *Lila, Lila* waren ernüchternd gewesen. Keine Besprechung eines auch nur halbwegs bedeutenden Kritikers. Ein paar belanglose

Rezensionen, die sich meistens in der Wiedergabe des Klappentextes erschöpften. Ein oberflächlicher Verriß auf zwanzig Zeilen. Nichts, was die kläglichen Vorbestellungen durch den Buchhandel nicht gerechtfertigt hätte. Everding, dessen Hauptbeschäftigung – neben Pfeiferauchen – das Studium der Verkaufszahlen war, hatte ihr mit sarkastischen Kommentaren versehene Fotokopien der Computerausdrucke mit Kerns Zahlen auf den Schreibtisch gelegt.

Aber eines Morgens hatte der Wind gedreht.

Karin hatte eben ihre Frühstückszigarette angesteckt und den Feuilletonbund aus dem dicken Packen der *Republik am Sonntag* herausgezupft.

Von der ersten Seite des Bundes blickte sie das etwas unbeholfene Autorenporträt von David an. Bildlegende: »Kein Dandy der Postmoderne – David Kern.«

Der Titel über der seitendominierenden Besprechung hieß: »Das Ende der Postmoderne.«

Karin hielt den Atem an und begann zu lesen.

»Von der Kritik kaum beachtet ist im Frankfurter Kubner Verlag ein Romandebüt erschienen, über das noch zu reden sein wird. *Lila, Lila* von David Kern, die Geschichte einer verbotenen Liebe und vielleicht der Anfang vom Ende der literarischen Postmoderne.«

Sie hatte zu atmen vergessen, jetzt holte sie tief Luft.

»*Lila, Lila* ist die Chronik der Liebe zwischen dem zwanzigjährigen Peter und der sechzehnjährigen Lila. Die Schüchternheit der ersten Annäherung, das Glück der heimlichen Treffen, der Schmerz während der von den Eltern erzwungenen Trennung und die ausweglose Verzweiflung über die während dieser Zeit gewachsene Entfremdung. Der Autor, David Kern, 23, schildert Ereignisse und Gefühle in einer Unmittelbarkeit, Dringlichkeit und Ungekünsteltheit, wie man sie nur – und auch das selten genug – bei ersten Gehversuchen junger Autoren antrifft.

Aber damit erschöpfen sich auch schon die typischen Merkmale der Erstlinge, mit denen uns die junge Autorengeneration in den letzten Jahren heimgesucht hat. In *Lila, Lila* klingt zwar der Mitteilungsdrang und die literarische Naivität des klassischen Buchdebüts an, aber der Roman verzichtet auf die Verfallenheit an die Gegenwart und die Verkündigung des Zeitgeistes: *Lila, Lila* spielt in den fünfziger Jahren!

Mit diesem Kunstgriff beweist der junge Autor eine literarische Reife, die ihn mit einem Schlag zu einem der wenigen Hoffnungsträger der neuen deutschen Literatur macht.«

»Jipiih!« stieß Karin aus.

»Dadurch, daß er die tragische Liebesgeschichte im Mief der verklemmten fünfziger ansiedelt, gewinnt sie eine emotionale Glaubwürdigkeit, wie sie seit Jahren, vielleicht seit Jahrzehnten, keine deutsche Liebesgeschichte mehr besessen hat.«

»Jipiih! Jipiih!«

»*Lila, Lila* ist keine dieser Beziehungs- und Post-Beziehungsgeschichten über das Trauern des Protagonisten über den Verlust der Freundin und dessen Versuche, darüber wegzukommen mit Sex and Drugs and Drum'n'-Base.«

»Halleluja!«

»Schluß mit der Positionslosigkeit und der gleichzeitigen Suche nach Identifikation. Genug der Unverbindlichkeit, Seichtheit und Schnöselhaftigkeit. Fertig Markenverehrung und Bildermacht. Ende Oberflächlichkeit der Konsumwelt und ihrer Affirmation.«

»Schluß!« rief Karin. »Genug! Fertig! Ende! Jipiih!«

»*Lila, Lila* ist radikal. Ein Buch über Liebe, Treue, Verrat und Tod. Keine Literatur für zwanghaft Junggebliebene. Nicht im lockeren Parlando der Lifestylemagazine geschrieben. *Lila, Lila* ist der Roman, auf den wir so sehnlich gewartet haben: Das Ende der Knabenwindelprosa.«

Gezeichnet: Joachim Landmann!

Karin Kohler stellte sich auf ihren kleinen, mit Blumentöpfen und Pflanzkisten vollgepferchten Balkon, ballte die Faust, stieß sie in die Luft und brüllte: »Yeah!«

Herr Petersen, der auf dem Nachbarbalkon die Schwarze Susanne düngte, starrte sie erschrocken an. »Was gibt's zu feiern?«

»Das Ende der Knabenwindelprosa«, strahlte Karin, wünschte ihm einen schönen Sonntag, ging zurück ins Wohnzimmer und erlaubte sich eine Extrazigarette.

Das war er, der Durchbruch. Wenn Landmann, der gefürchtete Großkritiker der *Republik am Sonntag*, eine solche Hymne schrieb, konnte das übrige Feuilleton *Lila, Lila* nicht länger ignorieren. Es mußte ihn bestätigen oder ergänzen, korrigieren oder widerlegen. Totschweigen konnten sie ihn nicht.

Das Wunderbare war: Landmann hatte nicht einfach ein Buch gelobt. Er hatte eine Debatte lanciert. Nach dem Ende der Spaßgesellschaft, dem Ende des Pop jetzt also das Ende der postmodernen Literatur. Die Rückkehr zu den alten Werten und großen Themen.

Karin Kohler behielt recht. Keine Woche später widersprach Anja Weber in der *Berliner Chronik* und wurde am folgenden Sonntag durch Günther Jakobsen in *Sieben Tage* widerlegt. Detlev Nauberg vom *Wochenmagazin* legte den Finger auf den neokonservativen Aspekt von *Lila, Lila*, der durch die Ansiedlung der Geschichte in den Fifties nur unvollkommen kaschiert würde. Und das *Bayernblatt* begrüßte die Rückkehr des Lieben Gottes in die Gegenwartsliteratur.

David schien vom plötzlichen Medienecho unberührt zu bleiben. Erst als vor ein paar Tagen die wichtigste Tageszeitung seiner Stadt *Lila, Lila* einen großen Beitrag widmete, rief er sie an und jammerte: »Jetzt fängt das hier auch noch an.«

Davids Pressescheu hatte sie anfangs beunruhigt. Aber

jetzt sah sie, wie perfekt sie ins Konzept paßte: David Kern ging es um sein Buch, nicht um seine Medienpräsenz. Auch darin war er post-postmodern.

Genauso wie in seinen linkischen Auftritten bei Lesungen. Bei Kern war das Buch wieder der Event, nicht der Autor. Bei ihm waren Lesungen wieder, was sie früher einmal waren: ein Autor, ein Buch und ein Glas Wasser. Keine Performance, keine Multimediashow, kein Gig.

Die Leute würden zu Davids Lesungen strömen, weil sie den Menschen sehen wollten, der sie mit *Lila, Lila* berührt hatte. Und würden glücklich sein zu erleben, daß er authentisch war. Jetzt mußte sie ihn nur noch dazu bringen, Lesungen zu machen.

Karin Kohler lehnte sich im blauen Ledersessel zurück und ließ die Vororte von Mannheim an sich vorbeiziehen. Vielleicht war jetzt der Moment gekommen, David vorzuschlagen, seine Agentin zu werden. Er brauchte jetzt wirklich jemanden, der seine Interessen vertrat. Auch dem Verlag gegenüber.

Und für sie wäre es endlich die Chance – vielleicht die letzte – für den Absprung von Kubner und den andern paar mickrigen Verlagen. Wenn es nur halbwegs so weiterlief, wie sie sich das vorstellte, dann würde die Agentin von David Kern keine Schwierigkeiten haben, andere interessante Autoren zu finden.

Als der Schaffner vorbeikam, bestellte sie ein kleines Fläschchen Wein.

24

Marie lag auf den Ellbogen gestützt im Bett und studierte den schlafenden David. Er lag zusammengerollt auf der Seite. Seine geballten Fäuste hielt er unter dem Kinn an die Brust gepreßt wie zwei Kuscheltierchen. Eine feuchte Haarsträhne klebte ihm an der Stirn. Er war glattrasiert, damit das David-Niven-Schnurrbärtchen, das er sich seit drei Tagen wachsenließ, ein wenig mehr zur Geltung kam. An seiner Ohrmuschel konnte sie noch die kleine Erhebung erkennen, wo das Piercing zugewachsen war. In der Delle an seiner Nasenwurzel lag eine seiner langen Wimpern. Sie hätte gerne den Finger angefeuchtet und sie aufgetupft, aber sie wollte ihn nicht wecken. Sie wollte ihn anschauen, während er schlief. Denn wenn er schlief, fiel es ihr am leichtesten, sich vorzustellen, daß die Dinge in ihm vorgingen, die in dem Mann vorgehen mußten, der *Lila, Lila* geschrieben hatte. Wenn er schlief, und wenn sie sich liebten. Dann ließ er etwas von diesem Mischgewebe aus Unschuld und Leidenschaft erkennen, aus dem *Lila, Lila* bestand. (Die Formulierung stammte aus ihrer Lieblingsbesprechung in *ReZensationen*.)

Anders konnte sie die Bilder ihres Davids und des Davids von *Lila, Lila* nicht in Übereinstimmung bringen. Es war, als distanzierte er sich absichtlich von seinem Werk.

Als schämte er sich für die Gefühle, die er damit preisgegeben hatte.

Als die Besprechung in der *Republik am Sonntag* erschienen war, hatte er ihr nichts davon gesagt. Sie erfuhr es erst durch eine spöttische Bemerkung von Ralph Grand. »Würde mir der Hoffnungsträger der neuen deutschen Literatur eventuell noch einen Zweier Roten bringen?« hatte er gefragt.

Und auf ihr »Mein Gott, bist du heute wieder mal ein Arschloch« hatte er erklärt: »Die Formulierung stammt nicht von mir, die stammt von Joachim Landmann himself.«

Erst dann war David mit dem Presseausschnitt herausgerückt, den ihm Karin Kohler gefaxt hatte. Sie war gekränkt gewesen. Daß David diesen Triumph nicht mit ihr teilen wollte, hatte sie verletzt. Immerhin war es auch ein wenig ihr eigener. Die Sache hatte zu einem Streit geführt, nicht ihrem ersten, aber ihrem bisher längsten. Und er hätte noch länger gedauert, hätte sie nicht gefunden, die Hymne eines der wichtigsten deutschen Literaturkritiker auf das Werk ihres Geliebten sei ein idiotischer Anlaß für einen Streit.

Von da an hatte David sie über die Rezensionen informiert, die nun in dichter Folge erschienen. Aber eher beiläufig. Einzig der Vorwurf des Neokonservativismus von Detlev Nauberg im *Wochenmagazin* beleidigte ihn und entlockte ihm den Kommentar: »Ich und neokonservativ! So ein Scheißdreck!«

Sie stieg vorsichtig aus dem Bett und ging zum Schrank. Sie hatte ein Abteil davon in Beschlag genommen, denn es kam oft vor, daß sie bei David übernachtete. Sie nahm einen Sarong heraus, schlang ihn sich um, verknüpfte die losen Enden über den Brüsten und ging aus der Wohnung. »Auf deinem WC im Treppenhaus wünsche ich mir manchmal, du wärst doch ein postmoderner Dandy«, hatte sie David einmal gestanden.

Als sie zurückkam, lag David immer noch in der gleichen Stellung nackt im cremigen Licht des Lämpchens mit dem Pergamentschirm, das auf der leeren Weinkiste stand. Das Nachttischchen mit der gelben Marmorplatte und der defekten Schublade war eines Tages verschwunden gewesen. Als Marie sich erkundigt hatte, was daraus geworden sei, hatte er geantwortet: Sperrmüll. Es sei ihm auf die Nerven gegangen.

Marie hob das Leintuch vom Boden auf und deckte David zu. Sie ging in die Küche, nahm eine Flasche Mineralwasser aus dem Kühlschrank, schenkte sich ein Glas voll ein und setzte sich. Auf dem Küchentisch lagen Drahtverschluß, Korken und Goldfolie der Flasche Cava, die David zur Feier des Tages geöffnet hatte. Daneben Zigarettenpapier, ein Plastikbeutel mit Gras und ein Aschenbecher mit den Überresten des Joints, den David gedreht hatte. Auch zur Feier des Tages.

Was es an diesem Tag zu feiern gab, war die Tatsache, daß er Davids erster als hauptberuflicher Schriftsteller war. Er hatte sie ins Thai Gardens eingeladen, ein orchideenbehängtes, geheimnisvoll beleuchtetes Restaurant, wo eine Art thailändische Nouvelle Cuisine serviert wurde. Danach hatten sie kurz im Esquina vorbeigeschaut. Eine gemeinsame Idee mit unterschiedlichen Motiven. David wollte einfach kurz das Gefühl erleben, als Gast im Esquina zu sitzen und nicht als pausierender Kellner. Wie damals, als er nach einer Woche in der ersten Klasse seinem alten Kindergarten einen Besuch abstattete, habe er sich gefühlt, vertraute er ihr später an.

Marie hatte ein anderes Motiv: Sie wollte sehen, wie Ralph die Lobeshymne auf *Lila, Lila* verkraftet hatte, die am gleichen Tag in der *Sonderausgabe*, seinem Leibblatt, erschienen war. Er war etwas kleinlaut gewesen, wie sie mit Genugtuung hatte feststellen können.

Danach war sie mit zu David gegangen, wie fast immer, seit ihre Mutter »etwas Ernstes« hatte, wie sie ihr Verhältnis mit einem zehn Jahre jüngeren arbeitslosen Programmierer nannte, der praktisch bei ihr eingezogen war.

Sie hatten noch etwas weitergefeiert und sich geliebt, angetrunken und ein wenig high. Jetzt war es vier Uhr, und Marie hatte noch keine Stunde geschlafen. Dabei mußte sie in drei Stunden aus dem Haus.

Sie trank ihr Mineralwasser und beschloß, die Schule zu schwänzen. Zur Feier des vergangenen Tages.

Seit sie mit David zusammen war, kam das öfter vor. Ihre Beziehung wirkte sich auf ihren Notendurchschnitt aus. Sie hoffte, daß sich das ändern würde, jetzt, wo er nicht mehr nachts arbeitete. Er würde oft auf Lesereise sein, und sie würde diese Zeit nutzen und ihren Lernrückstand aufholen. Und vielleicht könnten sie sich eine gemeinsame Wohnung suchen. Mit dem, was er mit Lesungen verdiente, und dem, was sie zur Miete der Wohnung ihrer Mutter beisteuerte, konnten sie sich etwas Besseres leisten.

David wußte noch nichts von diesem Plan. Er war ihr selbst noch zu neu. Daß sie überhaupt in Betracht zog, mit einem Mann zusammenzuziehen, überraschte sie. Ihr letzter und bisher einziger Versuch in dieser Richtung war nach kurzer Zeit gründlich und unspektakulär gescheitert.

Aber mit David könnte sie es vielleicht noch einmal riskieren. Sie liebte ihn. Sie hatte es David, im Gegensatz zu ihm, zwar noch nie gesagt. Aber sie war sich ziemlich sicher. Vor allem jetzt, wo er so dalag und schlief wie ein zufriedenes Kind.

Sie kroch zu ihm unters Leintuch. »Ist es schon Morgen?« fragte er.

»Nein, noch lange nicht.« Sie befeuchtete ihren Finger und tupfte die Wimper von seinem Nasenrücken.

»Eine Wimper?«

»Ja.«

Er öffnete die Augen und inspizierte sie auf der Spitze ihres Zeigefingers. Dann preßte er seine Zeigefingerspitze darauf. Sie hatte ihm das Spiel beigebracht. Für den, bei dem sie haftenblieb, würde sich ein Wunsch erfüllen. Sie wünschte sich, daß sie beisammen blieben.

Die Wimper blieb bei David.

»Ich liebe dich«, flüsterte sie.

»Das war es, was ich mir gewünscht hatte.«

25

Wenn erst mal die Veranstalter nervöser sind als du, dann bist du über das Gröbste hinweg.« Diesen Satz hatte ihm ein Kollege bei einem kleinen Literaturfestival in den neuen Bundesländern gesagt, zu dem ihn Karin Kohler gleich zu Beginn seiner neuen Laufbahn geschickt hatte. Der Kollege war ein bekannter, fünfzehn Jahre älterer Autor, dessen Namen David vorher noch nie gehört und danach gleich wieder vergessen hatte. So ging es ihm mit den meisten Berufskollegen. Erst jetzt fiel ihm auf, wie hoffnungslos unbelesen er war, und er begann Autoren zu büffeln wie früher Flüsse im Geographieunterricht.

Aber die Prophezeiung des Kollegen traf nicht ein. David wurde nicht ruhiger, wenn die Veranstalter nervös waren. Das mochte bei Autoren funktionieren, die nicht mit gestohlenen Texten hausierten. Die sich nicht mit einer fremden Feder schmückten und sich am Unglück eines Verzweifelten bereicherten.

David war vor jeder Lesung nervös. Er fühlte sich wie früher in der Schule beim Abschreiben. Jeden Moment konnte er erwischt und bloßgestellt werden. Immer war er darauf gefaßt, daß aus dem Halbdunkel des Saals eine Stimme »Betrüger!« rief.

Es wurde zum Markenzeichen von David Kern, daß er

aus seinem Roman las wie ein reuiger Verbrecher aus seinem Schuldbekenntnis: verschämt, stockend, voller Versprecher und falscher Pausen.

Aber die Leute lauschten gebannt und applaudierten frenetisch, wenn er am Ende verlegen aufstand und sich verbeugte.

Und er las vor ausverkauften Sälen, wenn auch noch vor kleineren. Sein Zuschauerrekord lag bei gut dreihundert, aber die Veranstalterin jenes Anlasses hatte danach beim »gemütlichen Beisammensein« immer wieder gesagt: »Wenn ich den Otto-Liebmann-Saal bekommen hätte, ich schwöre, den hätten wir auch voll gekriegt.« Wieviel Leute der Otto-Liebmann-Saal faßte, ließ sich leider nicht ermitteln, sonst hätte David die Zahl als inoffiziellen persönlichen Zuschauerrekord festgehalten.

Denn er litt nicht nur unter seinem unverdienten Erfolg. Er genoß es auch, im Mittelpunkt zu stehen. Es gab Momente, in denen er sich ganz als Autor von *Lila, Lila* fühlte, so sehr hatte er sich den Text einverleibt. Es kam vor, daß er aufrichtig stolz war auf eine gute Besprechung. Und persönlich getroffen von einem Verriß.

Auch daß sich sein Lebensstandard gebessert hatte, ließ er sich gerne gefallen. Die Zeiten der Etagenklos waren vorbei, nicht nur auf Lesereise. Seit zwei Wochen teilte er mit Marie eine Zweizimmerwohnung mit Bad und separatem WC. Das hieß, sie teilten die Wohnung, von der Miete übernahm er zwei Drittel. Die Hälfte hätte ihre Verhältnisse überstiegen, und er war es gewesen, der sich für die teurere entschieden hatte. In billigen Wohnungen hatte er lange genug gelebt.

Sein Honorar war rasch auf fünfhundert Euro plus Spesen gestiegen. Er konnte in einer Woche dreitausend Euro verdienen und hatte keine Auslagen. Außer horrenden Handyrechnungen von seinen stundenlangen Telefongesprächen mit Marie. Er vermißte sie so.

An diesem Abend war ihm noch mulmiger als sonst. Er war zurück aus Deutschland und las vor eigenem Publikum auf der kleinen Bühne des Stadttheaters. Vor vierhundertachtzig Personen, falls alle Karten weggingen, woran die Veranstalterin, die größte Buchhandlung der Stadt, keinen Moment zweifelte. Frau Rebmann, die Eventverantwortliche der Buchhandlung, saß mit ihm in der Künstlergarderobe und versuchte, ihre Nervosität zu verbergen. Sie lachte viel, und David konnte sich nicht entschließen, ihr zu sagen, daß sie rote Zähne hatte.

»Sind Sie an etwas Neuem?« fragte sie, damit die Zeit verging. Nicht gerade Davids Lieblingsfrage.

Er gab die Antwort, die er bei einem Podiumsgespräch einem Schriftstellerkollegen abgelauscht hatte: »Als Schriftsteller ist man immer irgendwie an etwas Neuem.«

»Das kann ich mir denken. Sie beobachten und merken sich Dinge. Das ist es, was einen so unsicher macht in Gegenwart eines Dichters – man muß ständig befürchten, daß man in seinem nächsten Buch vorkommt.« Frau Rebmann ließ ihr hohes Lachen erklingen und zeigte den Lippenstift auf ihren Zähnen. Dann fragte sie: »Darf man fragen, wovon es handelt?«

So direkt hatte bis jetzt noch niemand gefragt. Nicht einmal Marie, der er die Frage – wie auch sonst alles – verzeihen würde. Aber sie hielt sich zurück. Sie machte zwar Anspielungen. »Ich lass' dich heute ein wenig arbeiten«, sagte sie manchmal, wenn sie einen schulfreien Nachmittag nicht mit ihm verbrachte, sondern mit einer Klassenkameradin lernte. Oder: »Bist du gut vorangekommen?«, wenn sie zurückkam. Aber »wovon handelt dein neues Buch?« hatte sie noch nie gefragt. Er hatte auch noch nie behauptet, er sei an etwas Neuem. Er fand es schon schwer genug, mit der einen Lüge zu leben. Er gab nicht vor, gearbeitet zu haben, wenn sie zu ihm kam. Aber er stellte auch nicht ausdrücklich klar, daß er nicht an einem neuen Projekt war. Er ließ die Frage einfach offen.

Und jetzt wollte jemand wissen, wovon sein nächstes Buch handelte.

Das Thema erledigte sich durch den Auftritt eines Tontechnikers, der David einen Sender am Gürtel befestigte und umständlich ein Kabel unter dem Hemd hindurch bis zum zweitobersten Knopfloch zog. Dort brachte er es wieder zum Vorschein und verband es mit einem winzigen Mikrofon, das er an den Hemdkragen klemmte.

Unterdessen hatte sich Frau Rebmann aus der Tür gestohlen und kam jetzt mit verheißungsvoller Miene wieder herein. »Full house«, flüsterte sie. Davids Herz begann zu rasen.

Während Frau Rebmanns einführenden Worten stand er hinter dem Vorhang und versuchte, aus ihrer bebenden Stimme und ihren Versprechern Ruhe zu schöpfen. Aber die Vorstellung, daß sich unter den vielen Gesichtern, die gleich zu ihm heraufblicken würden, einige bekannte befinden würden, versetzte ihn in Panik. Er klammerte sich an seinem Buch fest und wartete auf »Meine Damen und Herren: David Kern!« Auf dieses Stichwort würden zwei Bühnenarbeiter den Vorhang einen Spalt öffnen, und David würde auf die Bühne treten, sich kurz verneigen und an den kleinen Tisch in der Bühnenmitte setzen.

Das Stichwort mußte gefallen sein, denn die Bühnenarbeiter setzten sich plötzlich in Bewegung, und der Vorhang öffnete sich vor David. Er trat hinaus, blickte in einen Scheinwerfer und hielt sein Buch schützend über die Augen wie ein Kurgast auf einer Sonnenterrasse. In den Applaus des Publikums mischten sich ein paar Lacher.

David verneigte sich, nahm Platz und schlug sein Buch auf. Er blickte in einen dunklen Schlund, nur die vorderste Reihe war undeutlich als Schattenriß zu sehen. Kein Gesicht war zu erkennen, schon gar kein bekanntes.

Saß irgendwo da unten jemand, der wußte, daß er ein Betrüger war?

Frau Rebmann schleuste den noch vom Applaus benommenen David durch die Menschenmenge im Foyer zu seinem Signiertisch. Da und dort tauchte ein bekanntes Gesicht auf, nickte ihm zu und war verschwunden, noch bevor ihm der Name dazu eingefallen war.

Vor dem Tisch wartete schon eine lange Schlange. David setzte sich, zog den Füllfederhalter, den ihm Marie eigens zu diesem Zweck geschenkt hatte, aus der Brusttasche, drehte den Deckel auf und nahm das erste Buch entgegen. Es gehörte einer alten Dame, die drei Bücher mitgebracht hatte. »Für Sonja«, bat sie und fügte hinzu: »Das ist meine Enkelin, sie ist achtzehn.«

Soviel wußte David aus Erfahrung: Wenn schon die erste Leserin um eine persönliche Widmung bat, dann wollte die zweite auch eine. Er machte sich auf eine lange Signierstunde gefaßt.

Nach einer guten halben Stunde – ein hagerer Hornbrillenträger hatte ihm gerade verlegen die Widmung »Dem lieben Schnecklein zum Vierzigsten« diktiert – sah er auf und blickte in das lächelnde Gesicht von Marie. »Irgend etwas«, wünschte sie sich.

David schrieb:

»Marie, Marie,
ich liebe Dich
und wie!
David.«

Marie las die Widmung, schürzte die Lippen zu einem angedeuteten Kuß und sagte: »Wir sehen uns im Zebra.«

David sah der geschmeidigen Gestalt im kurzen engen Kleid nach, bis sie durch den Ausgang verschwunden war, und dachte: Ich bin der einzige, der weiß, was sie darunter trägt.

»Für Alfred Duster, bitte.«

Vor ihm stand ein kleiner alter Mann in einem abgetragenen Baumwolljackett. Sein Gesicht war leicht gerötet, und das Weiß seiner wäßrigen Augen hatte einen Stich ins Gelbliche. Sein Lächeln legte eine zu regelmäßige Reihe zu weißer Zähne frei.

»Für wen, bitte?« fragte David.

»Alfred Duster«, wiederholte der Mann.

Wie in Trance signierte David weiter, vielleicht eine halbe Stunde, vielleicht nur noch zehn Minuten. Er erinnerte sich nur, daß Silvie Alder, die Zeichenlehrerin aus dem Esquina, unter denen war, die für eine Widmung angestanden waren, daß ihm ihr Name nicht einfiel und er sich in »Zur Erinnerung ans Esquina, herzlich, David« gerettet hatte. Und daß sie gefragt hatte: »Geht ihr nachher noch irgendwohin?«

Als endlich der letzte Leser seine Widmung bekommen hatte, schleppte Frau Rebmann eine Bücherkiste an: »Noch mehr Arbeit«, strahlte sie. Sie hatte Lippen und Zähne frisch geschminkt und begann, Bücher auf den Tisch zu stapeln. »Nur Ihr Name«, beruhigte sie ihn.

Frau Rebmann schälte die Bücher aus der Folie, David schlug sie an der richtigen Stelle auf und unterschrieb.

Das Foyer hatte sich geleert bis auf eine Garderobiere und einen Wachmann. Irgendwo da draußen wartete der Mann, der Alfred Duster kannte. »Auf ein andermal«, hatte er bedeutungsvoll gelächelt. »Auf ein andermal.«

Konnte es Zufall sein? Kannte der Alte tatsächlich jemanden, der Duster hieß? Oder hieß er selbst so? Konnte jemand zu seiner Lesung kommen, der zufällig so hieß wie das Pseudonym des toten Autors, das nur David kannte?

Nein, solche Zufälle gab es nicht. Der schlimmste Fall war eingetroffen. Der, für den es kein Szenario gab: David war aufgeflogen.

»Wer ist Alfred Duster?« fragte Frau Rebmann. Ihr Lachen klang jetzt etwas irritiert.

David erschrak. Noch jemand, der die Wahrheit kannte. »Wer?« brachte er heraus.

»Alfred Duster.« Sie zeigte auf die Widmung, die er soeben geschrieben hatte. »Alfred Duster« stand da.

Der Wachmann ließ David und Frau Rebmann hinaus und verriegelte die Tür hinter ihnen. Die Lesung hatte an einem milden Sommerabend begonnen. Aber jetzt war ein böiger Wind aufgekommen und hatte einen kühlen Herbstregen mitgebracht.

Sie standen einen Moment unschlüssig unter dem Vordach des Stadttheaters. Frau Rebmann erwog, noch einmal hineinzugehen und sich einen Schirm zu leihen. Aber da erloschen die Leuchtschrift und die Schaukästen, und sie entschlossen sich, den kurzen Weg zum Zebra im Schutz der Dachvorsprünge zurückzulegen.

Bei jedem Hauseingang und bei jeder Hausecke war David darauf gefaßt, von dem alten Mann erwartet zu werden. Ein Stein fiel ihm vom Herzen, als sie das Lokal mit dem schematisierten Leuchtzebra erreichten.

Die Gesellschaft am langen Tisch, den Frau Rebmann reserviert hatte, empfing ihn mit Applaus. David war froh, daß man ihm den Platz neben Marie freigehalten hatte. Sie winkte ihn heran und sagte etwas zu ihrem Sitznachbarn. Jetzt erst erkannte ihn David: Es war der Mann, der Alfred Duster kannte.

David setzte sich und gab Marie einen Kuß. Sie zog ihn zu sich heran und flüsterte in sein Ohr: »Du warst wunderbar.« Sie angelte sich die Flasche Rotwein und schenkte sein Glas voll. Alle am Tisch prosteten ihm zu. Er erhob sein Glas, nickte in die Runde und trank. Den Blick von Maries Sitznachbarn mied er.

»Hast du gewußt, daß Max Frisch und Ingeborg Bachmann hier Stammgäste waren?«

David hatte es nicht gewußt.

»Herr Stocker hat es uns gerade erzählt. Du kennst ja Herrn Stocker.« Marie deutete auf den Mann neben ihr.

»Jacky. Alle nennen mich Jacky. Herr Stocker klingt so stockformell. Darf ich David sagen? Und…?« Er schaute Marie an.

»Marie, natürlich, gerne.«

»Dann brauche ich aber noch etwas zum Anstoßen.«

Marie füllte sein fast leeres Glas, und sie stießen an.

»Wie viele Bücher hast du signiert?«

David hatte keine Ahnung.

»Am Büchertisch gingen hundertdreiundachtzig weg. Und viele hatten ihr eigenes Exemplar mitgebracht«, erzählte Frau Rebmann.

»Schön.« Jacky nickte anerkennend, und David sah ihm an, daß er rechnete. Es hätte ihn nicht überrascht, wenn er mit dem Resultat herausgeplatzt wäre.

David versuchte, sich auf Silvie zu konzentrieren, die ihm schräg gegenüber saß. Ihr Name war ihm wieder eingefallen, und er flocht ihn ab und zu ein, um seinen Fauxpas von vorhin zu überspielen.

Aber Jacky hatte bald auch Silvies Aufmerksamkeit. Er unterhielt den Tisch mit Anekdoten, Aperçus und Faits divers.

»Wie hältst du es mit dem Lampenfieber?« rief er David zu. »Als Thomas Mann jung war, hatte er einen solchen Bammel, daß er nur sturzbetrunken lesen konnte.«

»Das kann man sich bei Thomas Mann überhaupt nicht

vorstellen«, staunte Frau Rebmann, »so korrekt und formell, wie der war.«

»Das stimmt allerdings. Als junger Mann bin ich ihm einmal bei einer Einladung begegnet. Während des ganzen Essens hat er kaum gesprochen, und zum Schluß hat er gesagt: ›Die Nachspeise war deliziös.‹«

Jacky schenkte sich und Marie den Rest der Weinflasche ein und signalisierte dem Kellner, er solle eine neue bringen.

»Wie kommt es, daß du mit Thomas Mann zum Essen eingeladen warst?« erkundigte sich Marie.

»Ach das. Das ist eine lange Geschichte. Ich bewegte mich früher oft in literarischen Kreisen.« Und mit einem Blick zu David: »Wollte selber einmal Schriftsteller werden.«

»Und woran ist es gescheitert?« wollte Silvie wissen.

»Woran alle Pläne scheitern: Am Leben.« Jacky lachte, und die Runde lachte mit.

Der Kellner brachte eine neue Flasche und zeigte Jacky das Etikett. Er schaute kurz darauf und gab sein Einverständnis mit einer lässigen Handbewegung.

»Ist jemals etwas von Ihnen erschienen?« fragte Frau Rebmann.

»Von dir«, korrigierte sie Jacky. »Wie man's nimmt.«

Er nahm das Probierglas entgegen und degustierte den Wein kennerhaft. Dann gab er ihn mit einem Nicken zum Genuß frei. Zu Davids Erleichterung kam er nicht mehr auf seinen letzten Satz zurück.

Aber Marie fragte: »Was hast du denn so geschrieben?«

Jacky nahm einen großen Schluck und sah David an.

David hatte einmal gehört, daß man manchmal ganz ruhig werde, wenn das Schlimmste eintreffe. Passagiere nahmen sich stumm bei der Hand, wenn alle Triebwerke ausfielen und die Maschine hilflos auf den sturmgepeitschten Atlantik zusegelte. Patienten nahmen gelassen den histologischen Befund entgegen, der ihr Todesurteil bedeutete. So fühlte sich David jetzt. Ganz ruhig.

Endlich antwortete Jacky. »Ganz ähnliche Sachen wie David.« Noch immer schaute er ihm in die Augen.

Sag es schon, dachte David. Bringen wir's hinter uns.

»Aber natürlich längst nicht so gut«, grinste Jacky und hob das Glas.

Nach kurzem Zögern hob David seines auch.

26

Marie haßte Schaufensterpuppen. Sie kannte tausend bessere Arten, Kleider auszustellen, als sie einer lebensgroßen Barbie anzuziehen. Trotzdem stand sie im Fenster des Coryphée und kleidete eine an. Gaby Jordi, die Besitzerin des Coryphée, hatte darauf bestanden. »Es ist vielleicht nicht so künstlerisch, aber das kann ich mir momentan nicht leisten. In diesen Zeiten bin ich auf die biederen Kundinnen angewiesen. Die, die sehen wollen, wie ein Kleid angezogen im besten Fall aussieht. Auf künstlerisch machen wir dann wieder, wenn die Krise vorbei ist.«

Gaby Jordi war ihre beste Kundin. Marie konnte es sich nicht leisten, dem zu widersprechen. Besser, sie betrachtete es als eine weitere Bestätigung, daß ihre Entscheidung, diesen Beruf an den Nagel zu hängen, richtig gewesen war.

So half sie eben weiterhin den starren Armen in die Ärmel und den steifen Beinen in die Hosenbeine und versuchte, die anzüglichen Blicke der vorbeigehenden Männer zu ignorieren. Das war ein weiterer Grund, weshalb sie die Freude an diesem Beruf verloren hatte: daß sie sich selbst ausstellen mußte. Bei andern Kunden konnte man die Schaufenster während eines Fensterwechsels verhängen. Aber im Coryphée gab es das nicht. Gaby Jordi fand, der Prozeß des Umdekorierens sei auch Teil der Werbung.

Kürzlich hatte einer ans Fenster geklopft. Zuerst hatte sie ihn ignoriert. Aber er hatte insistiert. Schließlich hatte sie doch hingeschaut. Es war Jacky gewesen, Davids neuer Freund. Er zeigte auf die Bar gegenüber und machte eine Trinkgeste. Sie schüttelte den Kopf. Er zeigte auf die Sieben seiner Uhr. Und als sie wieder verneinte, legte er die Stirn in Falten, ließ die Hände vor der Brust hängen und legte den Kopf schräg, wie ein bettelndes Hündchen.

Sie ließ sich erweichen und trank mit ihm ein Glas. Jakky erzählte ihr eine seiner Geschichten aus Kenia.

»Neunzehnhundertdreiundsechzig, kurz vor der Unabhängigkeit, ging in Kenia das Gerücht um, daß die Kenianer mit den Expats, so nannten die Engländer ihre Landsleute, die dort lebten, blutig abrechnen würden. Ich fragte meinen Boy, ob er es tatsächlich fertigbringen würde, mich umzubringen. Der war entsetzt über die Vorstellung. ›No Massa, I could never kill you. I will kill neighbour. And boy of neighbour will kill you.‹«

Seit Davids Lesung im Stadttheater tauchte Jacky überall auf. Im Esquina, wo es David wieder öfter hinzog, machte Jacky zeitweise Ralph seine Rolle als Alleinunterhalter streitig. Immer öfter brachte ihn David mit, wenn sie sich auf ein Essen zu zweit gefreut hatte. Und immer wieder klingelte er sie aus dem Bett und ließ sich erst abwimmeln, wenn David in die Hose stieg und hinunterging, um ihm etwas Geld zu leihen. Niemand wußte, wovon und wo Jacky lebte. Aber er war ständig in Geldnot. Vorübergehend, wie er stets versicherte.

Am Anfang hatte sie ihn amüsant gefunden. Aber in letzter Zeit fing er an, ihr auf die Nerven zu gehen. Ganz im Gegensatz zu David. Der lachte über jeden von Jackys Sprüchen, auch wenn er ihn nicht zum erstenmal hörte. Er ließ ihn nie selbst bezahlen, obwohl Jacky manchmal, wenn auch mit wenig Überzeugung, Anstalten dazu machte. Und er schien sich nie durch Jackys Anwesenheit gestört zu fühlen.

»Betrachte ihn als Maskottchen«, hatte David einmal gesagt. »Er hat uns beiden Glück gebracht.«

27

Jetzt hat er doch gerade erst zwanzigtausend bekommen.«

»Gerade erst ist übertrieben. Das war vor zwei Monaten.«

»Und wieviel hat er mit Lesungen verdient?« Everding drehte den Deckel einer neuen Dose auf und legte das gefältelte Papier, das den Tabak wie eine gestärkte Hemdbrust umgab, nach außen.

»Etwa fünfzehntausend, rund dreißig Lesungen zu 500 Euro«, räumte Karin Kohler ein.

»Fünfunddreißigtausend in zwei Monaten.«

»Das ist viel. Aber er hat auch etwa doppelt so viele Bücher verkauft in dieser Zeit.«

Everding zupfte Tabak aus dem zusammengepreßten Inhalt der Dose. »Wovon will er denn leben, wenn er einmal etwas Neues schreibt und keine Zeit für Lesungen hat?«

»David ist umgezogen, hat ein paar Möbel gebraucht, Gardinen, was man halt so braucht in einer neuen Wohnung. Und dann hat er sich wohl ein paar Dinge geleistet, die er sich schon lange wünschte, und ein paar Sachen zum Anziehen für seine Auftritte. Er lebt nicht auf großem Fuß.«

Everding hielt jetzt Tabak zwischen Daumen und Zeigefinger und schraubte ihn umständlich in den sandgestrahlten Kopf seiner Bruyèrepfeife. »Vierzigtausend Euro sind doch etwa sechzigtausend Franken. Was verdient so ein Kellner dort im Jahr?«

Karin begann sich aufzuregen. »Weshalb soll er leben wie ein Kellner, wenn er das Einkommen eines erfolgreichen Schriftstellers hat?«

»Damit er es nicht verlernt. Es kommen auch wieder schlechte Zeiten.« Er preßte den Tabak mit dem Daumen fest und griff zu seinem Feuerzeug.

»Nicht an schlechte Zeiten zu denken ist das Privileg der Jugend.« Karin schaute ihm zu, wie er Rauchwolken ausstieß wie die Dampflok einer Miniatureisenbahn.

Endlich lehnte sich Everding zurück und suckelte an seiner Pfeife, als hätte er sie für die nächsten paar Jahre endgültig in Brand gesetzt. »Dreißigtausend?« fragte er, als wäre ihm der genaue Betrag schon wieder entfallen.

Karin Kohler nickte.

»Ich frage das ja sonst nie, aber bei einem so jungen Autor besitzt man ja auch eine gewisse Verantwortung: Was hat er damit vor?«

Karin hob die Schultern. »Vielleicht will er es anlegen. Von uns bekommt er ja keine Zinsen.«

Everding stieß einen tiefen Seufzer aus. »Also gut, aber sag ihm, das sei das letzte Mal vor der Abrechnung im Frühjahr.«

Karin stand auf, aber Everding bedeutete ihr, sitzen zu bleiben. »Ich hab noch etwas anderes.«

Sie setzte sich wieder auf den Besucherstuhl.

Everding straffte sich. »Ohne lange Vorrede: Hast du

nicht Lust, wieder fest zu uns zu kommen?« Er lächelte sie an, stolz auf diese Idee.

Karin war nicht überrascht über den Vorschlag. Seit damals, als sie, mehr im Scherz, gesagt hatte, seine Idee, Davids Agentin zu werden, sei gar nicht so schlecht, hatte sie das Gefühl, er sei ihr gegenüber etwas zuvorkommender geworden. Was bei Everding bedeutete: Etwas weniger schnoddrig. Er hatte wohl kurz überschlagen, daß ihn ihre Festanstellung einiges weniger kosten würde als das, was sie als Agentin für David herausholen würde. Und dabei konnte er sich nicht einmal sicher sein, ob sie ihren Schützling nicht gar bei einem höherbietenden Verlag unterbringen würde.

Als Karin nicht gleich antwortete, fügte er hinzu: »Das Finanzielle würden wir natürlich an die gestiegenen Lebenskosten und die neuen Umstände anpassen.«

Daß Everding von sich aus eine Gehaltsverbesserung andeutete, hatte sie noch nie erlebt. Er mußte ziemlich nervös sein. »Ich werde mir dein Angebot durch den Kopf gehen lassen, Uwe«, sagte sie und stand auf.

Er war einen Moment sprachlos. Dann mahnte er: »Aber nicht zu lange.« Als ob er mit einer Reihe anderer Kandidaten im Gespräch wäre.

Als Karin die Tür erreichte, war Everdings Pfeife ausgegangen.

Der Boden auf dem Gang war mit Plastikfolie ausgelegt, Türrahmen, Schalter und Steckdosen mit Klebeband abgedeckt. Es roch nach Farbe.

Auch in ihrem Büro waren die Maler zugange. Die

Wandgestelle waren mit Tüchern zugedeckt, der Besucherstuhl fehlte, der häßliche Nadelfilz war mit einer Plastikfolie geschützt, und auf einer Stehleiter lagen schon die Tücher bereit, mit denen man ihren Stuhl und den Schreibtisch verhüllen würde, sobald sie den Raum verlassen hatte.

Sie setzte sich und begann, die Post durchzusehen. Lesungsanfragen, Interviewanfragen, Lizenzanfragen, Fotoanfragen. Der Rummel um David Kern hatte seinen Höhepunkt noch lange nicht erreicht.

In letzter Zeit machte sie sich manchmal Sorgen, ob er ihn so gut verkraftete, wie sie anfangs geglaubt hatte. Oder ob er ihm nicht doch in den Kopf steigen würde. Auch wenn sie es Everding gegenüber nicht zugab: Sie fand Davids Geldbedarf ebenfalls etwas besorgniserregend. Weniger, was die Ausgaben anging. Daß ein junger Mann, der unverhofft Geld zur Verfügung hat, es etwas sorglos ausgab, fand sie noch normal. Was sie irritierte, war sein plötzliches Interesse für die Einnahmenseite. Nie hatte er sich für die Buchverkäufe interessiert, und jetzt erkundigte er sich jede Woche nach dem aktuellen Stand.

Auch daß er sie neuerdings drängte, sein Lesehonorar zu erhöhen, befremdete Karin. Eben noch hatte er fast nicht glauben wollen, daß jemand ihm für seine Auftritte fünfhundert Euro plus Spesen bezahlte. Und jetzt erkundigte er sich allen Ernstes, ob nicht etwas mehr drin liege.

Vielleicht machte sie sich weniger darüber Sorgen, daß David sich verhielt wie die meisten Leute, die Geld gerochen haben, als darüber, daß sie sich auf ihre Menschenkenntnis nicht mehr verlassen konnte. Bisher hatte sie immer geglaubt, diese werde mit zunehmendem Alter besser.

28

David stand an ein Geländer gelehnt beim Elefantenhaus und wartete auf das Zeichen des Kameramanns.
Wenn dieser den Arm hob, sollte er ganz normal, nicht zu
schnell und nicht zu langsam, den schmalen Weg hinun-
tergehen, am Gehege der Dromedare vorbei bis zur kleinen
Bank vor dem vietnamesischen Hängebauchschwein. Dort
sollte er sich setzen und warten, bis der Kameramann
»Okay!« rief.

»Die war perfekt. Noch eine letzte, safety«, hatte der Kameramann das letzte Mal gerufen. Aber das hatte er schon
ein paarmal versprochen.

David war kein Filmtalent. Seit ihm der Kameramann
eingeschärft hatte, bloß nicht in die Kamera zu schauen,
wurde sein Blick vom Objektiv wie magnetisch angezogen.
Er hatte mitbekommen, wie der Fernsehjournalist dem Kameramann zugezischt hatte: »Mir ist lieber, er schaut mal
kurz in die Kamera als ständig so angestrengt daneben.«

Auch mit dem Gehen hatte David Mühe. Sobald die Ka-
mera lief, wurde ihm jede Bewegung so bewußt, daß er das
Gefühl hatte, er wisse nicht mehr, wie man sie ausführt.
Wie schwingt man die Arme? Den rechten parallel mit dem
linken Bein? Oder die Rechte mit dem rechten, wie das
Dromedar, an dem er eben vorbeiging?

Daß sie einen Teil des Beitrags im Zoo filmten, war die Idee des Journalisten gewesen. Er wollte an den Schauplätzen von *Lila, Lila* drehen.

Ein schriller Pfiff schreckte David aus seinen Gedanken. Der Tontechniker hatte durch die Finger gepfiffen, und das ganze Team, Journalist, Kameramann und Tontechniker, ruderte mit den Armen. David marschierte los.

Nicht in die Kamera schauen, nicht zu den Dromedaren schauen, nicht an die Füße denken, nicht an die Arme denken, sagte sich David innerlich vor. Hier geht der Schriftsteller David Kern ganz normal vom Elefantenhaus zum vietnamesischen Hängebauchschwein und wird dabei zufällig von einem Team des deutschen Fernsehens gefilmt. Ganz in Gedanken geht der hochgewachsene Autor von *Lila, Lila* am Dromedargehege vorbei und an den Kindern, die »Mami, Mami, ein Kamel!« rufen.

Ohne sich um den Standort der Kamera zu kümmern, nähert sich die große Hoffnung der neuen deutschen Literatur der Bank, noch drei, noch zwei Meter. Schon beugt sie sich vor und tastet mit von der Kamera abgewandtem Blick vorsichtig nach der Sitzfläche, damit sie sich nicht daneben setzt. Und – sitzt, schlägt das linke Bein über das rechte, nein, das rechte über das linke, stützt den Kopf in die Hand und blickt versonnen auf das vietnamesische Hängebauchschwein, das halb im Schlamm vergraben in die Sonne blinzelt.

»Das war jetzt sehr schön, das Setzen können wir schneiden«, sagte der Journalist.

»Sorry, Kassette«, sagte der Kameramann bedauernd.

»Scheiße. Vor oder nach dem Setzen?«

»Oben, bei den Kindern.«

»Neinnn!«

David ging unaufgefordert den Weg zurück zum Geländer beim Elefantenhaus.

Hier in der Septembersonne war es wenigstens nicht so kalt wie am Vormittag auf der Kunsteisbahn. Der Journalist hatte David dazu gebracht, Schlittschuhe anzuziehen. Er war nie ein guter Eisläufer gewesen und seit seiner Kindheit nicht mehr auf dem Eis gestanden. Er schaffte es gerade noch, steifbeinig an die Bande zu fahren, sich festzuhalten und die Frage zu beantworten, ob die Eisbahn als Ort, wo sich Peter und Lila kennenlernten, symbolisch zu verstehen sei für die Kälte der Gesellschaft den Gefühlen der Jugend gegenüber.

David beantwortete sie abwechselnd mit »Ja, schon auch« und »Nein, nicht unbedingt«. Bis ihn der Journalist bat, sich auf eine Antwort festzulegen. Wegen der Anschlußfrage in der nächsten Einstellung.

Die Anschlußfrage betraf die fünfziger Jahre. Damit hatte er weniger Mühe. Sie gehörte zu den Standardfragen, auf die er mittlerweile seine Standardantworten parat hatte. Die meisten stammten aus seinem Fundus an Rezensionen, den er sich inzwischen angelegt hatte.

»Sie haben die Handlung ins Jahr neunzehnhundertvierundfünfzig verlegt. Glauben Sie an ein Revival des Geistes der fünfziger Jahre?«

Davids Antwort darauf lautete: »Die Geschichte ist nur glaubwürdig in einem restriktiven, konservativen und prüden gesellschaftlichen Umfeld. Deshalb die fünfziger Jahre.« Die Antwort funktionierte auch auf: »Herr Kern, wie kommt ein dreiundzwanzigjähriger Autor im einundzwanzigsten Jahrhundert dazu, eine Liebesgeschichte zu schreiben, die in den fünfziger Jahren spielt?«

Und auch auf: »Weshalb diese Fifties-Nostalgie?«

Und auch auf: »Herr Kern, wären Sie lieber früher geboren?«

Zwischen der Kunsteisbahn und dem Zoo hatten sie noch ein paar Szenen im Hirschenpark geschossen. Mit Genehmigung der Stadtgärtnerei drehten sie mehrere Gänge über den abgesperrten Rasen. Darunter die Version »Schriftstellerschatten« – die Kamera verfolgt nur den Schatten des tief in Gedanken über den Rasen schlendernden Autors – und die Variante »Schriftstellerfüße« – der Kameramann verfolgt ihn in gebückter Haltung, das Objektiv auf die Füße gerichtet, die Kamera in der Hand gleich einem Curlingstein kurz vor dem Aufsetzen. »Das gibt immer schönes Material für Off-Kommentare«, hatte der Journalist gesagt.

Nun lehnte David wieder am Geländer beim Elefantenhaus und beobachtete von weitem das Fernsehteam. Gerade als der Kameramann die Hand zum Zeichen heben wollte, kreuzte eine Gruppe Erstkläßler in Zweierkolonne den Weg. Der Kameramann fuchtelte mit den Armen, aber der Journalist winkte David gebieterisch herbei.

David ging los. Nicht in die Kamera schauen, die Dromedare ignorieren, nicht in den Paßgang fallen, nicht auf die Kinder treten, sich nicht wie ein Blinder auf die Bank tasten.

Nach ein paar Schritten spürte er, daß jemand hinter ihm ging. Er widerstand dem Impuls, sich umzusehen. Auch als der Begleiter auf gleicher Höhe war, behielt er den Blick zwischen Kamera und Dromedaren auf die Bank gerichtet.

»Locker, locker«, sagte Jackys Stimme neben ihm.

»Hau ab, du bist im Bild«, raunte ihm David zu, ohne den Blick von seinem Ziel zu wenden.

»Na und? Du spazierst im Zoo und triffst einen Fan, wie im richtigen Leben. Lächle und sag etwas, sonst meinen die Leute, du hättest schon Starallüren.«

David schaute auf ihn hinunter. Jacky trug seinen neuen mausgrauen Dreiteiler und strahlte ihn an. David sagte mit einem freundlichen Lächeln: »Nicht in die Kamera schauen, einfach unter keinen Umständen in die Kamera schauen, sonst bring ich dich um.«

Seite an Seite steuerten sie auf die Bank beim Hängebauchschwein zu. »Ich muß mich jetzt dann gleich auf diese Bank setzen, und du gehst weiter«, lächelte David.

Noch ein paar Schritte, und er setzte sich.

Jacky schüttelte ihm herzlich die Hand, lächelte in die Kamera und ging weiter.

»Okay!« rief der Journalist und kam zur Bank. »Sehr schön, sehr natürlich, den Blick des Herrn in die Kamera können wir schneiden. Ein Bekannter? Ein Leser? Passiert Ihnen das oft, daß Sie angesprochen werden? Was ist das für ein Gefühl, plötzlich prominent zu sein? Wie gehen Sie damit um?«

Jacky war ein paar Meter unterhalb der Bank stehengeblieben und gesellte sich jetzt zu ihnen. »Sind Sie ein Bekannter von Herrn Kern«, fragte der Journalist, »oder einfach ein Leser?«

Wieder eine dieser Situationen, die David den Atem verschlugen. Jacky kostete sie aus, wie immer. »Tja, was bin ich? Ein Leser? Ein Fan? Ein Freund und Mentor? Könnte man das so sagen, David?«

David nickte.

»Auch eine Art Kollege«, doppelte Jacky nach.

»Ach, Sie schreiben auch?« fragte der Journalist interessiert.

Jacky winkte ab. »Früher. Schon lange nicht mehr, nicht wahr, David? Ich begnüge mich damit, den Erfolg meines Schützlings als Zaungast zu genießen.« Er klopfte David auf die Schultern. »Stimmt's?«

David nickte.

»Hätten Sie etwas dagegen, wenn wir die Szene im Beitrag verwenden?« erkundigte sich der Journalist.

»Welche Szene?« Jacky tat ahnungslos.

»Ihre Begegnung soeben mit Herrn Kern, wir haben sie gefilmt.«

»Ach nein, Sie haben mich gefilmt? Was soll ich alter Mann in einem Film über ein literarisches Wunderkind. Das willst du bestimmt nicht, David?«

David machte eine vage Geste.

»Dann würde ich noch gerne ein paar Statements von Ihnen zu David Kern drehen, Herr…?«

»Stocker. Jacky Stocker.«

David sah den beiden nach, wie sie zur Kamera gingen und Jacky verkabelt wurde.

Es überraschte ihn nicht, daß Jacky auch in seinem bisher wichtigsten Fernsehauftritt vorkommen würde. Seit ihrer ersten Begegnung war er praktisch an jedem Tag aufgetaucht, an dem David nicht auf Lesereise war.

Nach der Lesung im Stadttheater hatte David eine schlaflose Nacht gehabt. Zweimal war er kurz davor gewesen, Marie zu wecken und ihr alles zu gestehen. Aber dann zog er es doch vor, abzuwarten, was der Alte von ihm wollte. Wenn er ihn hätte auffliegen lassen wollen, wäre der kleine Umtrunk im Zebra die ideale Gelegenheit gewesen. Die Vertreterin der größten Buchhandlung der Stadt, zwei Literaturkritiker, ein wenig Kulturprominenz und Marie wären ein gutes Publikum gewesen. Statt dessen hatte er sich mit ein paar wolkigen Zweideutigkeiten begnügt, die nur David verstanden haben konnte. Er hatte Marie unter dem Vorwand, ihr die vergriffene Ausgabe eines Gedichtbands eines in den siebziger Jahren verstorbenen Stadtstreichers schicken zu wollen, die Adresse abgeschwatzt.

Um sieben hatte Maries Wecker geklingelt. Erst als sie sich eine halbe Stunde später mit einem eiligen Kuß verabschiedete, war er endlich eingeschlafen. Um acht kam der Anruf.

Der Alte meldete sich mit Jacky Stocker alias Alfred Duster und schlug vor, sich zu einem späten Frühstück zu treffen. Um halb zehn im Hotel Sonne, dort gebe es ein schönes Frühstücksbüffet bis elf.

David sagte zu. Das Auftauchen des Alten erfüllte ihn mit bleierner Resignation. Jetzt war einfach eingetroffen, was früher oder später hatte eintreffen müssen. Er konnte nichts dagegen tun. Er war wehrlos dem ausgeliefert, was Duster mit ihm vorhatte.

Das Hotel Sonne war ein Dreisternehaus in Bahnhofs-nähe. Es trug die Spuren vieler kleiner, kostenbewußter Renovationen in den letzten vierzig Jahren. Es lebte von Geschäftsreisenden des unteren Kaders, Reisegesellschaf-ten mehrerer osteuropäischer Busunternehmen und Leu-ten, die bis elf frühstücken wollten.

»Reichhaltiges Frühstücksbüffet auch für Nicht-Gäste« stand auf einem Schild vor dem Eingang. Und in der Lob-by wies ihn ein lachendes Huhn mit dem rechten Flügel in den »Frühstücksraum«.

Der Alte saß schon an einem Tisch und winkte David herbei. Er hatte einen Teller mit Rührei und Schinken vor sich. Daneben stand ein Eierbecher mit einer eigelbbeklek-kerten leeren Eierschale. Er deutete mit einer einladenden Geste auf das Büffet. »Neunzehn neunzig, à discrétion.«

David hatte keinen Hunger. Er holte sich ein Bircher-müesli und einen Kaffee. Als er zurückkam, hatte Jacky einen Teller mit Lachs und Schillerlocke vor sich. Daneben stand ein Glas Weißwein. Sie aßen schweigend.

Erst als Jacky den Teller leer hatte, fragte er: »Woher hast du das Manuskript?«

David unternahm einen letzten Versuch, sich zu wehren. »Welches Manuskript?«

Jacky trank einen Schluck aus seinem Glas und zeigte mit dem Daumen auf sich. »Meines. Ich bin Alfred Duster.«

David schüttelte den Kopf. »Alfred Duster ist tot.«

Jetzt schüttelte auch Jacky den Kopf. »Nein. Peter Wei-land ist tot. Alfred Duster lebt.«

»Peter Weiland war Alfred Duster.«

Jacky trank sein Glas leer, ging ans Büffet und kam mit

einem vollen zurück. Er zeigte auf Davids halb aufgegessenes Müesli. »Es kostet nicht weniger, wenn du weniger ißt.«

»Peter Weiland war Alfred Duster«, wiederholte David.

Jacky schlug die Beine übereinander und lehnte sich zurück. »Neunzehnhundertvierundfünfzig kam ich aus Paris zurück, wo ich ein Jahr studiert hatte. Tagsüber an der Sorbonne, nachts als Träger in Les Halles – das kann man sich heute gar nicht mehr vorstellen. Ich fand eine Stelle als Lokalreporter, mietete mir eine billige Mansarde, kaufte mir eine gebrauchte Schreibmaschine und begann, nach einem Stoff für meinen ersten Roman zu suchen.«

Jacky ging wieder ans Büffet und kam mit einem Teller Käse zurück. »Paßt gut zum Wein«, erklärte er.

»Eines Tages geriet ich mit einem Zimmernachbarn ins Gespräch. Er erzählte mir die Geschichte meines Vormieters, Peter Weiland. Und da wußte ich: Das ist mein Stoff.« Jacky steckte sich ein Stück überreifen Brie in den Mund, wischte die Hand am Tischtuch sauber, nahm das Weinglas und spülte den Käse runter.

»In knapp zwei Monaten schrieb ich *Lila, Lila*.«

»Und weshalb unter einem Pseudonym?«

»Alfred Duster hätte mein Schriftstellername werden sollen. Klingt besser als Jakob Stocker.«

Jacky tat sich weiter am Käse gütlich und spülte jeden Bissen mit Wein runter. »Woher hast du das Manuskript?«

David gab keine Antwort.

»Komm, sag schon. Ich habe nicht vor, dich zu verpfeifen.«

»Was hast du denn vor?«

»Ich wollte einfach den Mann kennenlernen, der mit meinem Roman berühmt wurde.«

»Und jetzt, wo du ihn kennst?«

»Möchte ich ein wenig an unserem gemeinsamen Erfolg teilhaben. Das ist doch legitim?«

»Weshalb hast du den Roman damals nicht veröffentlicht?«

»Niemand wollte ihn, und so landete er in der Schublade. Woher hast du das Manuskript?«

»Gefunden.«

»Wo?«

David gelang es zu grinsen. »In der Schublade.«

»Und wie kamst du an die Schublade?«

David erzählte es ihm.

»Und dann hast du es abgetippt und deinen Namen daruntergeschrieben.«

»Gescannt.«

»Was ist das?«

»Elektronisch in den Computer eingelesen.«

»Von Computern verstehe ich nichts. Und wo ist das Original geblieben?«

»Weggeschmissen.«

Jacky blieb einen Moment still. Dann sagte er: »Zum Glück habe ich den Durchschlag noch.«

Jetzt war es David, der einen Moment nach Worten suchen mußte. »Wozu brauchst du einen Durchschlag, wenn du mich nicht verpfeifen willst?«

»Für den Fall, daß du mich nicht an unserem gemeinsamen Erfolg teilhaben lassen willst.«

»Jetzt verstehe ich, finanziell teilhaben meinst du.«

Jacky lächelte. »Auch. Nur ein bißchen. Ich brauche nicht viel zum Leben.«

David wußte, daß er jetzt nein sagen mußte. Aufstehen, zwanzig Franken für das Frühstück auf den Tisch legen und gehen. Was immer danach passierte, war höhere Gewalt.

Aber er blieb sitzen. Das Auftauchen des Autors hatte auch sein Gutes. Die Ungewißheit war weg. Er mußte nicht mehr bei jedem Auftritt damit rechnen, daß einer aus dem Publikum aufstand und sich als wahrer Autor zu erkennen gab. Der wahre Autor hatte sich zu erkennen gegeben. Und er hatte es einigermaßen diskret getan.

»Ein bißchen teilhaben«, wiederholte Jacky, »und kein Mensch erfährt etwas.«

David zögerte noch immer.

Als hätte er seine Gedanken erraten, fügte Jacky hinzu: »Auch Marie nicht.«

Noch am gleichen Vormittag kam Jacky mit ihm zur Bank und ließ sich fünftausend Franken aushändigen. Als Zeichen von Davids gutem Willen, wie er sagte. Seither waren diesem Zeichen des guten Willens viele weitere gefolgt.

David hatte keine Ahnung, wofür Jacky das Geld ausgab. Noch nie hatte er erlebt, daß dieser sein Portemonnaie gezückt hätte. Obwohl es viele Gelegenheiten dazu gab. Jacky tauchte immer öfter an den Orten auf, an denen David und Marie verkehrten. Und immer ließ er sich einladen.

Ein Teil des Geldes ging offensichtlich für Kleider drauf – er erschien ab und zu in einem neuen Anzug und fragte David jedesmal, wie er ihm gefalle. Auch seine Wohnsituation zwang ihn zu ein paar unvorhergesehenen Ausgaben, wie er sich ausdrückte. Genaueres erfuhr David nicht.

Er wußte nur, daß der größere Teil seines Vorschusses und seiner Lesehonorare an Jacky gegangen war. Das verstand dieser unter »gemeinsam an unserem Erfolg teilhaben«.

»Entschuldigen Sie, daß Sie warten mußten. Das Gespräch mit Ihrem Freund war sehr aufschlußreich.« Der Journalist stand neben der Bank, hinter ihm Kameramann und Tontechniker mit fertig gepacktem Material. Und Jacky, mit einem großen zottigen Mikrophon.

»Wenn es Ihnen recht ist, machen wir für heute abend eine kleine Änderung: Wir filmen Sie zusammen mit Herrn Stocker bei einem Ihrer Essen im – wie hieß das Restaurant gleich, Herr Stocker?«

»Prélude«, half Jacky freundlich.

Das Prélude war eines der Spitzenrestaurants der Stadt. Noch nie hatte David dort gegessen. Schon gar nicht mit Jacky Stocker.

»Wie finden Sie die Idee, Herr Kern?« erkundigte sich der Journalist.

»Hervorragend«, antwortete David.

29

In der ersten Zeit hatte Jacky weiter im Sankt Josef gewohnt.

Er sah nicht ein, weshalb er dem Staat das Geld schenken sollte, das ihm die Fürsorge schuldete. Selbst als er als Pensionär ins Hotel Caravelle zog – ein Zweisternehaus aus den sechziger Jahren, großes Zimmer mit Kochnische für zweitausendeinhundertfünfzig im Monat –, ging er täglich bei der Heimleitung vorbei und holte seine fünfzehn Franken Taschengeld ab. Erst als das Sankt Josef die Fürsorge informierte, daß Jakob Stocker dort praktisch nicht mehr wohne, strich sie die Unterstützung.

Jacky konnte sie entbehren. Davids regelmäßige Zuwendungen hatten ihn finanziell unabhängig gemacht und sein Leben verändert. Er mußte nicht mehr an den immer gleichen Wirtshaustischen den Kasper machen und hoffen, daß seine Getränke im Durcheinander der Schlußabrechnung untergingen. Er mußte sich nicht mehr von flüchtigen Bekannten aus finanziellen Engpässen helfen lassen. Er war nicht mehr auf Almosen angewiesen, sondern bekam sein Geld von einem, der es ihm schuldete.

Von seinen Stammkneipen besuchte er nur noch ab und zu das Mendrisio. Und das auch nur, um Stammgästen und Personal gelegentlich einen neuen Anzug vorzuführen.

Oder um zu zeigen, daß er jetzt einen oder zwei Gin Tonic trinken und bezahlen konnte.

Sonst bewegte er sich in anderen Kreisen. Meistens in denen von David und seinen Freunden. Eine neue Welt hatte sich ihm aufgetan. Vorbei die muffigen Wirtschaften mit den aufgeweichten Bierdeckeln und den kalten Bouletten. Vorbei die jähzornigen Jasser und die dumpfen Trinker. Vorbei der Mief aus altem Pommes-frites-Öl und kaltem Fondue.

Jetzt frequentierte Jacky Szenelokale und Clubs. Er unterhielt sich mit Literaten, Künstlern, Zeichenlehrerinnen, Grafikern, Werbetextern, Flight Attendants, Architekten und Fernsehleuten.

Man hatte ihn in Davids Kreisen freundlich aufgenommen. Nur mit dessen Freundin wurde er nicht richtig warm. Sie hielt ihn auf Distanz. Drängte David zum Aufbruch, wenn Jacky sich mit ihm unterhielt, wurde verschlossen, wenn David ihn zum Essen mitbrachte, und tat all die Dinge, die eifersüchtige Frauen tun, wenn sie eine Männerfreundschaft torpedieren wollen.

Marie ließ ihn spüren, daß sie Davids Großzügigkeit ihm gegenüber mißbilligte. Schon oft hatte er es bedauert, daß er ihr die Gründe für diese nicht offenlegen konnte. Das hätte ihr etwas Respekt beigebracht.

Jacky saß im Akropolis beim Frühstück und wartete, bis eine Zeitung frei wurde. Er hätte sich natürlich auch eine kaufen können, aber es war gegen seine Natur, für etwas Geld auszugeben, das er auch umsonst haben konnte.

Zwischen zehn und halb elf war das Akropolis schwach besetzt. Aber die, die um diese Zeit im Café sitzen konnten, hatten viel Zeit. Es dauerte zwei Espressi und zwei Croissants, bis am übernächsten Tischchen ein jüngerer Mann das Geld neben die leere Tasse legte, die Zeitung um ihren Halter rollte und ging.

Jacky holte sie sich und schlug die Kulturseiten auf, wo jeden Mittwoch die Bestsellerliste erschien. Im Kampf um die Plätze hatte es ein paar Verschiebungen gegeben, aber *Lila, Lila* fand sich nach wie vor unangefochten an der Spitze. Ein ähnliches Bild wie seit Wochen auf den meisten deutschsprachigen Bestsellerlisten. In Deutschland und Österreich hatte David zwar noch nicht die Spitze erreicht, aber auch dort besaß er einen Stammplatz in den Top Ten.

Jacky schielte nach dem Kellner, riß die Liste diskret heraus und steckte sie in die Brieftasche. Später würde er sie auf ein Blatt kleben und datiert und klassiert im Bestsellerordner ablegen. Er führte auch einen Ordner für Rezensionen, abgelegt nach Datum und versehen mit null bis vier Sternen, je nachdem, wie kritisch, wohlwollend oder begeistert sie das Werk besprachen.

Es gab auch einen für Autorenporträts und einen für allgemeine Beiträge zur Literatur, in denen David Kerns Name mit Leuchtstift hervorgehoben war. Es erschienen zwar nicht mehr so viele Rezensionen. Die wichtigen Titel hatten ihre gebracht, nur noch ab und zu entdeckte ein Provinzblatt das Ende der literarischen Postmoderne, oder eine Zeitschrift mit langen Produktionszeiten brachte einen verspäteten Beitrag in einem konstruierten Zusammenhang wie »Back to the Fifties« oder »Die Wiederentdeckung der wahren Liebe«.

Aber das Medieninteresse konzentrierte sich jetzt mehr

auf Davids Person. Das stand zwar im Widerspruch zum Konzept, daß bei *Lila, Lila* nicht der Autor, sondern das Werk der Event sei, aber es steigerte Davids Marktwert. Eine Entwicklung, die Jackys Plänen entgegenkam.

Die Pressebelege, auf die er nicht selbst stieß, holte er sich bei David, der sie seinerseits vom Verlag geschickt bekam. Dieser Umweg führte zu Verzögerungen, die Jackys Geduld strapazierten. Das David-Kern-Archiv war ihm ein Anliegen geworden. Er kannte sich in Ablagesystemen aus, seit seiner Anstellung bei der internationalen Transportgesellschaft, für die er damals in Ostafrika war. Aber David Kerns Pressespiegel war Jackys erstes Archiv in eigener Sache. Er führte es mit doppeltem Engagement, und er hielt es nicht aus, am Ende des Verteilers zu stehen. Er würde David bitten, den Verlag anzuweisen, jeweils ein Doppel der Belege direkt an ihn zu schicken.

Es mußte halb elf sein, denn der Kellner kam mit einem Glas Campari und stellte es vor ihn hin. Jacky reagierte mit einem erstaunten »Ach? Danke, Oskar.«

Auch das gehörte zu seinem neuen Leben: kein Alkohol vor halb elf. Das hatte natürlich auch damit zu tun, daß er nicht mehr um sechs Uhr aufstehen mußte, seit er ein eigenes Bad besaß. Aber es lag vor allem am eleganteren Lebensstil, den er sich angeeignet hatte.

Er war zum Beispiel Stammgast hier im Akropolis, einem traditionsreichen Café im Wiener Stil. Hier tranken Banker ihren Espresso im Stehen, machten Geschäftsinhaber ihre Pausen, hätschelten Künstler ihren Hangover, warteten Models neben ihrem Orangensaft und ihrem Handy auf einen Anruf ihrer Agentur und planten schöne

Frauen ohne berufliche Verpflichtungen ihren Einkaufs-
bummel.

In solchen Lokalen bestellte man keinen Einer Hauswein um acht, da ließ man sich um halb elf von einem Campari überraschen.

Jacky lehnte sich im roten Plüschpolster zurück und
trank in kleinen, disziplinierten Schlucken.

Die Passanten vor den großen Fenstern des Akropolis
hatten die Schirme aufgespannt. Der Niesel- war in einen
ernstzunehmenden Herbstregen übergegangen.

In ein paar Tagen begann die Frankfurter Buchmesse.
Jacky versprach sich viel davon. David würde einer der Stars
sein. Die Medien würden sich um ihn reißen. Verlage aus
der ganzen Welt würden sich um Übersetzungsrechte be-
mühen. In sechs Länder war *Lila, Lila* zwar schon verkauft,
aber wie viele gab es auf der Welt?

Jacky bezahlte und ließ ein großzügiges Trinkgeld liegen. So sparsam er war, bei Trinkgeldern machte er eine
Ausnahme. Man wußte nie, wann man einen Kellner um
einen Gefallen bitten mußte.

Er zog seinen neuen Burberry und die dazu passende
Regenkappe an und trat auf die Straße. Die Passanten gingen dicht an den Häusern entlang, damit sie die Gischt der
vorbeirauschenden Autos nicht erreichte. Schon nach zweihundert Meter betrat Jacky die Buchhandlung Winter zur
turnusmäßigen Stichprobe. *Lila, Lila* war im Fenster ausgestellt und lag auch auf dem obersten Regal des Top-Ten-
Gestells. Auch bei den Romanen war es unter dem Buchstaben K gut sichtbar mit der Breitseite zur Front einge-
reiht.

Aber auf dem Bestsellertisch wurde der Stapel *Lila, Lila* von zwei Stapeln Harry Potter fast verdeckt.

Diskret verschob Jacky die Stapel, bis die literarische Gerechtigkeit wiederhergestellt war.

Sein nächstes Etappenziel war die Bar des Hotels du Lac. Elf Uhr. Die Stunde für den zweiten Campari auf David Kerns Wohl.

30

David trug zum erstenmal seinen neuen dunklen Anzug. Hugo Boss, zweiknöpfiges Jackett, Cool Wool, klassischer Schnitt. Er hätte zwar lieber den von Comme des Garçons genommen, aber Marie, die ihn beim Einkauf begleitet hatte, war dagegen gewesen. »In einem Comme-des-Garçons-Anzug kannst du schlecht das Ende des postmodernen Dandys verkörpern.«

Marie hatte ihr neues schwarzes Kleid mit dem runden Ausschnitt angezogen. David war sich sicher, daß sie die schönste Frau im Saal war. Und es war ein großer Saal mit vielen schönen Frauen.

Der Kubner Verlag hatte sie in einem Hotel untergebracht, das nicht ganz ihren Vorstellungen von der Unterkunft eines der Stars des diesjährigen Bücherherbsts entsprach. Ihr Zimmer besaß einen Tisch, einen Schrank, ein Fenster zu einem Hinterhof und, was sie am meisten störte, zwei Nischen mit zwei Einzelbetten, die sich nicht zusammenschieben ließen. Sie mußten sich also in eines der Betten drängen oder getrennt schlafen. Oder erst das eine und dann das andere tun.

Marie protestierte gegen diese Unterbringung, indem sie jedes Frottiertuch nach nur einmaliger Benutzung auf den Boden warf, obwohl an den hellgelben Wandfliesen des winzigen Bades ein Aufkleber mit einer dankbar lächelnden Erdkugel die Gäste bat, dies nicht zu tun.

Sie waren bei dem Empfang eines großen deutschen Verlags, David hatte nicht mitbekommen, um welchen es sich handelte. Auf dem Tagesplan stand einfach »Ab 18 Uhr 30 div. Empfänge, Frankfurter Hof«.

Karin Kohler hatte sie vom Hotel abgeholt und war seither nicht mehr von ihrer Seite gewichen. Sie wachte über sie wie ein Zeremonienmeister, stellte sie Leuten vor, die sich um sie drängten, und führte sie diskret zu anderen, die das nicht taten.

David schüttelte Hände und lächelte höflich zu Kommentaren wie: »Ach, wie habe ich Ihr Buch verschlungen.« Oder: »Wissen Sie, daß ich wegen Ihnen geweint habe?« Oder: »Ich habe gerade Ihren Roman angefangen. Bitte verraten Sie mir das Ende nicht.« Oder: »Meine Frau hat Ihr Buch gelesen und läßt mir keine Ruhe, bis ich es auch tue.« Oder: »Ihr Buch liegt auf meinem Nachttisch. Ganz zuoberst.«

Er hielt seit einiger Zeit ein Satayspießchen in der Hand, von dem ab und zu etwas Erdnußsauce tropfte – wahrscheinlich auf seine Hose, er wagte nicht, herunterzuschauen. Es steckte wie eine Zigarettenspitze zwischen Zeige- und Mittelfinger seiner linken Hand, mit der er auch sein Glas hielt. Die Serviette hatte er unter den linken Arm geklemmt. Jedesmal, wenn er mit der Rechten das Spießchen holen und zum Mund führen wollte, mußte er eine Hand schütteln. Im Moment gerade die des Booker-Preisträgers Jeremy Steward, den ihm Marie etwas atemlos vorstellte.

David hatte noch nie etwas von ihm gelesen, aber er wußte, daß Marie seine Bücher liebte. »You're one of my heroes«, hörte er sie denn auch gerade noch sagen, als er von Karin Kohler weggeführt wurde, um jemand Wichtigem vorgestellt zu werden: Jens Riegler, dem Cheflektor von Luther & Rosen.

Riegler war ein dicker Mann mit einem spöttischen Zug um den Mund. Als Karin sie einander vorstellte, sagte er: »Endlich treffe ich Sie. Auf Sie bin ich nämlich sauer.«

»Weshalb?« fragte David erschrocken.

»Weil Sie mir Ihr Manuskript nicht geschickt haben.«

Karin sprang ein. »Das Manuskript hat Herrn Kerns Freundin verschickt. Er wußte nicht einmal davon.«

»Dann bin ich eben sauer auf Ihre Freundin. Ist sie wenigstens hübsch?«

David musterte ihn von oben bis unten und überlegte sich eine andere Antwort als »Arschloch«.

Wieder sprach Karin für ihn. »Sie ist eine Schönheit.«

Riegler hob die Augenbrauen. »Haben Sie sie mitgebracht?«

»Nein.«

In die Stille, die Davids schroffer Antwort folgte, sagte eine Stimme: »Hat jemand den Kellner mit dem Wein gesehen? Es scheint hier nur einen einzigen zu geben.«

Davids schlimmste Befürchtung war eingetroffen: Jacky.

Er trug einen schwarz glänzenden Anzug und eine purpurne Fliege. Die Haut über den Backenknochen war von hektischem Rot, seine Augen glänzten glasig, und er wechselte unruhig von einem Bein aufs andere. »Einen großkotzigen Empfang geben, aber nicht einmal genug zu saufen.«

»Ich hol dir etwas«, sagte David und verschwand im Gedränge.

Marie unterhielt sich immer noch mit dem Booker Prize. David legte den Arm um ihre Schultern und zog sie an sich. Zum Glück ließ sich schon ein paar Sätze später Jeremy Steward von einem französischen Verleger, der bei ihnen angedockt hatte, in ein Gespräch verwickeln.

»Jacky ist hier«, raunte David.

Marie schaute ihn an, als ob sie nicht richtig verstanden hätte.

David deutete mit dem Kinn in eine Richtung. »Mit Karin Kohler und dem Cheflektor von Luther & Rosen. Besoffen und in einer Art Smoking.«

Marie sah aus, als würde sie gleich anfangen zu heulen.

»Tut mir leid«, sagte David.

»Schick ihn weg.«

»Das kann ich nicht.«

»Dann sag ihm wenigstens, er soll uns in Ruhe lassen.«

David zuckte die Schultern.

»Was findest du an ihm?«

David überlegte. Schließlich sagte er: »Er tut mir leid.«

»Leid? Jacky?«

»Mir tun alle alten Leute leid.«

»Im Ernst? Wieso?«

Es war ein Gedanke, der David noch nie gekommen war. Aber er schien bei Marie anzukommen. »Weil sie alt sind. Weil sie das Leben schon hinter sich haben. Weil sie von allen übersehen werden. Deshalb kann ich Jacky nicht zum Teufel schicken.«

Marie legte ihre Hand auf seinen Nacken und zog ihn zu sich heran.

»Zudem erinnert er mich an meinen Großvater.« David kannte keinen seiner Großväter. Mit dem einen war seine Mutter seit ihrer Volljährigkeit zerstritten. Der andere war gestorben, als David vier war.

»Hat dein Großvater auch so viel gesoffen?« Marie hatte es lustig gemeint, aber David blieb ganz ernst.

»Ja. Leider. Aber wenn er nüchtern war, hat er mir Geschichten erzählt. Wie Jacky.«

»Auch immer die gleichen?« Marie war nicht in ernster Stimmung.

»Ja, immer die gleichen. Aber als Kind liebt man das. Als Kind will man keine neuen Geschichten. Man will nicht einmal die alten anders erzählt.«

Marie lächelte nachdenklich. »Also gut, dann versuche ich, mich mit Großvater Jacky zu arrangieren.«

David gab ihr einen Kuß.

Im Laufe des Abends wurde Davids Leben noch etwas komplizierter.

Beim Draco-Empfang trafen sie Karin Kohler wieder, die sie zum Leopardi-Empfang mitnahm. Ein Geheimtip, der in einer Suite im ersten Stock stattfand, die so vollgepackt war, daß sie von Karin Kohler getrennt wurden und Marie und David das Badezimmer, in das sie die Strömung der Menge getrieben hatte, eine Stunde lang nicht verlassen konnten. Sie teilten dieses Schicksal mit einer Gruppe italienischer Autoren, die ihnen auf französisch die Prominenz erklärten, die durch die offene Badezimmertür im

Gedränge auszumachen war. Es war der einzige Raum mit Sitzgelegenheiten: die Toilette, das Bidet und der Rand der mit Eis, Bier und Weißwein gefüllten Badewanne. Erst als sich die Party auflöste, fanden David und Marie hinaus. Karin Kohler war verschwunden.

Während sie auf den Lift warteten, wurde David von einem betrunkenen Journalisten einer österreichischen Literaturzeitschrift einer wichtigen Lektorin aus New York vorgestellt. Im vollbesetzten Lift vom ersten Stock hinunter zum Parterre fragte sie: »So, what's your book about?« Als er den Mund zum ersten »Ähm« öffnete, ging die Lifttür auf, und die wichtige amerikanische Lektorin löste sich in Luft auf.

Er war froh, als Marie vorschlug, den Abend mit einem Glas in der Hotelbar abzuschließen. Schlimmstenfalls trafen sie Jacky dort, und David könnte sagen, sie hätten ihn gesucht. Bestenfalls trafen sie ihn nicht, und David könnte am nächsten Tag das gleiche sagen.

Der beste Fall traf nicht ein. Sobald sie sich an den Gästen, die den Zugang zur Bar versperrten, vorbeigeschoben hatten und mit der Unentschlossenheit von Neuankömmlingen zwischen den schon Dagewesenen herumstanden, rief jemand laut: »David Kern!«

Ein paar Dutzend Gesichter wandten sich zuerst in die Richtung der Stimme und danach in die, wohin der kleine Mann mit der Fliege winkte. Das also ist David Kern.

David warf Marie einen fragenden Blick zu.

»Nein, ohne mich. Aber ich bin nicht sauer, wenn du noch bleibst.«

David sah vom winkenden Jacky zur lächelnden Marie

und wußte nicht, was er tun sollte. Marie gab ihm einen Kuß. »Mach nicht zu lange.«

Er sah ihr nach, wie sie in der Lobby verschwand.

Jacky hatte sich einen Platz auf einem Sofa ergattert. Neben ihm saß ein Mann, den David nicht kannte. Dazwischen hatten sie eine Lücke gelassen, auf die Jacky jetzt mit der flachen Hand klopfte.

David setzte sich zwischen Jacky und den Fremden.

Jacky hatte eine schwere Zunge und benutzte den Zeigefinger, um seinen Sätzen mehr Bedeutung zu verleihen oder um seine Gesprächspartner davon abzuhalten, ihn zu unterbrechen.

»Die Empfänge«, behauptete er, »die Empfänge kannst du vergessen. Hier spielt es sich ab. Hier laufen die wichtigen Deals. Du mußt sonst nirgendwo hin. An den Stand? Vergiß es! Lesungen? Vergiß es! Empfänge? Vergiß es! Podiumsgespräche? Vergiß es!« Er nahm einen Schluck aus seinem Bierglas. »Hier! Hier triffst du die wichtigen Leute. Hier knüpfst du die Kontakte.« Das »knüpfst« gelang ihm erst beim dritten Versuch.

»Darf ich vorstellen, das ist…« Jacky suchte nach dem Namen.

»Klaus Steiner«, half der Mann.

»Klaus Steiner vom Draco Verlag. Sehr wichtiger Mann.« Steiner winkte ab und gab David die Hand.

»Ihr Agent übertreibt.«

31

Je später es bei Jacky wurde, desto früher war er wach. Meistens war es die Magensäure, die ihn weckte. Wie ein Lavastrom schoß sie aus seinem Magen und versengte ihm die Speiseröhre.

So war es auch an diesem Morgen. Er kletterte aus dem Bett und versuchte, sich zu orientieren. Ein kleines Zimmer. Im Licht der Straßenbeleuchtung, das durch das Fenster drang – er mußte vergessen haben, die Vorhänge zuzuziehen –, konnte er einen Schrank erkennen. Daneben stand ein Stuhl, darauf ein geöffneter Koffer. Der Raum besaß zwei Türen. Im Schloß der einen steckte ein Schlüssel mit einem klobigen Anhänger. Dort ging es wohl hinaus.

Die andere Tür stand offen. Das mußte das Badezimmer sein. Jacky ging darauf zu und fand einen Lichtschalter. Ein Neonlicht über einem Spiegel flammte auf. Er stand in einem winzigen Badezimmer. Ein geblümter Duschvorhang, ein kleines Waschbecken, eine Toilette mit offenem Deckel und gelb gefärbtem Wasser. Er betätigte die Spülung.

Auf dem Spülkasten lag sein Waschbeutel. Er wühlte darin, fand sein Rennie, drückte zwei Tabletten aus der Folie und steckte sie in den Mund. Den alten, aufgedunsenen Mann im Spiegel würdigte er keines Blickes.

Er ging zurück ins Zimmer und öffnete das Fenster. Kühle Herbstluft erfüllte den Raum. Drei Stockwerke unter ihm lag schwarz glänzend die Straße, auf der ab und zu ein Auto vorbeifuhr. Über einem Schaufenster blinkte eine Leuchtschrift, die er aus dieser Distanz ohne Brille nicht entziffern konnte.

Jacky ging zur Zimmertür und zog den Schlüssel ab. Auf dem Anhänger stand die Nummer 36 und »Hotel Rebe, Bad Nauheim«.

Jetzt erinnerte er sich. Als er gestern in Frankfurt ankam und in der Information am Bahnhof nach einem Hotel fragte, hatte man ihn zuerst ausgelacht und dann nach Bad Nauheim geschickt. Dreiunddreißig Kilometer außerhalb von Frankfurt. Und er könne von Glück reden, daß es dort noch ein Zimmer gebe.

Wie er letzte Nacht hierhergekommen war, wußte er nicht mehr.

Jacky zog die Vorhänge zu und knipste die Nachttischlampe an. Er blickte an sich herunter. Er trug Socken und ein weißes Hemd. Er tastete nach dem Kragenknopf und berührte etwas Seidenes. Seine purpurne Fliege. Er fand heraus, wie man sie öffnete, und legte sie ab. Danach zog er Hemd und Unterhose aus. Als er das linke Bein hob, um den Socken abzustreifen, verlor er das Gleichgewicht und stürzte der Länge nach auf den Bettvorleger. Im Fallen riß er die Nachttischlampe mit. Sie blieb neben seinem Kopf liegen, ihr Licht wurde hell, fast weiß, und verglimmte dann mit einem leisen Sirren. Jacky blieb einen Moment liegen. Als er sich überzeugt hatte, daß kein Blut floß und nichts gebrochen war, stellte er sich unter die Dusche.

Anderthalb Stunden später hatte er gepackt und ausgecheckt, saß in einem Taxi nach Frankfurt und rekonstruierte den vergangenen Abend.

Abgesehen davon, daß er zuviel gesoffen hatte, war der Abend für ihn gut gelaufen. Er war als Sieger vom Platz gegangen. Er wußte nicht mehr, um wieviel Uhr, aber er war einer der letzten gewesen. David war vielleicht schon etwas früher gegangen. Aber der Mann vom Draco Verlag – wie hieß er noch mal? – war bis zum Schluß geblieben. Mit dem hatte er sich verabredet. Sie wollten über Davids Zukunft reden. Jetzt mußte er nur noch herausfinden, wann und wo.

Zum Mittagessen, da war er sich fast sicher.

Er suchte den Verschluß seines Sicherheitsgurts, fand ihn, ließ ihn aufschnappen, verlagerte sein Gewicht auf die linke Arschbacke und klaubte das Portemonnaie aus der rechten Gesäßtasche. Der Fahrer beobachtete ihn aus den Augenwinkeln.

Jacky blätterte die Freßzettel und Visitenkärtchen in den verschiedenen Fächern durch und stieß auf ein Kärtchen des Draco Verlags. »Klaus Steiner, leitender Lektor«, las er laut. Auf der Rückseite stand in einer fahrigen Handschrift »Donnerstag, 12 Uhr 30, Steffens Stube, 1. Stock«. Auch das las er laut. Er steckte das Kärtchen wieder zurück, verstaute das Portemonnaie und nestelte so lange an der Schnalle des Gurts, bis der Fahrer Jackys Hand wegstieß und den Verschluß einrasten ließ.

Jacky ließ sich zum Bahnhof fahren. Dort brachte er seinen Koffer zur Gepäckaufbewahrung und suchte ein Restaurant, das nach einem anständigen Frühstück aussah.

An Tagen wie diesen bedeutete das: Milchkaffee, Brötchen, zwei weiche Eier, viel Mineralwasser und ein oder zwei Gläser Rotwein, um das Flattern wegzubekommen.

Nach dem Frühstück nahm er ein Taxi zur Messe. Bei der Eingangskontrolle zeigte er die Ausstellerkarte, die er gestern in der Bar dem Vertriebsleiter eines englischen Gartenbuchverlags abgeschwatzt hatte. Er bestieg wie ein langjähriger Messebesucher den Shuttlebus, der ihn zu der Halle brachte, in der sich der Kubner-Stand befand.

David saß an seinem Tischchen und sprach mit einer Journalistin. Er sah etwas bleich aus, und die Konturen seines kleinen Bärtchens waren durch die Stoppeln zweier Tage etwas verschwommen.

Jacky ignorierte den mißbilligenden Blick von Karin Kohler, ging auf David zu und gab ihm die Hand. »Alles in Ordnung?« fragte er.

David nickte.

Dann stellte er sich der Journalistin vor: »Jacky Stocker, David Kerns Agent.« Und wieder zu David: »Ich habe ein paar Termine und danach das besagte Mittagessen mit…, du weißt schon. Auf später.«

»Auf später«, murmelte David mit einem Seitenblick zu Karin Kohler, die in Hörweite auf ihrem Stühlchen saß, aber gerade mit ihrem Besucher sprach.

Jacky verließ den Kubner-Stand und schlenderte Richtung wichtige Verlage.

Bei Luther & Rosen ging er an den Informationstresen und verlangte den Cheflektor zu sprechen.

»Herr Riegler ist im Moment beschäftigt, kann ich Ihnen vielleicht helfen?« erkundigte sich das halbe Kind mit den roten Lippen.

»Nein, ich warte.«

»Ich muß Ihnen gleich sagen, wenn Sie keinen Termin mit Herrn Riegler haben, stehen die Chancen schlecht, daß er für Sie Zeit hat.«

»Sagen Sie ihm einfach, ich vertrete David Kern. Vielleicht hat er dann eine Minute Zeit.«

Sie ging zu Riegler und sprach mit ihm. Er schaute kurz herüber. Jacky nickte ihm zu. Riegler sagte etwas und wandte sich dann wieder seinem Gesprächspartner zu.

»Herr Riegler wird gleich kommen. Darf ich Ihnen inzwischen etwas anbieten? Kaffee? Wasser?«

Jacky entschied sich für ersteres und setzte sich auf den angebotenen Stuhl. Riegler kam gleichzeitig mit dem Kaffee. »Das habe ich gestern nicht mitbekommen, daß Sie David Kerns Agent sind. Ich hoffe, Sie sind noch zu Ihrem Glas Wein gekommen.« Sie gaben sich die Hand.

»Ich möchte Sie nicht lange aufhalten. Ich dachte nur, wir könnten uns am Rande der Messe einmal bei einem Drink oder einem kleinen Imbiß zu einem vertraulichen Gespräch treffen.«

Riegler zückte seine Agenda und blätterte darin mit gerunzelter Stirn. »Um vier könnte ich hier auf einen Sprung weg. Wo wollen wir uns treffen?«

»In der Bar des Hotels da vorne.«

»In der Bar des Marriott?«

»Genau.«

»Nicht sehr diskret.«

»Aber sehr nahe.«

Steffens Stube war ein gutbürgerliches Restaurant. Im Erdgeschoß lag eine einfache Gaststube, im ersten Stock waren die Tische weiß gedeckt. Als Jacky den Raum betrat, saß Steiner schon an einem Tisch und winkte ihm zu. Jacky hatte sich etwas verspätet, weil er unterwegs noch einen Aperitif zu sich genommen hatte. Er wollte keinen falschen Eindruck erwecken und sich in Gegenwart von Steiner mit Alkohol etwas zurückhalten.

Er war dann aber ganz froh, als er sah, daß neben Steiners Gedeck ein Campari stand. Es wäre unhöflich gewesen, nicht auch einen zu bestellen.

»Das ist das Schlimmste an der Buchmesse, daß es immer so spät wird«, stöhnte Steiner.

»Ja, da kommt dann einiges zusammen.«

»Wie lange machen Sie das schon, Herr Stocker?«

»Jacky. Ich glaube, wir haben uns gestern geduzt.«

»Klaus. Ich war mir nicht mehr sicher.« Steiner grinste etwas verlegen. »Wie lange machst du das schon, Jacky?«

»Die Buchmesse?«

»Nein, überhaupt. Das Bücherbusiness. Agent und so.«

»Ach, noch nicht sehr lange. Früher war ich aktiver im Literaturbetrieb. Aber da warst du noch gar nicht auf der Welt. Ich bin erst durch David wieder reingekommen. Er brauchte eine Vertrauensperson, die sich ein wenig um ihn kümmert, jemanden, der ihm den Rücken freihält. Und ich hatte Zeit.«

»Und Erfahrung.« Es war nicht wie eine Frage betont, aber Jacky wußte, daß es eine war. Steiner wollte herausfinden, mit wem er es zu tun hatte.

»Ach, dazu reicht ein wenig kaufmännisches Know-how,

Ob man jetzt mit Kernseife oder mit Buchrechten handelt, die Gesetze sind die gleichen. Der Käufer will weniger geben, als der Verkäufer haben will. Und welcher von beiden gewinnt, bestimmen Angebot und Nachfrage.«

»Aber den Markt und die Usancen muß man doch kennen.«

»Das lernt man schnell. Ich habe den Vertrag von David mit Kubner und kann davon ausgehen, daß auf allen Positionen mehr drin gelegen hätte.«

»Haben Sie sich schon entschieden?« fragte ein Kellner im zu engen weißen Jackett.

»Wir haben noch gar nicht geschaut«, antwortete Steiner. Sie schlugen die Speisekarte auf und studierten sie schweigend.

Ohne von der Karte aufzuschauen, fragte Steiner: »Wie sehen David Kerns Zukunftspläne aus?«

»Wie die Zukunftspläne aller Schriftsteller«, gab Jacky zur Antwort. »Ein neues Buch.«

»Hat er schon begonnen?«

»Bis jetzt fehlt es ihm noch etwas an Motivation.«

Steiner senkte die Speisekarte. »Über die ließe sich ja reden.«

Das Gespräch mit Klaus Steiner war sehr konstruktiv. Und auch das mit Jens Riegler im Marriott. Beide wollten in den nächsten Tagen ein Angebot machen.

Aber Riegler konnte mit einem kleinen Bonus aufwarten. Jacky erzählte ihm von seinem Hotelproblem, und Riegler veranlaßte, daß Jacky ein Zimmer aus dem Kontingent von Luther & Rosen bekam. Es war für die ganze

Woche für einen ihrer Autoren reserviert, der erst über-morgen erwartet wurde.

Nach der Unterredung holte Jacky sein Gepäck im Bahn-hof und checkte im Frankfurter Hof ein.

32

Marie war von Karin Kohlers Anruf überrumpelt worden. Sie hatte andere Pläne für den Abend. Es war ihr letzter in Frankfurt, morgen mußte sie zurück, übermorgen hatte sie eine wichtige Prüfung.

Heute abend um acht wurde eine Lesung von David vom Fernsehen aufgezeichnet. Marie wollte im Publikum sein und vorher noch ins Hotel gehen, um sich auszuruhen und schönzumachen.

Aber Karin Kohlers Bitte, sie zu treffen, hatte so dringend geklungen, daß ihr keine Ausrede eingefallen war. Kam dazu, daß Marie ganz froh war über die Gelegenheit, unter vier Augen mit ihr zu sprechen.

Sie fand nämlich, daß David zuviel las. Sie hatte sich vorgenommen, bei günstiger Gelegenheit Karin Kohler zu sagen, sie finde, der Verlag verheize David. Er selbst war auch dieser Meinung, aber er konnte nicht nein sagen. Er fand, es wäre nicht fair, den Verlag im Stich zu lassen. Und das Geld könne er schließlich auch brauchen.

Manchmal dachte sie, es sei umgekehrt, er tue es mehr für das Geld als für den Verlag. Vor jeder Lesereise war er schlecht gelaunt und verfluchte Karin, daß sie zugesagt, und sich, daß er nicht abgesagt hatte. Wenn er zurückkam, war er müde und ausgelaugt, aber seine Stimmung besserte sich jedesmal, wenn er die Umschläge mit den Honoraren auspackte und die Scheine zählte. Er heftete sie mit einer Büroklammer zusammen und steckte ein Zettelchen mit dem Gesamtbetrag dazu.

Aber er schmiß nicht mit Geld um sich. Sobald er konnte, brachte er die Ausbeute zur Bank. Er kam ihr vor wie ein kleiner Junge, der für eine größere Ausgabe sparte und sein ganzes Taschengeld ins Sparschwein steckte. Aber welches war Davids größere Ausgabe?

Es war ihr auch schon der Gedanke gekommen, er könnte geizig sein. Aber falls er das war, dann nur sich selbst gegenüber. Sie lud er in teure Restaurants ein und bezahlte gegen ihren Protest den größten Teil der Ausgaben für den gemeinsamen Haushalt. Und wenn sie sah, mit welcher Langmut er sich von Jacky ausnutzen ließ, kam Geiz als Motiv sowieso nicht in Frage. Vielleicht gehörte David einfach zu den Menschen, denen es mehr Spaß machte, Geld zu haben, als es auszugeben.

Marie saß an einem Tischchen der halbdunklen, verkitschten Bar vor einem Schweppes und wartete auf die Lektorin. Die Bar füllte sich rasch mit Ausstellern und Messebesuchern. Mit jedem Gast stieg der Lärmpegel und der Schadstoffgehalt der Luft. Marie kannte keine Branche, in der so viel geraucht wurde wie im Literaturbetrieb. Wenn sie am Morgen auf dem Messegelände in einen Shuttle-Bus stieg, rochen die Kleider der Mitfahrer nach Aschenbecher. Letzte Nacht, als David nach drei Uhr betrunken ins Zimmer kam, hatte er mehr nach Rauch gestunken als jemals zu seiner Zeit als Kellner im Esquina.

Marie schaute auf die Uhr. Karin Kohler hatte schon

zehn Minuten Verspätung. Eine Gruppe lärmender Dänen an der Bar schaute immer wieder zu ihr herauf. Sie waren genau in Maries Blickfeld und nicht leicht zu ignorieren. Sie blickte noch einmal auf die Uhr, damit allen klar war, daß sie auf jemanden wartete.

Ehrlich gesagt: Marie war ganz froh, daß sie morgen abreisen konnte. Sie hatte die Nase voll vom Rummel. Die Verlagsstände unterschieden sich nur durch ihre Größe oder ihr Design. Das gleiche galt für die Bücher.

Kam dazu, daß sie die Menge der Bücher deprimierte. Wozu wollte sie Literatur studieren? Um irgendwann als Funktionärin in dieser Massenindustrie zu enden? Als Journalistin, Lektorin, Buchhändlerin, Buchvertreterin, Verlagsmitarbeiterin? Wie alle andern, die mit Namensschildern an der Brust hektisch durch die zugigen Gänge eilten oder in einer lauten Hotelbar darüber spekulierten, wer morgen den Nobelpreis für Literatur erhielt?

Und zu Maries Enttäuschung über die Messe kam noch die über David. Sie hatte nicht erwartet, daß er mehr Zeit für sie haben würde. Sie hatte sogar damit gerechnet, daß er, wenn er keine offiziellen Verpflichtungen hatte, mit interessanten Leuten, Schriftstellerkollegen, Journalisten, Verlegern rumhängen würde. Aber daß er, wie zu Hause, mit Jacky im Schlepptau auftreten würde, damit hatte sie nicht gerechnet. Seine absolute Unfähigkeit, sich durchzusetzen, ging ihr auf die Nerven. »David, irgendwann mußt du dich zwischen Jacky und mir entscheiden, je eher, desto besser«, hatte sie heute früh nur halb im Scherz gesagt.

Er hatte sie angefleht: »Bitte, Marie. Das sind stressige Tage für mich. Mach sie nicht noch stressiger. Bitte.«

Wie sie diese Tour haßte! Alle Männer wandten sie an. Mach es nicht noch schwerer, als es ist. Gerade jetzt. Sonst jederzeit. Aber, bitte, nicht jetzt eine Szene. Fall mir nicht in den Rücken in diesem für mich so wichtigen Moment. Nicht jetzt, wo ich doch auf deine Loyalität und Partnerschaft so dringend angewiesen bin.

Sie schaute wieder auf die Uhr. Viertel nach sechs. Sie würde jetzt dem Kellner winken, zahlen und gehen.

»Verzeihen Sie die Verspätung. Ich kam nicht weg vom Stand.« Karin Kohler hatte gerötete Wangen und war außer Atem. Sie zog ihren Mantel aus und legte ihn über die Lehne der gepolsterten Sitzbank.

»Ich wollte um spätestens sieben im Hotel sein«, antwortete Marie etwas verstimmt.

»Das schaffen Sie. Wir bestellen am Empfang ein Taxi. Am Taxistand beim Ausgang warten Sie um diese Zeit eine Dreiviertelstunde. Ich mache es ganz schnell: Marie, ich brauche Ihre Hilfe.«

»Wobei?«

»Hat Ihnen David von meinem Vorschlag erzählt?«

»Welchen Vorschlag?«

»Seine Agentin zu werden.«

»Kein Wort.«

»Gestern mittag. Er wollte es vorher mit Ihnen besprechen.«

»Hat er nicht.«

»Mit Ihnen vielleicht nicht. Aber mit Herrn Stocker. Der posaunt jetzt in der Gegend rum, er sei Davids Agent.«

Marie schüttelte den Kopf. »Das dürfen Sie nicht ernst nehmen. Jacky ist ein besoffener Schwätzer.«

Karin machte eine dramatische Pause. »David hat es mir bestätigt.«

»Wie bitte?«

»Ich habe ihn heute zur Rede gestellt. Er hat ein bißchen rumgedruckst und es dann zugegeben.«

Ein Kellner kam, um Karins Bestellung aufzunehmen.

»Das gleiche.« Karin zeigte auf Maries Glas.

»Ein Schweppes?«

»Ich dachte, das sei Gin Tonic.«

»Einen Gin Tonic also?«

»Ja, ich brauche etwas Stärkeres.«

Marie hatte etwas Zeit gehabt, ihre Fassung zurückzugewinnen. »David hat gesagt, Jacky sei jetzt sein Agent?«

»Nicht in diesen Worten, aber darauf lief es hinaus. Er schien es zwar zu bedauern, aber er dachte nicht daran, es rückgängig zu machen.«

»Ich werde mit ihm reden.«

»Darum wollte ich Sie bitten. Sie müssen es ihm ausreden. Nicht nur wegen mir. Er schadet sich selbst. Er macht sich zum Gespött des Literaturbetriebs.«

»Ich weiß.«

»Und ich will ganz ehrlich sein: Es geht mir auch um mich selbst. Ich bin jetzt zweiundfünfzig, und das ist meine letzte Chance, noch einmal neu zu beginnen. Ich weiß, das klingt egoistisch. Aber alles, was ich für meinen Neubeginn tun würde, käme David zugute. Ich könnte ihn zum richtigen Verlag bringen und dafür sorgen, daß er die besten Konditionen bekommt. Ich würde für ihn kämpfen wie eine Löwin, das können Sie mir glauben.«

Marie glaubte es ihr.

Der Kellner brachte Karin den Gin Tonic. Sie bezahlte gleich. »Damit Sie rechtzeitig im Hotel sind«, erklärte sie Marie. Sie trank zwei große Schlucke und steckte sich eine Zigarette an. »Ist David diesem Jacky irgendwie verpflichtet?«

Marie hob die Schultern. »Das habe ich mich auch schon gefragt. David sagt, er tue ihm leid. Und er erinnere ihn an seinen Großvater.«

»An seinen Großvater?« Sie leerte kopfschüttelnd das Glas. »Würden Sie Ihren Großvater zu Ihrem Agenten machen?«

33

Einen versoffenen Rentner ohne einen blassen Schimmer vom Literaturbetrieb wollen Sie zu Ihrem Agenten machen? Tut mir leid, Sie sind verrückt geworden.«

Karin Kohler hatte auf dem Rückweg von einer Lesung David Kern in ein als Notausgang benutztes Treppenhaus geführt und zur Rede gestellt.

Zuerst war sie diplomatisch gewesen. »Sie sollten verhindern, daß Ihr Freund Stocker sich bei der Presse als Ihr Agent ausgibt«, hatte sie ihm in mütterlichem Tonfall geraten.

David hatte nicht geantwortet.

Sie hatte nachgehakt: »Da ist doch nichts dran?«

David hatte die Schultern gehoben.

»Warum haben Sie mir im Palmengarten nichts davon gesagt?«

»Damals war es noch nicht aktuell.«

Gestern hatte Karin ihn vom Messestand weggelotst. Punkt halb eins hatte sie die Mäntel geholt, sich neben David gestellt, der an einem der zwei winzigen Tischchen am winzigen Kubner-Stand mit einer Journalistin sprach, und gesagt: »Tut mir leid, ich muß Ihnen Herrn Kern entführen.«

Sie hatten ein Taxi genommen – um diese Zeit gab es genug vor dem Messetor – und waren zum Palmengarten gefahren.

Ein kalter Wind zauste die Platanen. Nur wenige Leute gingen auf den Parkwegen. Ein paar Rentner, die ihre Jahreskarte ausnutzten. Ein paar warm verpackte Mütter mit ihren warm verpackten Kindern, denen es zu Hause zu eng geworden war.

An einem Stand mit vegetarischen Imbissen ließen sie sich einen Sojaburger, eine Kartoffelpizza, ein Mineralwasser und ein Bier einpacken und gingen in den tropischen Regenwald. Dort war es immer schön warm.

Im Glashaus empfing sie die Schwüle eines Spätnachmittags am Amazonas. Es roch nach feuchter schwarzer Erde, Moder und faulendem Laub.

Auf einer Bank unter einer kleinen Gruppe von Assaipalmen – »Euterpe Edulis, Südstaaten von Brasilien« stand auf dem Schild – ließen sie sich nieder. Hoch über ihnen schmiegten sich die gefiederten Wedel an die Glasdecke.

Sie packten ihren Imbiß aus, und Karin sagte ihren ersten Satz. Sie hatte sich entschieden für: »Ich nehme an, es ist Ihnen klar, daß die Konditionen, die Sie bei Kubner haben, nicht die besten sind.«

David musterte seine Kartoffelpizza, als könnte er sich nicht entschließen reinzubeißen. »Nein, wußte ich nicht.«

»Jetzt wissen Sie's.«

David überwand sich und nahm einen Biß. Er kaute, schluckte und sagte: »Schmeckt besser, als es aussieht. Warum haben Sie mir denn schlechte Konditionen gegeben?«

»Weil ich in Ihrem Fall Kubner vertrete. Aber das muß ja nicht immer so bleiben.«

»Sondern?« erkundigte sich David mit vollem Mund.

»Ich könnte auch Sie vertreten.« Sie gab ihm etwas Zeit zum Nachdenken und nahm den ersten Biß von ihrem Tofuburger. Sie hatte ihn besser in Erinnerung.

Nachdem sie runtergeschluckt hatte, sprach sie weiter. »Ich könnte für Sie die Konditionen aushandeln, die Lizenzverträge, die Taschenbuchrechte, die Tantiemen, die Vorschüsse, die Lesehonorare, die Hotelkategorien. Alles, was ich jetzt auch tue, aber eben zu Ihrem Vorteil.«

David nahm einen Schluck Bier. »Lauwarm«, stellte er fest. »Aber ich habe doch schon einen Vertrag.«

»Für dieses Buch schon. Aber für das nächste sind Sie noch frei. Da können wir den Verlag aussuchen.«

»Und Everding?«

»Everding darf selbstverständlich mitbieten.«

David suckelte an seiner Flasche. Zwei Spatzen hatten sich auf einen Palmwedel gesetzt und begannen ganz mitteleuropäisch zu schimpfen. »Amazonas-Spatzen«, grinste David. Und dann: »Und was kostet mich das?«

»Zwanzig Prozent Ihrer Einnahmen.«

»Viel Geld.«

»Dafür würden Sie aber auch wesentlich mehr verdienen, mit mir als Agentin.«

David trank den letzten Schluck und dachte nach.

»Kann ich mir das überlegen?«

Das war für Karin, nach spontaner Ablehnung, das zweitschlimmste Szenario. »Nicht zu lange«, gab sie zu bedenken. »Jetzt ist der ideale Zeitpunkt. Alle wichtigen Leute sind hier. Alle Weichen für die Zukunft werden jetzt gestellt.«

Nach längerem Schweigen sagte David: »Ich glaube nicht, daß ich ein zweites Buch schreibe.«

»Wer *Lila, Lila* schreiben kann, schreibt noch viele Bücher.«

Sie waren so verblieben, daß er es sich überlegen würde. Und bereits am nächsten Morgen traf sie den verkaterten Klaus Steiner im Shuttlebus, der ihr erzählte, er sei am Abend mit Davids Agenten abgestürzt. Es stellte sich heraus, daß er den Alten meinte, der am Empfang von Luther & Rosen aufgetaucht war und seither am Kubner-Stand herumlungerte und sich in Davids Pressegespräche einmischte.

Und jetzt behauptete David, die Sache sei gestern im Palmengarten noch nicht aktuell gewesen! Beinahe hätte sie ihn am Jackett gepackt. »Heißt das, Sie haben ihm brühwarm von meinem Angebot erzählt, und er hat gesagt, laß mich das machen, ich kann das auch?«

David machte ein betretenes Gesicht. »Ich habe ihm nichts erzählt. Er kam von selbst drauf.«

»Und was hat Sie dazu bewogen, ihm den Vorzug zu geben?«

Sie hatte gehofft, David würde jetzt sagen, Sie irren sich, ich habe ihm nicht den Vorzug gegeben, es ist noch nichts entschieden. Aber David sah aus, als denke er ernsthaft über den Grund nach. Ihre Wut wuchs. Und mit dieser ihre verzweifelte Enttäuschung.

»Jacky ist ein alter Freund«, erklärte er schließlich.

»Und er kennt sich aus im Literaturbetrieb?«

»Er hat früher selbst geschrieben.«

»Das macht ihn noch lange nicht zum Literaturagenten.

Das ist ein knallhartes Business. Man wird ihn über den Tisch ziehen.«

»Jacky ist ganz schön abgefeimt.« David versuchte es mit einem Lächeln.

»David, das ist kein Spiel. Es geht um Ihre Zukunft. Ein Agent muß die Szene kennen, er muß wissen, welcher Verlag zu Ihnen paßt, wo Sie auftreten sollen und wo nicht, er muß Medienkontakte haben, er muß Sie vor der Öffentlichkeit schützen. Er muß Verträge aushandeln können, wissen, was drin liegt, was man fordern kann. Er muß verhindern, daß Sie ausgenützt werden. Das kann kein alter unerfahrener Mann, der schon am Morgen eine Fahne hat!«

David gab keine Antwort.

»Haben Sie schon etwas unterschrieben?« Vielleicht war noch nicht alles verloren.

David schüttelte den Kopf.

Ein Stein fiel ihr vom Herzen.

»Gut. Unterschreiben Sie noch nichts. Lassen Sie sich von uns beiden ein detailliertes Angebot unterbreiten, und entscheiden Sie sich dann in aller Ruhe.«

»Ich habe Jacky fest zugesagt«, gestand David.

»Von gestern auf heute?«

»Sie haben gesagt, je rascher ich mich entscheide, desto besser für die Kontakte hier auf der Messe.«

Für einen Moment verschlug es Karin die Sprache. Dann stellte sie kleinlaut fest: »Das ist also definitiv.«

David antwortete mit einem bedauernden Nicken. Darauf verlor sie ihren letzten Rest Diplomatie und sagte den Satz, der mit »… tut mir leid, Sie sind verrückt geworden« endete.

34

Um halb vier war David am Stand von einem Fotogra-
fen abgeholt und in ein kleines improvisiertes Studio irgendwo im Labyrinth der Diensträume einer Messe-
halle gebracht worden.

Er mußte sich vor einen Fotohintergrund an ein Tischchen setzen und, mal im Profil, mal im Halbprofil, mal mit,
mal ohne Hände, verschiedene nachdenkliche Posen ein-
nehmen. Dazu redete der Fotograf ununterbrochen, um
ihn aufzulockern und ihn die Kamera vergessen zu lassen.

Aber um David aufzulockern hätte es mehr gebraucht
als den routinierten Small talk eines Autorenfotografen.

Daß Jacky sich jetzt als sein Agent aufspielte, kümmerte
ihn nicht groß. Der ganze Literaturmist war ihm inzwischen sowieso egal. Wenn Marie nicht wäre, würde er den
Schwindel auffliegen lassen. Mit dem größten Vergnügen
sogar. Er würde dem nächstbesten Journalisten sagen, daß
nicht er *Lila, Lila* geschrieben hatte, sondern Jakob Stok-
ker, sein Agent.

Dieser Zusammenhang brachte David auf einen neuen
Gedanken: Da Jacky nun sein Agent war, mußte der doch
genauso daran interessiert sein, daß die Sache unter dem
Deckel blieb. Bis jetzt wäre nur David Kern dumm dage-
standen. Als der Schweinehund, der einen armen alten

Mann bestohlen und um die späten Früchte seines Talents gebracht hatte.

Aber jetzt war Jacky für die Öffentlichkeit zum Komplizen, vielleicht sogar zum Drahtzieher geworden. Und hatte damit genauso wenig Interesse daran, daß die Wahrheit ans Licht kam.

Diese Erkenntnis machte David ein wenig Mut. Vielleicht konnte er wieder zur handelnden Person in dieser Schmierenkomödie werden.

Nach dem Fototermin ging er nicht, wie abgemacht, zurück zum Stand, wo er von Karin Kohler, ein paar Journalisten und Jacky erwartet wurde, sondern direkt ins Hotel zu Marie. Ab sofort würde er dafür sorgen, daß Marie nicht mehr unter dem Alten zu leiden hatte. Er würde neue Spielregeln aufstellen, und Jacky hatte sich danach zu richten.

Aber Marie war nicht auf dem Zimmer. Sonst hätte er ihr von Karin Kohlers Vorschlag erzählt und davon, daß er Jacky den Vorzug gegeben habe. Vielleicht wäre ihm beim Gespräch auch eine plausible Begründung dafür eingefallen. Vielleicht hätte es sich auch ergeben, daß er ihr die ganze Wahrheit gesagt hätte.

Der Gedanke war ihm nämlich nicht fremd. Einfach die Wahrheit sagen und sehen, was passiert. Vielleicht verstand sie ihn ja. Vielleicht konnte sie nachvollziehen, wie der winzige Schneeball seiner kleinen harmlosen Lüge immer größer, immer schneller, immer verheerender geworden war.

Vielleicht, wenn Marie sah, daß er die kleine Unwahrheit, die alles ausgelöst hatte, nur erfunden hatte, um von ihr beachtet zu werden. Ein kleiner Trick, wie ihn Männer anwenden, um vor der Frau, die sie umwerben, in einem etwas besseren Licht dazustehen.

Und wenn sie sich dann noch vor Augen führte, wie groß ihr unfreiwilliger Anteil daran war, daß sich die kleine Schönheitslüge zum Großbetrug gemausert hatte – könnte es nicht sein, daß sie ihm dann verzieh?

Vielleicht tat er ihr auch ein wenig leid, wenn er ihr erzählte, wie sehr er darunter litt.

Aber falls nicht? Falls sie so enttäuscht war, daß sie nichts mehr mit ihm zu tun haben wollte? Falls das, was sie zusammengeführt hatte, sie wieder auseinanderbringen würde?

Die Gefahr bestand. Für den Kellner David hatte sich Marie nicht interessiert. Aber in den Schriftsteller David hatte sie sich verliebt. Ihre Liebe war auf einem kleinen Betrug aufgebaut. Wenn man ihn beseitigte, nahm man ihr das Fundament.

David zog Mantel und Schuhe aus und legte sich in seinen Kleidern aufs Bett.

Auf dem Korridor stritt sich ein Paar in einer Sprache, die er nicht kannte. Die Frauenstimme war laut und erregt, die Männerstimme zischte nur. Dem Mann war die Szene peinlich.

David kam immer wieder zum gleichen Schluß: Unter gar keinen Umständen wollte er das Risiko eingehen, Marie zu verlieren. Lieber ließ er sich von Jacky manipulieren und ausbeuten, lieber tingelte er als literarischer Fälscher durch die Gegend und wurde sich jeden Tag fremder. Wenn er nur die Wahl hatte zwischen einem Betrüger mit Marie und einer ehrlichen Haut ohne sie, mußte er keine zwei Sekunden überlegen. Es gab weiß Gott schlimmere Verbrechen aus Leidenschaft.

David setzte sich auf die Bettkante. Er wollte nicht schlafen, wenn sie kam.

Es war jetzt Viertel nach fünf. David wählte Maries Nummer. Ihre Combox antwortete sofort. Sie war wohl in einer Lesung und hatte das Handy abgeschaltet. Er hinterließ eine Nachricht: »Wollte dir nur sagen, ich liebe dich und alles wird gut.«

Er schrieb eine Notiz, legte sie auf eines der Betten, zog Schuhe und Mantel an und verließ das Hotel.

Die Wolken zogen so eilig vorbei, als hätte sie die Hektik der Messe angesteckt. David nahm die Straßenbahn, die zum Messegelände fuhr. Ihm war auf dem Weg zum Hotel eine Einkaufsstraße aufgefallen. Dorthin wollte er zurück.

Er erkannte die Stelle wieder, stieg aus und spazierte an den Schaufenstern vorbei. Vor einem Juweliergeschäft blieb er stehen, studierte die Auslage und ging hinein.

Das meiste Licht des großen Raumes stammte von den Spots, die die Vitrinen anleuchteten. Diese standen an den Wänden oder dienten als Trennelemente zwischen den kleinen Verkaufstischchen. An einigen saßen Kunden und Verkäuferinnen um ein Lämpchen, in dessen weißem Licht Tabletts voller Schmuckstücke glitzerten.

Eine elegante Frau kam lächelnd auf ihn zu. »Darf ich Ihnen behilflich sein?«

»Ich suche einen Ring.«

»Für Sie?«

»Für eine Dame.«

»Eine jüngere Dame?«

David nickte. Die Verkäuferin führte ihn an eines der Tischchen, bat ihn, Platz zu nehmen, setzte sich ihm gegenüber und knipste das Lämpchen an. »Für Lila?« fragte sie.

David hatte sich immer noch nicht daran gewöhnt, erkannt zu werden. »Nein, für Marie«, gab er ernsthaft zur Antwort.

Die Frau mußte lachen. »Entschuldigen Sie, ich bin eine begeisterte Leserin von *Lila, Lila* und habe Sie natürlich gleich erkannt. Wieviel wollten Sie denn ungefähr ausgeben, damit wir in der richtigen Preiskategorie suchen?«

David überlegte. »Was ist denn so der Spielraum?«

»Der teuerste Ring, den wir momentan im Angebot haben, kostet um die dreihundertzwölftausend. Die preiswertesten kosten so ab hundertzwanzig Euro. Einfache Freundschafts- und Verlobungsringe.«

David mußte etwas ratlos ausgesehen haben, denn die Verkäuferin schlug vor: »Wollen wir bei so etwa zweitausend schauen?«

David war einverstanden. Er wußte nicht, ob es mehr war, als er hatte ausgeben wollen. Er hatte es sich nicht überlegt. Er war einfach losgegangen, weil er das Bedürfnis hatte, Marie ein Geschenk zu machen. Etwas, das ihr zeigen sollte, daß er sie liebte, obwohl er sich manchmal seltsam benahm.

Die Verkäuferin kam mit einem Tablett voller Ringe zurück und begann, einen nach dem andern mit ihren perfekt manikürten Fingern herauszunehmen und ins Halogenlicht zu halten. Am liebsten wäre ihm etwas Herzförmiges gewesen, aber dafür war er vielleicht im falschen Laden.

Er versuchte sich bei jedem vorzustellen, wie er an Maries Hand aussehen würde, und mußte dabei etwas hilflos ausgesehen haben, denn die Verkäuferin fragte: »Was hat sie für Augen?«

»Blaue.«

Sie nahm einen Ring mit einem einfach gefaßten blauen Stein heraus. »Ein Saphir.«

»Könnten Sie ihn vielleicht einmal anziehen?« bat David.

Sie streifte die Ringe an ihrer Linken ab und steckte den Saphir an den Ringfinger. Ihre weiße Hand legte sich wie ein müdes Kätzchen auf die schwarze Samtunterlage.

»Den nehme ich«, sagte David. »Was kostet er?«

»Da haben Sie eine sehr gute Wahl getroffen, Herr Kern«, murmelte sie, während sie aus etwas Distanz mit leicht zusammengekniffenen Augen die kleine Schrift auf dem Etikett entzifferte. »Etwas über dem Budget, dreitausendzweihundert.« Sie schaute ihn fragend an, als würde sie es auch verstehen, wenn er sich soviel nicht leisten konnte.

»Okay.«

»Wenn er nicht paßt, ändern wir ihn kostenlos.«

Daran hatte David nicht gedacht. »Sie fährt morgen früh zurück.«

»Die Änderung macht Ihnen jeder Juwelier für wenig Geld.«

Eine Viertelstunde später verließ David das Geschäft mit dem teuersten Geschenk und der schönsten Geschenkverpackung seines Lebens.

Er nahm ein Taxi ins Hotel, denn es war schon halb sieben. Um halb acht würde ihn Karin Kohler abholen. Zu einer wichtigen Lesung, die vom Fernsehen aufgezeichnet wurde. Wenig Zeit, um Marie das Geschenk zu überreichen und ihr wenigstens so viel von der Agentengeschichte zu erzählen, daß sie nicht überrascht wäre, falls Karin oder Jacky darauf zu sprechen kamen.

Als er ins Hotel zurückkam, hing der Schlüssel noch immer am Schlüsselbrett der Rezeption. Eine Nachricht von Marie lag dabei. Sie komme direkt zur Lesung.

Karin Kohler saß auf dem Beifahrersitz eines Taxis. »Wo ist Marie?« wollte sie wissen, als sie David allein einsteigen sah.

»Sie kommt direkt.«

»Ach.« Es klang enttäuscht. »Dann konnten Sie also gar nicht miteinander sprechen?«

»Nein, warum?«

»Nur so.«

Sie fuhren wortlos durch den Abendverkehr. David kämpfte gegen seine Nervosität. Er hatte sich getäuscht: Sie war mit dem Auftauchen des wahren Autors nicht verflogen. Obwohl er nicht mehr befürchten mußte, mitten im Vortrag öffentlich entlarvt zu werden, stellte sich die Angst immer wieder ein. Wie Phantomschmerzen bei einem Beinamputierten.

Sie kamen mit zehn Minuten Verspätung vor dem kleinen Theater an, wo die Lesung stattfand. David wurde am Eingang von einer aufgeregten Assistentin erwartet, die ihn in einen Schminkraum führte. Auf einem Bildschirm lief die Lesung einer älteren Autorin. »Nach ihr sind Sie dran«, sagte die Assistentin.

Sofort war die Angst wieder da.

Stockend las er vor. Zum ersten Mal einen Liebesbrief. Für Marie. Er hoffte, daß sie es noch rechtzeitig geschafft hatte.

Geliebte Lila,

ich sitze in meiner Mansarde, und überall, wo ich hinschaue, sehe ich Dich. Dich, wie Du das Licht löschst. Dich, wie Du die Vorhänge zuziehst. Dich, wie Du das Nachttischlämpchen anknipst. Dich, wie Du einen Radiosender suchst. Dich, wie Du Dein Haar öffnest. Dich, wie Du Dich aufs Bett setzt. Dich, wie Du mich anschaust. Dich, wie Du den Kopf in den Nacken legst. Dich, wie Du die Augen schließt. Dich, wie Du die Lippen öffnest. Dich, Dich, Dich.

Ach, Lila, wie mich diese Bilder quälen. Und doch würde ich es keine Sekunde aushalten ohne sie.

Ich liebe Dich.

Peter

Die Maskenbildnerin, die ihn nach der Lesung abschminkte, sagte: »Wie kann eine Frau einen Mann verlassen, der solche Briefe schreibt?«

Im Foyer erwarteten ihn eine Gruppe junger Leserinnen und eine alte Dame im Rollstuhl. Während er ihre Bücher signierte, sah er Karin Kohler bei der Garderobe stehen. Er winkte ihr zu. Sie antwortete mit einem knappen Nicken. Marie war nicht bei ihr.

»Wo ist Marie?« fragte David, als er fertigsigniert hatte.

»Ich habe sie noch nicht gesehen. Vielleicht noch drinnen.«

Nach David las eine junge Amerikanerin aus ihrem Erstling. Gut möglich, daß Marie sich das nicht entgehen lassen wollte.

Sie warteten stumm. Manchmal ging jemand durch das Foyer, erkannte David und ließ sich das Programmheft oder die Eintrittskarte oder einfach einen Fetzen Papier signieren.

David stellte die Nummer seiner Combox ein. »Keine neuen Nachrichten«, sagte die Stimme.

Die nächste Pause rückte näher. Wenn David dann noch hier herumstand, würde er wieder signieren müssen.

»Was tun wir?« fragte Karin.

»Warten.«

»Und wenn sie nicht kommt?«

»Sie kommt.«

Kurz vor der Pause kam sie. Aber nicht aus dem Theatersaal. Von der Straße. Und sie war nicht allein. Jacky war bei ihr.

»Ach, in Begleitung Ihres Agenten. Dann brauchen Sie mich ja nicht mehr«, bemerkte Karin grimmig. Aber sie ging an Davids Seite auf die beiden zu.

Er hatte von weitem gesehen, daß Marie wütend war. Jacky war ihm bestimmt zuvorgekommen und hatte sie über die neue Situation informiert.

David begrüßte Marie mit einem Kuß, den sie steif erwiderte. »Wir hatten ein Gespräch, das etwas länger dauerte«, erklärte sie.

David, Marie, Karin und Jacky schauten sich an und warteten darauf, daß jemand den nächsten Schritt tat.

»Gehen wir«, sagte Jacky.

»Wohin?« fragte Karin.

»Zum kleinen Imbiß auf Kosten des Senders.« Jacky hatte offenbar Davids Tagesprogramm gelesen.

»Also, gehen wir.« Karin Kohler ging mit großen Schritten auf den Ausgang zu. Nach kurzem Zögern folgten ihr die drei.

Erst auf dem Trottoir holten sie Karin ein. »Ist es weit?« fragte David, um das Schweigen zu beenden.

Ohne zu antworten stapfte Karin weiter. Sie hatten Mühe, mit ihr Schritt zu halten.

Plötzlich stoppte sie. »Ich bringe Sie hin und gehe wieder«, verkündete sie.

»Weshalb?« fragte David.

»Dreimal darfst du raten.« Marie warf ihm einen gelangweilten Blick zu.

Er tat, als wollte er gleich zu raten beginnen.

»Sie möchte nicht auf Schritt und Tritt von deinem neuen Agenten begleitet werden. Und sie ist nicht die einzige.«

»Dann gehen David und ich eben allein«, schlug Jacky vor.

David haßte Szenen auf offener Straße. »Wollen wir das nicht ein andermal besprechen?«

Marie schüttelte den Kopf. »Wir können ruhig vor Jakky sprechen, er kennt meine Meinung.«

»Und meine ist auch nicht schwer zu erraten«, fügte Karin hinzu.

»Es ist nur so, daß beide Meinungen nicht relevant sind«, trumpfte Jacky auf. »David trifft diese Entscheidung. Und er hat sie getroffen. Stimmt's, David?«

David blickte in die erwartungsvollen Gesichter von Marie, Karin und Jacky.

Und plötzlich brach es aus ihm heraus. »Wißt ihr was?« schrie er. »Wißt ihr was? Ihr könnt mich alle am Arsch lekken!«

Sein Herz klopfte wild, und er spürte, daß er rot angelaufen war.

»Ganz meine Meinung«, murmelte Jacky.

»Du auch!« schrie ihn David an. »Du zuallererst!« Er lief los und ließ die drei auf der Straße stehen.

Er wußte nicht, wie lange er durch die Straßen von Frankfurt geirrt war. Lange genug jedenfalls, um einigermaßen sicher zu sein, daß er ein Lokal betreten und etwas bestellen konnte, ohne daß ihm wieder die Tränen kamen. Auf der Straße hatten die Passanten sie noch dem kalten Wind zuschreiben können, der dem eiligen jungen Mann ins Gesicht blies.

Er mußte nicht heulen, wurde nicht von Schluchzern gewürgt und von Weinkrämpfen geschüttelt. Es kam einfach Wasser aus seinen Augen und lief die Wangen hinunter. Als sei dies eine autonome Körperfunktion, wie atmen oder verdauen. Er konnte versuchen, an etwas anderes zu denken als an die Szene von vorhin, zum Beispiel an Spaghetti alle vongole oder den Flachbildschirm, den er sich vielleicht anschaffen wollte. Es gelang ihm auch ganz gut, aber die Tränen flossen weiter. Als hätte Davids Körper beschlossen, jetzt einmal ganz unabhängig vom Willen seines Besitzers eine Weile die Tränenfunktion zu testen.

Irgendwann fand er sich in einer Bar wieder, die so verraucht war, daß er Augenwasser auf eine Rauchallergie hätte schieben können. Aber seine Augen blieben trocken. Als hätte der Körper nun die ganze Feuchtigkeit, die ihm für Tränen zur Verfügung stand, aufgebraucht. Er konnte gefahrlos an Marie denken und an die Details der Katastrophe, die er ausgelöst hatte.

War er verrückt geworden? Wie kam er dazu, Marie in den gleichen Topf mit Jacky und Karin zu werfen? Marie, für die er das alles mitmachte. Marie, ohne die er nicht leben konnte.

Die beiden andern anschreien und Marie bei der Hand nehmen und mit ihr über alle Berge verschwinden, das wäre richtig gewesen. Das hatte sie von ihm erwartet.

Alle paar Minuten rief er ihr Handy an und hinterließ beschwörende Entschuldigungen. Daneben tat er sein möglichstes, den Feuchtigkeitshaushalt seines Körpers wieder in Ordnung zu bringen.

Nach dem dritten Drink setzte sich ein Mann neben ihn. Er war um die Dreißig und kam David bekannt vor.

»Auch die Nase voll vom Literaturbetrieb?« fragte er und stellte sich vor: »Nicolas Treber, wir haben zusammen in Bochum gelesen.«

David erinnerte sich dunkel. »Natürlich, wie geht's?«

»Wie es uns Autoren geht auf der Buchmesse: Beschissen.«

Treber bestellte einen Cuba Libre, und David schloß sich dem an. Bis kurz vor Mitternacht schimpften sie über den Literaturbetrieb. Als die Rechnung kam, stellte Davids neuer Freund fest, daß er nicht genug Geld dabeihatte.

Im Taxi, mit dem er Treber zu dessen abgelegenem Hotel fuhr, erzählte dieser ihm von seinem neuen Buchprojekt.

Beim Abschied sagte Treber: »Der Alte, mit dem du gestern im Frankfurter Hof warst, das ist doch dein Agent.«

»Ja, warum?«

»Ist der gut?«

»Es geht.«

»Kannst du mich ihm mal vorstellen?«

Der Nachtportier übergab David eine Nachricht. »Ich lasse die Tür offen. Bitte nicht stören. M.«

David öffnete leise die Tür. Aus dem Bad fiel Licht ins Zimmer. Marie schlief. Auf dem Boden stand ihr gepackter Koffer.

Er versuchte, sich auszuziehen, ohne Lärm zu machen. Aber ein Schuh rutschte ihm aus der Hand und polterte zu Boden. Und als er im Bad das Licht ausgemacht hatte, stolperte er über den Koffer.

Marie, die sonst einen leichten Schlaf hatte, erwachte nicht.

Als David am nächsten Morgen vom Weckruf des Portiers aus dem Schlaf gerissen wurde, war sie schon gegangen. Er suchte nach einer Abschiedsnotiz und fand keine.

Abgesehen von einer Honeymoon Suite in einer Safari Lodge am Lake Victoria, in der er aufgrund einer Verwechslung 1962 eine Nacht verbracht hatte, war Jackys Zimmer im Frankfurter Hof das beste seines Lebens. Man betrat es durch einen kleinen Vorraum, von welchem eine Tür ins Bad, eine ins separate WC und eines ins Zimmer führte. Es besaß eine kleine Polstergruppe, einen Schreibtisch und ein französisches Doppelbett, das es mit dem in der Safari Lodge aufnehmen konnte.

Außer der gut bestückten Minibar und dem Fernseher mit zweiundzwanzig Sendern plus ein paar speziellen für ältere Herren gefielen Jacky der Frotteemantel und die Pantoffeln mit dem Schriftzug des Hotels am besten. Sobald er das Zimmer betrat, zog er beides an, schenkte sich einen Cognac ein, machte es sich auf dem Sofa bequem, setzte eine Havanna in Brand und fühlte sich als Gentleman.

Er war auf den Geschmack von Zigarren gekommen, seit ihm Jens Riegler in der Bar des Marriott eine angeboten hatte. Das Treffen war in jeder Beziehung fruchtbar gewesen. Riegler hatte ihm für Davids nächsten Roman ein sehr handfestes Angebot gemacht. Im Gegensatz zu Klaus Steiner vom Draco Verlag, der etwas vage geblieben war.

Wahrscheinlich besaß er nicht die Kompetenzen, konkret zu werden.

Jetzt lag Jacky in der Badewanne. Auch so ein Luxus, den er sich seit Jahren nicht mehr geleistet hatte. Seine Wohnungen der letzten Jahre besaßen im besten Fall Duschen, und auch in seinem Zimmer im Hotel Caravelle gab es keine Badewanne.

Aber das würde sich ändern, sobald er zurück war. Er würde sich nach einer Bleibe umsehen, die besser auf ihn zugeschnitten war. Keine Wohnung, er war zu alt, um einen Haushalt zu führen. Aber etwas Größeres in einem etwas angemesseneren Hotel. Es mußte nicht gleich ein Fünfsternehaus sein, wie dieses hier, aber etwas mehr Komfort mußte es schon bieten. Und einen gewissen Service. Und eine bevorzugtere Lage als das Caravelle.

Knisternd zerfiel der Schaum und flüsterte Geschichten über sein zukünftiges Leben in sein gutes Ohr.

Die Entscheidung, ebenfalls nach Frankfurt zu fahren, war die richtigste in einer langen Reihe richtiger Entscheidungen gewesen, seit er sich als Autor von *Lila, Lila* zu erkennen gegeben hatte. Alles lief nach Plan. Nicht, daß er einen gehabt hätte. Aber die Ereignisse fügten sich zufällig immer zu einem Ganzen, das sich dann als Resultat eines perfekt aufgegangenen Plans präsentierte.

Der einzige Schönheitsfehler waren die beiden Frauen. Immerhin hatten sie es fertiggebracht, daß sich Davids Ausbruch gestern zum Schluß auch gegen ihn gerichtet hatte.

Den Kran, wie Jacky die lange Lektorin bei sich nannte, hatte er zwar ausgebootet. Sobald sie hier wegwaren, würde sie ihren Einfluß auf David ganz verloren haben.

Aber die andere, Marie, machte ihm etwas Sorgen. Er war mit etwas Verspätung zur Lesung gekommen und vor dem Theater mit ihr zusammengetroffen. Sie hatte sofort dringend mit ihm sprechen wollen, und sie waren in eine Kneipe neben dem Theater gegangen. Dort hatte sie die Frechheit besessen, ihn nach seinen Qualifikationen für den Beruf eines Literaturagenten zu fragen.

Es war keine freundliche Unterredung geworden.

Zuerst hatte er es für ein gutes Zeichen gehalten, daß David auch sie auf der Straße stehenließ. Er war ins Hotel gegangen, hatte einen kleinen Imbiß aufs Zimmer bestellt und sich später in die Bar begeben. Erst dort, bei einem Single Malt, war ihm der Gedanke gekommen, daß es vielleicht nicht so gut wäre, wenn sich David und Marie trennten. Mit ihr verlöre dieser einen wichtigen Grund, zu verhindern, daß der Schwindel aufflog. Jacky nahm sich vor, den Druck auf Marie etwas zu verringern.

Etwas später, immer noch in der Bar, begegnete er Everding vom Kubner Verlag. Dieser schien noch nicht zu wissen, daß Jacky jetzt der Agent von David Kern war. Erst als er ihn darauf aufmerksam gemacht hatte, behandelte Everding ihn mit etwas mehr Respekt. Es gelang Jacky, ihn kurz beiseite zu nehmen und ihn in der Lobby unter vier Augen darüber zu informieren, daß für Davids neues Manuskript bereits Angebote eingegangen waren. Und daß David sich über die zögerliche Gewährung von Akontozahlungen durch Kubner beklage.

Everding studierte den Kopf seiner Pfeife und beschränkte sich schließlich darauf, Jacky sein Kärtchen zu überreichen, mit der Bitte, ihn im Büro anzurufen.

Das verschaffte Jacky die Gelegenheit, »Oder rufen *Sie* mich an, ich wohne hier im Haus« zu plazieren.

Später, in der Bar, gelang es Jacky noch, von Everding in Gesellschaft mit Riegler und ein paar anderen, wahrscheinlich wichtigen Verlagsleuten gesehen zu werden.

Er ließ etwas heißes Wasser nachlaufen und nahm einen Schluck aus dem Glas, das im Seifenhalter stand. Campari, wie immer am Vormittag, wenn es am Abend nicht zu spät geworden war.

Er hatte noch Zeit. Er mußte nicht, wie ursprünglich vorgesehen, bis Mittag das Zimmer räumen. Riegler hatte ihm gestern in der Bar mitgeteilt, daß ein paar Verschiebungen innerhalb des Zimmerkontingents von Luther & Rosen es möglich gemacht hätten, daß Jacky noch eine Nacht bleiben könne. Das war ideal, denn danach würde er sowieso abreisen.

Um ein Uhr war er mit David zum Mittagessen verabredet. Zuerst hatte er vorgehabt, ihn zu einem Lunch in sein Zimmer einzuladen. Aber dann sah er davon ab. Vielleicht sollte er ihm nicht unter die Nase reiben, daß er im Frankfurter Hof wohnte.

Er schlug also Steffens Stube vor, wo er sich vom Portier einen Tisch hatte reservieren lassen. Der ideale Rahmen für das Geschäftsessen eines Agenten mit seinem wichtigsten Autor.

Bis Mittag blieben noch zwei Stunden. Jacky wandte sich den praktischen Fragen zu. Zum Beispiel, wie man im Schaumbad eine Zigarre raucht, ohne das Deckblatt aufzuweichen.

36

Dort, wo Marie sonst immer die Abkürzung nahm, versperrte ein Bauzaun den Durchgang. »Hier entsteht das neue Herz der City« stand darauf in großen blauen Lettern geschrieben. »Herzlich, Dr. Barnard«, hatte jemand darunter gesprayt. Marie folgte dem weißen Pfeil auf blauem Grund, mit dem das Straßenbauamt den Weg für Fußgänger bezeichnet hatte. So brauchte sie etwas länger als sonst bis zum Eingang des gelben Neubaus, wo ihre Wohnung lag.

Das Haus war das erste von insgesamt vier geplanten. Das zweite war im Rohbau, das dritte besaß seine Fundamente, und vom vierten stand noch nichts außer dem neuen Bauzaun.

Marie öffnete den Briefkasten und nahm die Post heraus. Ein paar Briefe für David, einer vom Verlag, drei, die nach Fanpost aussahen. Ein Handzettel eines neu eröffneten Fußreflexzonen-Massagestudios in der Nähe. Ein Gutschein eines Thai-Food-Kuriers. Für sie war nichts darunter.

Sie nahm den Lift in den vierten Stock und schloß die Wohnungstür auf.

Die Wohnung bestand aus einer großen Wohnküche, einem Bad und einem Schlafzimmer. Sie hatte Parkettboden und große Fensterfronten mit Blick auf die alten Industriebauten, Baugerüste, Kräne und Neubauten des boomenden Quartiers.

Außer einem neuen Designersofa kamen die meisten Möbel aus Davids alten Beständen. Von Marie stammten nur das Büchergestell und der Eßtisch mit vier Stühlen. Sie hatte ihn in einem Laden, der mit original Designermöbeln aus den sechziger Jahren handelte, entdeckt. David hatte ihn bezahlt.

Im Wohnteil stand Davids Schreibtisch mit seinen Computern und Peripheriegeräten, wo er manchmal im Internet surfte und Mails beantwortete. Schreiben hatte sie ihn dort noch nie gesehen.

Sie hatte keine Ahnung, woran David gerade arbeitete. Das Thema war tabu. Sie hatte das damit erklärt, daß David zu den Schriftstellern gehört, die nicht über ihre laufende Arbeit sprechen. Sie konnte das gut nachvollziehen. Besonders bei jemandem, der beim Schreiben so viel von seinem Innersten preisgab wie David. Sie hatte es bisher immer in Ordnung gefunden, daß er den Zeitpunkt selbst bestimmen wollte, an dem er sie ins Vertrauen zog. Aber heute, nach seinem Verhalten in Frankfurt, sah sie seine Geheimniskrämerei plötzlich in einem anderen Licht: Als weiterer Beweis dafür, daß er sie aus seinem Leben ausschloß.

Einen kurzen Moment war Marie versucht, Davids Computer einzuschalten und nachzusehen, was es war, das er vor ihr verbarg. Sie tat es selbstverständlich nicht.

Im Schlafzimmer stand ein neues Doppelbett, Maries Arbeitstisch, ein Gestell mit ihren Schulsachen und Davids alter Kleiderschrank.

Sie warf ihre Schultasche aufs Bett, öffnete den Koffer, der noch immer vor dem Schrank stand, und begann auszupacken.

Die Prüfung war nicht gut gelaufen, da brauchte sie gar nicht auf die Resultate zu warten. Wenn sie so weitermachte, würde sie es nicht schaffen. Wenn sie nicht rasch ein paar Dinge in ihrem Leben änderte, müßte sie ein weiteres Jahr dranhängen. Dazu hatte sie weder Lust noch Geld.

Schon jetzt war sie von David finanziell abhängiger, als ihr lieb war. Das Geld, das sie mit ihren paar Dekorationsjobs verdiente, und was sie monatlich von ihrem Sparkonto abholen durfte, wenn dieses bis zuletzt reichen sollte, genügten bei weitem nicht für ihren Anteil am gemeinsamen Lebensstandard.

David störte das nicht. Und Marie hatte es bis jetzt auch nicht sonderlich beunruhigt. Aber als sie aus Frankfurt zurückkam und die Wohnung betrat, hatte sie sich zum erstenmal gefragt: Was tue ich hier eigentlich?

Sie hob die schmutzige Wäsche auf, die sie neben dem Koffer auf den Boden geworfen hatte, und ging damit ins Bad. Sie hatte auch die von David mitgebracht, damit er saubere hatte, wenn er in einer Woche zu einem kurzen Zwischenhalt nach Hause kam.

Als sie jetzt einzeln Hemden, Socken, T-Shirts, Unterhosen in den Wäschekorb fallen ließ, stieg die Frage wieder hoch: Was tue ich hier?

Was hatte sie verloren in der Wohnung eines Mannes, der das bißchen Zeit, das er für sie haben könnte, lieber mit einem alten Säufer verbrachte?

Warum wusch sie die Wäsche von einem, der sie an ihrem letzten gemeinsamen Abend in Frankfurt auf der Straße stehenließ? Der mitten in der Nacht besoffen ins Hotelzimmer polterte und nicht einmal aufwachte, wenn sie abreiste?

Warum ertrug sie das alles für einen, dem sie offenbar nicht so wichtig war? Oder zumindest nicht so wichtig wie er ihr.

Marie machte sich einen Espresso. Mit Davids neuer Maschine. Sie schaltete die Musikanlage ein. Eine von Davids Chill-Out-CDs begann zu laufen. Sie stellte sich ans Fenster.

Wie wichtig war ihr David überhaupt? War er es, in den sie verliebt war, oder war es Peter, der empfindsame, unglücklich Liebende aus *Lila, Lila*?

Es hatte zu dämmern begonnen. Die Autos fuhren mit Licht. In den erleuchteten neuen Bürohäusern zeichneten sich dunkel die Muster der leerstehenden Büroflächen ab. Unter einer Lampe auf der frisch eingezäunten Baustelle stand eine Gruppe gut gekleideter Herren mit schlecht sitzenden Bauhelmen.

Maries Blick fiel auf zwei Ordner im Büchergestell. Sie waren in ihrer Handschrift beschriftet. »*Lila, Lila*, Juni bis August« und *Lila, Lila*, »August bis …« Davids Rezensionen, von ihr gesammelt und chronologisch abgelegt. Und das alles begleitet von den spöttischen Kommentaren ihres Stars, der es nicht einmal für nötig hielt, Fragen wie die Wahl seines Agenten mit ihr zu besprechen.

Marie stellte die leere Tasse ins Spülbecken, ging zurück ins Schlafzimmer und fuhr fort, den Koffer auszupacken.

Ging es ihr wie Peter Landwei? War sie verliebt in jemanden, der sie nicht liebte, und merkte es zu spät?

Das Telefon klingelte. Es war David. »Wie ist es gelaufen?« fragte er.

»Schlecht. Und bei dir?«

»Auch schlecht. Ich vermisse dich.«

Das war die Stelle, an der sie zu antworten pflegte: Ich dich auch. Aber sie sagte: »Ich bin überrascht, daß du überhaupt bemerkst, daß ich weg bin.«

»Immer noch sauer?«

»Immer noch enttäuscht.«

»Über Frankfurt?«

»Auch.«

»Über mich?«

»Auch.«

»Worüber denn noch?«

»Über alles. Über uns. Vor allem über uns.«

»Weshalb?«

»Ich weiß nicht. Ich habe einfach mehr von uns erwartet.«

»Mehr was?«

»Mehr Rücksicht. Mehr Vertrauen. Was weiß ich? Mehr Liebe.«

David schwieg einen Moment. Dann sagte er: »Ich liebe dich, Marie, das weißt du.«

Sie antwortete nicht.

»Marie, hast du gehört? Ich liebe dich. Das mit Jacky ist dumm gelaufen, aber das bekomme ich in den Griff. Mit unserer Liebe hat das nichts zu tun. Hörst du, Marie? Ich liebe dich.«

Marie gab keine Antwort.

»Und du? Liebst du mich, Marie?«

Sie zögerte. »Ich glaube schon.«

»Du bist dir nicht sicher?«

Nach einer langen Pause antwortete sie leise: »Nicht ganz.«

Jetzt war es David, der schwieg.

Nach einer Weile sagte sie: »David, ich werde ein paar Tage bei meiner Mutter wohnen.«

»Warum?«

»Um mir über meine Gefühle klarzuwerden.«

»Das kannst du doch auch bei uns.«

»Dort kann ich es besser.«

»Soll ich kommen?«

»Nein.«

»Doch, ich komme.« Er legte auf.

Marie ging ins Schlafzimmer zurück. Sie betrachtete eine Weile den leeren Koffer. Dann begann sie, ihn wieder zu packen.

37

Entschuldigen Sie, ich bin der Nachtportier. Ich mache das zum ersten Mal.« Der Mann trug eine Krawatte, der man ansah, daß er sie fertig geknüpft über den Kopf streifte und festzog. David stand nun bereits mehr als zehn Minuten an der Rezeption neben seinem hastig gepackten Koffer und wartete darauf, daß der überforderte Portier dem Computer die Rechnung für die Extras entlockte. Der Kubner Verlag übernahm sie nicht. Es handelte sich um sechsundvierzig Euro zwoundachtzig.

Das Taxi wartete, und der Zug fuhr in knapp fünfzehn Minuten.

Der Portier ging mit einem entschuldigenden Lächeln zum Telefon und rief einen gewissen Jürgen an, offenbar sein Computerexperte. David knallte entnervt einen Fünfziger auf das Empfangspult und ging. »Na endlich«, brummte der Taxifahrer, als er einstieg.

Er bezahlte das Taxi um dreizehn vor acht und spurtete los. Als er den Bahnsteig erreichte, sprang der Zeiger der Bahnhofsuhr gerade auf zehn vor, und die Türen des Zugs glitten zu. »Scheiße!« schrie David und warf den Koffer auf den Boden.

Außer Atem, die Fäuste in den Manteltaschen vergraben stand er da, versetzte seinem Koffer ab und zu einen

Tritt und strafte die Leute mit bösen Blicken, die jemanden zum Bahnsteig begleitet hatten und nun traurig, erleichtert oder mit noch nicht ganz verloschenem Abschiedslächeln an ihm vorbeigingen.

Als David wieder zu Atem gekommen war, suchte er einen Abfahrtsplan und stellte fest, daß der nächste Zug in einer Stunde fuhr und um siebzehn nach eins ankam. Erst kurz vor zwei Uhr früh würde er zu Hause sein.

Er kaufte sich eine Zeitung, ein Würstchen, ein Bier und stellte sich an einen der klebrigen Stehtische neben der Würstchenbude. Kaum hatte er die Zeitung aufgeschlagen und in sein Würstchen gebissen, sagte eine Stimme neben ihm: »David Kern! Was für eine Fügung, daß ich Ihnen hier begegne!« Die Stimme gehörte einer älteren Frau in Begleitung eines Rollköfferchens. Er nickte ihr zu und übertrieb sein Kauen ein wenig.

»Lassen Sie sich nicht beim Essen stören«, bat sie und störte weiter. »Ich habe *Lila, Lila* schon dreimal gelesen und werde es ein viertes Mal tun. Jetzt erst recht, wo ich Sie persönlich kennengelernt habe. Was ich Sie so gerne fragen wollte…«

David nahm einen Schluck Bier und schob sofort einen Bissen Würstchen nach.

»… wieviel von *Lila, Lila* ist autobiographisch?«

David antwortete mit seiner Standardantwort: »Wie Sie sehen, lebe ich noch.«

Die Leserin ließ sich nicht entmutigen. »Aber den Verlust einer großen Liebe müssen Sie doch erlebt haben. Diese Gefühle muß man doch kennen, um sie so beschreiben zu können, wie Sie das tun.«

David schluckte seinen Bissen herunter. »Doch«, gab er zu, »ganz fremd sind sie mir leider nicht.«

»Aber Sie möchten lieber nicht darüber reden?«

»Deswegen habe ich darüber geschrieben.« Auch Standard.

Die Frau nickte verständnisvoll und verabschiedete sich zu seiner Erleichterung. Aber nach ein paar Schritten kam sie zurück. »Nur noch eine Frage, Sie müssen sie nicht beantworten: Wie hieß sie?«

David erschrak über seine Antwort: »Marie.«

»Marie, Marie«, sagte die Frau sinnend. »So heißt ein Chanson von Gilbert Bécaud. Marlene Dietrich hat es gesungen. Kennen Sie es?«

David schüttelte den Kopf.

»Auch ein schöner Titel.«

Er blickte ihr nach, wie sie und ihr Rollköfferchen in der riesigen Bahnhofshalle immer kleiner wurden.

Er aß den Rest des Würstchens, trank das Bier aus und rief Marie an. Weder auf ihrem Handy noch in der Wohnung meldete sie sich. Er versuchte es bei ihrer Mutter, wo sich zu seiner Erleichterung auch nur der Beantworter einschaltete. David hinterließ keine Nachricht.

Er lungerte vor den Imbißbuden herum wie ein Bahnhoftrinker. Zwanzig Minuten vor Abfahrt stand er bereits auf dem Bahnsteig.

Der einzige Mitpassagier im muffigen Abteil der ersten Klasse war ein amerikanischer Geschäftsmann, der die Zeitverschiebung nutzte und laut und ungeniert mit den Vereinigten Staaten telefonierte. David versuchte wegzuhören.

Kurz vor Mannheim gab er es auf, packte Mantel und Koffer und suchte sich einen andern Platz.

Er fand ein Abteil, das von einer einzigen Frau besetzt war. Hoffentlich keine Leserin, dachte David, öffnete die Schiebetür und fragte: »Ist hier noch etwas frei?«

Sie nickte und raffte ein paar Zeitschriften von den Nebensitzen. Er sah ihr an, wie lästig ihr sein Auftauchen war. Er setzte sich auf den entferntesten Sitz und stellte sich schlafend.

»In Mannheim zugestiegen?« fragte der Schaffner. David war eingenickt und erwachte jetzt mit dem Gefühl, daß etwas Schlimmes geschehen sei. Das passierte ihm ab und zu. Meistens waren es die Nachwirkungen eines bösen Traums, die sich rasch verflüchtigten. Aber diesmal war es kein Traum. Es war wirklich etwas Schreckliches geschehen: Marie war sich nicht ganz sicher, ob sie ihn liebte!

Der Schaffner sah ihn fragend an. David suchte in den Taschen seines Jacketts, das hinter ihm an einem Haken hing. »Ich saß vorher weiter hinten«, erklärte er.

Der Schaffner wartete, bis David den Fahrschein gefunden hatte, kontrollierte ihn, wünschte gute Fahrt und schloß die Schiebetür hinter sich.

David schaute auf die Uhr. Noch dreieinhalb Stunden. Plus eine halbe, bis er zu Hause war. Vier Stunden Hilflosigkeit. Vier Stunden, bis er vor ihr stehen und sie davon überzeugen konnte, daß sie ihn liebte.

So mußte sich Peter Landwei gefühlt haben, als er zu ahnen begann, daß sich Lila von ihm entfernte.

Zum ersten Mal in seiner Schriftstellerkarriere konnte er

sich vorstellen, daß er in der Lage sein könnte, etwas wie *Lila, Lila* selbst zu schreiben.

Die Frau mit den Zeitschriften las im Lichtkegel ihrer Leselampe. Die Räder trommelten ihr melancholisches Lied in die Nacht.

Er würde Marie versprechen, daß alles anders wird. Er würde ihr sagen, daß er mit Jacky gesprochen und ihm ganz klare Bedingungen gestellt hatte.

Gestern beim Mittagessen im Restaurant Steffens Stube war Jacky nämlich ganz vernünftig gewesen. »Jacky«, hatte David gesagt, nachdem sie bestellt hatten, »Jacky, das kennst du doch auch: du begegnest einem Menschen und weißt auf Anhieb, den mag ich nicht. Da kannst du dir noch soviel Mühe geben, ihm unvoreingenommen zu begegnen, es funktioniert einfach nicht. Du bist allergisch gegen ihn, wie andere Leute gegen Katzenhaare. Kennst du doch auch?«

»Ja. Und?«

»Für Marie bist du so ein Mensch.«

Jacky suchte auf dem Boden seines leeren Campariglases nach einer Erklärung für dieses Phänomen. »Es wird dir bestimmt nicht leichtfallen, das zu verstehen, David«, gestand Jacky, »für mich ist Marie auch so ein Mensch.«

Es gelang David, kommentarlos den Gedanken aufzugreifen. »Wenn du sie nicht magst, weshalb versuchst du denn nicht, sie zu meiden? Wie sie dich?«

Jacky fuchtelte mit dem leeren Glas in Richtung des Kellners. »Wenn ich dich sehen will, muß ich sie in Kauf nehmen.«

David nickte nachdenklich. »Mein Problem ist, Marie

will dich nicht mehr in Kauf nehmen. Sie stellt mich vor die Wahl: sie oder du.«

Der Kellner tauschte Jackys leeres Campariglas gegen ein volles. »Und was kann ich für dich tun in dieser Sache?«

David schenkte sich Mineralwasser nach und trank es in einem Zug aus. Er war noch durstig von der letzten Nacht. »Ich schlage vor, daß wir uns, jetzt wo wir Geschäftspartner sind, nur noch geschäftlich treffen.« Er nahm seinen Mut zusammen und fügte hinzu: »Privat läßt du uns in Ruhe.«

Jacky setzte seine beleidigte Miene auf. Aber dann antwortete er zu Davids Überraschung einfach: »Wie du meinst.« Und wechselte das Thema.

»Wir haben noch nicht über die Konditionen gesprochen.«

»Konditionen?«

Der Kellner brachte die Vorspeisen. Bouillon mit Mark für Jacky, gemischten Salat für David.

»Für unsere Zusammenarbeit«, fuhr Jacky fort, »die Bedingungen für unsere Zusammenarbeit.«

David begann, seinen Salat zu essen. »Karin Kohler wollte zwanzig Prozent.«

Jacky fischte mit dem Löffel ein Stück Mark aus der Suppe, legte es an den Rand einer Scheibe Brot, hielt den Salzstreuer darüber und klopfte vier-, fünfmal mit dem Zeigefinger. »Karin Kohler ist ja auch nicht die Autorin.« Er biß das Stück mit dem Mark ab.

»Was hast du dir denn vorgestellt?« erkundigte sich David gelangweilt.

»Fünfzig.«

David nahm es mit einem Schulterzucken zur Kenntnis.

»Fünfzig Prozent auf alle Einnahmen«, präzisierte Jacky.

»Auch auf die Lesungen, nehme ich an.«

»Auch auf die Lesungen«, bestätigte Jacky.

David nickte.

»Plus Spesen«, ergänzte Jacky rasch.

»Was für Spesen?«

»Reisen, Hotels, Essen, Repräsentation.«

David aß kommentarlos seinen Salat. Jetzt, wo Jacky die Bedingungen für Marie akzeptiert hatte, war es ihm egal, was er forderte.

»Einverstanden?«

»Kann ich nein sagen?«

»Nein.«

»Eben.« David legte das Besteck beiseite und schaute zu, wie sich Jacky eine neue Portion Mark präparierte. Hoffentlich holt er sich den Rinderwahnsinn, dachte er.

Jacky aß alle Markstücke und ließ die Suppe stehen. »Ich habe mit Jens Riegler und Klaus Steiner gesprochen«, verkündete er verheißungsvoll.

»Worüber?«

»Über dies und jenes. Ganz interessant.«

David beschloß, nicht mitzuspielen. Er ließ seinen Blick durch das Restaurant schweifen. Die meisten Gäste sahen aus, als hätten sie mit Büchern zu tun. Er hatte inzwischen den Blick dafür.

»Willst du nicht wissen, worüber wir gesprochen haben?« drängte Jacky.

»Warum sagst du es mir nicht einfach?«

»Vorschuß.« Jacky wartete auf die Wirkung der Eröffnung. Als er keine sah, fügte er hinzu: »Hochinteressant. Vor allem das Angebot von Luther & Rosen.«

»Vorschuß wofür?«

»Deinen nächsten Roman.«

David wartete, bis der Kellner die Teller abgeräumt hatte. »Es gibt keinen nächsten Roman.«

Jacky kaute gerade zwei seiner Tabletten gegen Magenbrennen. Sein Lachen legte eine schneeweiße Zunge frei. »Das brauchen die ja nicht zu wissen.«

David schüttelte ungläubig den Kopf. »Ich kann doch keinen Vorschuß kassieren und dann nicht liefern.«

Zwei Kellner brachten den Hauptgang. Forelle blau für David, Schweinshaxe an Biersauce für Jacky. Sie warteten stumm, bis Davids Kellner den Fisch zerlegt hatte, während der andere Jacky den Wein verkosten ließ. Er hatte einen dreiundneunziger Brunello bestellt. David lehnte ab. Auch von der braunen Butter nahm er Abstand.

Als sie allein waren, nahm Jacky den Faden wieder auf.

»Ich habe mich hier ein wenig umgehört. Du wärst nicht der einzige, der Vorschuß kassiert und nicht liefert.«

David legte sein Besteck neben den Teller und beugte sich vor. »Untersteh dich, einen Vorschuß auf mein nächstes Buch zu kassieren. Es gab keinen ersten David Kern, und es wird auch keinen zweiten geben.«

Jacky gewährte David einen Blick auf den Bissen Schweinshaxe, den er gerade kaute. »Es gab einen ersten Alfred Duster, und es wird auch einen zweiten geben.«

Jetzt erst verstand David. Jacky hatte vor, David Kerns nächsten Roman zu schreiben. »Ohne mich.«

»Und wie erklärst du, daß von dir nichts Neues erscheint?«

»Der Welt?«

»Der Welt und Marie.«

»Laß Marie aus deinem dreckigen Spiel!« fuhr David den Alten an. So laut, daß die Gäste an den umliegenden Tischen zu ihnen herüberschauten.

Nach kurzem Schweigen sagte Jacky leise: »Immerhin: zwischen hundertzwanzig- und hundertachtzigtausend.«

»Vorschuß? Für einen ungeschriebenen Roman?« David konnte es nicht glauben.

»Für einen Roman in Arbeit. Von David Kern.«

»Untersteh dich.« David schob den Teller weg. Er hatte kaum die Hälfte seiner Forelle gegessen.

Jacky winkte ab. »Mit Everding habe ich auch gesprochen. Er überweist hunderttausend von unserem Guthaben Akonto, sobald er die Vollmacht hat.«

An das »unser« hatte sich David längst gewöhnt. »Vollmacht« war neu. »Welche Vollmacht?«

Jacky stopfte sich den Mund mit Spätzle voll. »Du mußt mir eine Vollmacht geben, daß ich in deinem Namen handeln und das Finanzielle erledigen darf.« Er spülte mit dem Brunello nach.

»Das heißt, Everding überweist die hunderttausend an dich?«

»Und ich überweise dir deinen Anteil. Was dagegen?«

»Und falls ja?« fragte David.

»Eben.«

Der Zugführer weckte ihn in Basel. Das Abteil war leer, von seiner Mitfahrerin waren nur noch ein paar Zeitschriften übriggeblieben.

Als David keuchend den Bahnsteig vier erreichte, wechselte gerade die Anzeige auf der Tafel. Er hatte seinen Anschlußzug verpaßt.

»Wann fährt der nächste?« fragte er einen gähnenden Bahnbeamten.

»Morgen früh.«

Eine Stunde und dreihundert Franken später stieg David vor seiner Wohnung aus einem Basler Taxi.

38

Marie tanzte eng mit einem kleinen Mann. Sein Kopf reichte ihr gerade bis zu den Brüsten. Um sie herum bildeten Leute, die sie kannte, einen Kreis. Ihre Freundin Sabrina war dabei, Karin Kohler, Everding, Gaby Jordi, die Besitzerin des Coryphée, ihr Primarlehrer Häberlein, Ralph Grand, Sergio, Silvie, Roger, Rolli, Sandra, Kelly, Bob. Ihre Mutter Myrtha stand lächelnd neben David. Er hatte den Arm um sie gelegt.

Der kleine Mann war fast kahl. Nur ein paar feine blonde Härchen bedeckten sein Köpfchen, das er zwischen ihre Brüste gebettet hatte.

»Das Kind, das Kind«, rief Myrtha. Jetzt merkte Marie, daß das kleine Männchen ein Kind war, das sie stillte. Sie legte ihre Hand auf sein Köpfchen. Es schaute zu ihr herauf. Ein uraltes Gesicht lächelte sie mit falschen Zähnen an. Es war Jacky. Sie schrie auf und stieß ihn weg.

»Das Kind«, sagte Myrtha wieder. Marie öffnete die Augen. Ihre Mutter stand im Nachthemd neben dem Futon und hielt ihr das drahtlose Telefon hin. Vorwurfsvoll. »Halb drei«, stellte sie fest.

Marie nahm das Telefon. »Ja?«

»Ich bin's, David.«

»Es ist halb drei.«

»Ich weiß. Entschuldige. Ich bin gerade angekommen, und du warst nicht zu Hause.«

»Ich habe dir doch gesagt, daß ich zu Myrtha gehe.«

»Ich dachte, ich erwische dich noch vorher. Ich habe zwei Züge verpaßt. Ich muß mit dir reden.«

»Morgen. Laß uns morgen reden.«

»Morgen muß ich nach Hannover. Um acht fährt mein Zug.«

Marie seufzte. »Wo bist du?«

»Hier, vor dem Haus.«

Marie überlegte. »Ich werfe den Schlüssel runter.« Sie schlüpfte in ihren Kimono, ging zur Wohnungstür, zog den Schlüsselbund ab und öffnete ein Fenster zur Straßenseite. Dort unten stand er. Die Straßenlampe beleuchtete sein Gesicht, das er ihr zugewandt hatte. Sobald er sie am Fenster sah, lächelte er. Sie hielt die Hand mit dem Schlüsselbund aus dem Fenster, er machte sich bereit zum Auffangen.

Sie sah den Bund fallen, wie in Zeitlupe. Er prallte an Davids Hand ab und fiel in ein Gebüsch im schmalen Vorgärtchen. David brauchte ein paar Minuten, bis er ihn fand. Er schloß die Haustür auf und verschwand.

Marie sah das Licht des Hausflurs durch das Sicherheitsglas der Eingangstür auf den Weg fallen, kurz darauf hörte sie den Lift. Sie ging zur Wohnungstür und merkte, daß sie vergessen hatte, sie aufzuschließen, bevor sie den Schlüssel hinunterwarf. Sie blickte durch den Spion und wartete, bis Davids Gestalt vor der Tür auftauchte. »Du mußt selbst aufschließen«, rief sie halblaut durch die Tür. Sie hörte, wie sich der Schlüssel drehte. Dann ging die Tür auf, und David kam herein.

Er sah müde aus. Die Schatten unter seinen Augen paßten schlecht in sein Bubengesicht, das noch jünger wirkte, weil es frisch rasiert war. Kein Schnurrbärtchen, keine Koteletten, keine experimentelle Barttracht. Sie roch sein After-shave-Gel, als sie ihn etwas reserviert küßte.

Sie legte den Finger auf die Lippen und führte ihn in ihr Zimmer.

Myrtha hatte es in ein kombiniertes Bügel-, Näh- und Gästezimmer verwandelt. Als ob sie je bügelte, nähte oder Gäste empfing, die nicht bei ihr im Bett schliefen.

Marie bot David den einzigen Stuhl an und setzte sich auf den Futon.

»Ich habe mit Jacky gesprochen«, begann David.

Marie stieg das Bild aus ihrem Traum wieder hoch. Es schüttelte sie.

»Ist dir kalt?« fragte David.

»Nein, das passiert mir immer, wenn ich an Jacky denke.«

»Er wird uns in Zukunft in Ruhe lassen.«

»Was macht dich so sicher?«

David drehte die Handflächen nach oben, wie ein Zauberkünstler nach einem gelungenen Trick. »Ganz einfach: Ich habe es zur Bedingung gemacht.«

»Bedingung wofür?«

»Daß er mein Agent werden kann.« David hatte die Unterarme auf die Oberschenkel gestützt. Jetzt lehnte er sich zurück, als erwarte er ein Lob. »Es schien mir die einzige Möglichkeit.«

Jetzt verstand sie erst. »Das ist der Grund, weshalb du ihn zu deinem Agenten gemacht hast? Damit er uns in Ruhe läßt?«

David nickte. »Der Deal ist: Unser Kontakt beschränkt sich auf das rein Geschäftliche. Er wird nicht mehr auftauchen, wenn wir essen gehen. Er wird nicht mehr plötzlich vor der Wohnungstür stehen. Er wird mich nicht ständig anpumpen. Unsere Beziehung steht ab sofort auf ausschließlich geschäftlicher Basis.«

Marie wußte noch nicht, was sie davon halten sollte.

David stützte sich wieder auf seine Oberschenkel. »Das wolltest du doch?«

»Schon – aber ihn gleich zu deinem Agenten zu machen? Weshalb hast du ihm nicht einfach gesagt, er solle uns in Ruhe lassen?«

David hob seufzend die Schultern und ließ sie wieder fallen. »Nicht übers Herz gebracht.«

Marie nickte. »Verstehe. Dein Großvater.«

»Wahrscheinlich.« David nestelte in einer Tasche seines Mantels, den er über das Bügelbrett gelegt hatte. Er brachte ein Päckchen zum Vorschein. »Das wollte ich dir an jenem Abend vor der Lesung geben. Aber du kamst so spät. Und nachher – da ist dann das passiert. Ach, Marie, es tut mir so leid. Ich bin danach durch die Straßen gelaufen und habe geheult.«

»Ich auch.« Marie öffnete das Päckchen. Es enthielt eine kleine weinrote Kunstlederschatulle mit dem goldenen Schriftzug eines Frankfurter Juweliers. Sie klappte den Deckel auf. Die Schatulle war mit weißem Samt ausgeschlagen. In der Mitte steckte ein Ring mit einem einzelnen tiefblauen Stein, der wie ein Diamant gefaßt war.

Marie kannte die Szene aus vielen Filmen. Mußte sie jetzt hauchen: »Oh, David, er ist wunderschön!«? Oder nur:

»Für mich?« Oder war es eher ein Fall für: »Oh, David, das kann ich nicht annehmen«? Oder sollte sie sich mit einem gewisperten »David« begnügen und den Rest offenlassen?

David kam ihr zu Hilfe. »Blauer Saphir.«

Sie nahm ihn heraus und betrachtete ihn von allen Seiten. Wunderschön wäre nicht das falscheste Wort gewesen.

»Man kann ihn enger machen lassen«, erklärte David fachmännisch. »Oder weiter.«

Sie steckte ihn an den Ringfinger. Am Gelenk mußte sie einen leichten Widerstand überwinden, aber dann paßte er perfekt. »Wie angegossen«, sagte sie.

»Gefällt er dir?«

»David, er ist wunderschön.« Das »Oh« ließ sie weg.

Marie kam sich blöd vor. Erstens, weil sie nach dem ersten Streit, der ersten Ernüchterung die gemeinsame Wohnung verlassen hatte und wie eine Frau in einer alten Witzzeichnung zur Mutter gezogen war. Und zweitens, weil sie drauf und dran war, sich von einer Entschuldigung und einem blauen Saphir rumkriegen zu lassen. Auch wie eine Frau in einer alten Witzzeichnung.

Sie nahm sich vor, sich bei nächster Gelegenheit nach den finanziellen Bedingungen des Vertrags zu erkundigen.

Als David schüchtern fragte: »Darf ich hier schlafen?« antwortete sie: »Nein. Wir gehen zu uns.« Sie war sich nicht sicher, ob aus Liebe oder aus Rührung.

Am nächsten Morgen roch es nach Kaffee, als Marie die Augen aufschlug. David stand neben dem Bett, nackt, mit einem Tablett. »Room Service«, sagte er.

»Wie spät ist es?«

»Zehn vor sieben«, antwortete David und bemühte sich, nichts zu verschütten, während er sich und das Tablett ins Bett balancierte. »Espresso, Croissants, Butter, Honig, frisch gepreßter Orangensaft. Fehlt etwas?«

Marie setzte sich auf, stopfte das Kissen hinter den Rükken und nahm das Tablett entgegen. David schlüpfte ganz nahe neben sie unter die Decke.

»Wann warst du denn in der Bäckerei?«

»Kurz nach sechs.«

»Und wann schläfst du?«

»Im Zug. Gut sechs Stunden bis Hannover.«

»Und wieviel wären es von Frankfurt aus gewesen?«

»Gut zwei.«

Marie schüttelte den Kopf. »Du hättest nicht kommen sollen.« Sie nahm einen Schluck Orangensaft. »Ich bin trotzdem froh, daß du es getan hast.«

»Und ich erst.« David legte den Arm um sie. »Das hört jetzt auch auf.«

»Was?«

»Die Reiserei. Ich werde Jacky sagen, daß er keine neuen Termine annehmen darf. Ich mach nur noch, was schon zugesagt ist.«

Marie legte den Kopf auf seine Schulter. »Gut. Dann kommst du endlich zum Schreiben.«

David setzte seinen Espresso an die Lippen. »Genau.«

Durch den offenen Fensterspalt hörten sie das Rauschen von Autoreifen auf nasser Straße.

»Wann erzählst du mir, wovon es handelt?« fragte Marie behutsam.

»Bald.«

39

Jacky konnte sich das Frühstück natürlich auch aufs Zimmer kommen lassen. Aber wenn möglich, also wenn es am Abend nicht allzu spät geworden war, zog er den Speisesaal vor. Er besaß dort ein reserviertes Tischchen ganz in der Nähe des Büffets.

Jacky liebte Büffets. Wenn man am eigenen Leib erfahren hat, wie es ist, nicht zu wissen, wie man die nächste Mahlzeit bezahlen soll, dann sind Büffets der Inbegriff von Luxus. Jacky füllte Teller mit allem, worauf er theoretisch Lust hatte. Was er dann nicht essen konnte, ließ er einfach stehen.

Essen stehenzulassen war für ihn immer Ausdruck von Eleganz gewesen. Wie oft hatte er, auch in einfachen Restaurants, Gäste dabei beobachtet, wie sie mitten im Essen das Besteck auf den Teller legten und diesen zwei symbolische Zentimeter zur Seite schoben. Beiläufig und ohne das Gespräch mit den Tischgenossen oder die Zeitungslektüre zu unterbrechen.

Was ihm am Speisesaal auch gefiel, waren die Hotelgäste. Ältere Ehepaare auf der Durchreise, Manager auf Geschäftsreise, junge Paare auf Hochzeitsreise, Touristen auf Gruppenreise, Liebespaare auf überhaupt keiner Reise. Jeden Tag andere. Es gefiel ihm, sie zu beobachten und, wenn es sich ergab, sie mit ein paar Erinnerungen an seine eigenen Reisen zu unterhalten.

Er selbst war seit Frankfurt nicht mehr gereist. Er erledigte seine Geschäfte von hier aus. Die Vertragsverhandlungen mit Draco, Luther & Rosen und Kubner hatte er telefonisch weitergeführt. Everding war als erster aus dem Rennen gewesen. Fünfundachtzigtausend Euro war sein Höchstgebot. Plus Exposé und vorherige Einsicht in die ersten fünfzig Seiten des Manuskripts.

Draco hatte etwas länger mitgehalten. Klaus Steiner war durch einen hierarchisch höhergestellten Verhandlungspartner, einen gewissen Remmler, ersetzt worden, der bis zweihunderttausend mitbot. Mit Exposé und Einsicht in die ersten zwanzig Seiten.

Den Zuschlag erhielt Luther & Rosen bei zweihundertzwanzigtausend. Ohne Manuskripteinsicht. Mit zwei, drei Seiten Exposé. Dafür mit einer Abgabeklausel: Achtzehn Monate nach Vertragsunterzeichnung. Ein Problem, das Jacky lösen würde, wenn es sich stellte.

Jens Riegler von Luther & Rosen war zur Vertragsunterzeichnung eigens angereist. Sie hatten einen sehr angenehmen Abend im Silbernen Schwan verbracht, sechzehn Gault-Millau-Punkte, direkt am See.

Riegler stellte sich als großer Wein- und Zigarrenkenner und hervorragender Zuhörer heraus. Auch als Geschäftsmann erwies er sich als äußerst kulant. Er gab sich mit einer mündlichen Zusammenfassung des Exposés zufrieden und machte sich lediglich ein paar Notizen in seine schmale Taschenagenda.

David arbeite an der Geschichte eines jungen Mannes,

erzählte Jacky, der sich aus Liebe zu seiner fetten Mutter so dickfrißt, daß er nicht mehr aus dem Haus gehen kann. Eines Tages verliebt sich die Mutter in einen neuen Mann und wird gertenschlank. Ihr Sohn leidet schrecklich unter diesem Verrat, schafft es aber nicht, ebenfalls abzunehmen. Im Gegenteil, er wird immer dicker. Eines Tages, als sich die Mutter – wie früher jeden Tag, aber jetzt nur noch ganz selten – zu einem Mittagsschläfchen neben ihn legt, wälzt er sich auf sie und bleibt liegen, bis sie sich nicht mehr bewegt.

Jacky hatte die Geschichte von einem übergewichtigen Zimmergenossen im Männerheim Sankt Josef gehört und sie ab und zu mit einigem Erfolg an einem Wirtshaustisch zum besten gegeben. Auch bei Jens Riegler kam sie gut an.

Eine Woche nach Vertragsunterzeichnung lag das Geld auf Jackys Konto. Davids Anteil, nach Abzug von Jackys Spesen etwas über sechsundneunzigtausend, lag immer noch dort. Sobald er ihm das Geschäft mit Luther & Rosen gebeichtet hatte, würde er sie ihm überweisen.

Heute war Jacky etwas spät dran. Es war nicht mehr viel los im Speisesaal. Zwei verkaterte englische Geschäftsleute tranken Wasser, Säfte und Tee. Zwei dicke Japanerinnen, denen der Tagesausflug ihrer Gruppe zu anstrengend gewesen war, saßen stumm am langen Tisch der Gruppe zwischen den Frühstückstrümmern ihrer unternehmungslustigeren Reisegefährten.

An Vormittagen wie diesen setzte Jacky seinen Kopfhörer auf. Er hatte sich einen Mini-disc-Player geleistet und ließ sich gelegentlich sein neues Leben von seiner alten Musik begleiten. Im Moment lief für ihn im Jahrhundertwende-Speisesaal des Waldgartens zum Lachstoast Elvis Presleys »Love me tender«.

Das Hotel Waldgarten lag zwar nicht so verkehrsgünstig wie das Caravelle, aber mit dem Taxi war Jacky in einer knappen Viertelstunde im Zentrum. Und Taxis konnte er auf Spesen nehmen.

Das Haus klammerte sich mit letzter Kraft an seinen vierten Stern. Es hatte ihm ein großes Zimmer, das andernorts als Junior Suite gelten würde, für eine Monatspauschale von fünftausend Franken angeboten, Frühstück inbegriffen. Das war ein fairer Preis, zumal Jacky auch davon einen Teil als Spesen verrechnete.

Sein Zimmer lag im vierten Stock in einem der vier Türmchen des Backsteingebäudes und besaß einen kleinen Balkon mit herrlichem Blick auf die Stadt und den See.

Der Service des Waldgartens war gut, das Personal respektvoll, und wenn Jacky mal keine Lust hatte auszugehen, konnte er im Hotelrestaurant sehr anständig essen.

Die Bar ließ etwas zu wünschen übrig. Ab zehn Uhr war er meistens der einzige Gast, und der Barmann, ein mißmutiger Tscheche, ließ ihn spüren, daß er gerne Feierabend machen würde.

Aber um diese Zeit war Jacky sowieso meistens in der Stadt in einem seiner Lokale. Nicht selten im Esquina. Er hatte sich mit Ralph Grand angefreundet, seitdem er ihm seine Hilfe bei der Unterbringung von dessen Roman angeboten hatte, der kurz vor der Fertigstellung war. Und als Freund von Ralph war er auch von dessen Clique akzeptiert.

Seine häufige Anwesenheit im Esquina hatte zwar zu ein

paar Begegnungen mit Marie geführt. Aber wenn sie diesen ausweichen wollte, brauchte sie nur das Esquina zu meiden. Was sie offenbar auch tat, wenn David im Land war. Das kam in letzter Zeit allerdings selten vor.

Wenn David von einer Lesereise zurückkam, traf Jacky ihn zu einem Lunch oder Aperitif, und sie erledigten das Geschäftliche. David übergab ihm den Briefumschlag mit Jackys Anteil an seinen Lesehonoraren. Jacky händigte ihm die neuesten Presseausschnitte aus und ging mit ihm die Lesungsanfragen durch.

Beides bekam er – kommentarlos – von Karin Kohler zugeschickt. Laut dem Vertrag, der noch vor Jackys Zeit entstanden war, gehörte das Sammeln der Pressestimmen und die Organisation der Lesereisen zu den Pflichten des Kubner Verlags.

Die verkaufte Auflage von *Lila, Lila* betrug inzwischen hundertvierzigtausend Exemplare, und der Roman lag immer noch auf den vorderen Plätzen der meisten Bestsellerlisten. Er war bereits in vier Sprachen übersetzt, und die Rechte für dreizehn weitere Übersetzungen waren verkauft. Das Honorar pro Lesung war auf sein Drängen auf siebenhundert Euro erhöht worden.

Jacky hatte keinen Grund zu klagen. Die Gesamteinnahmen beliefen sich bisher auf rund vierhundertfünfundzwanzigtausend Euro. Davon blieben nach Abzug von Jackys Spesen gut hundertachtzigtausend für jeden. Die Hälfte davon hatte Kubner unter dem Druck der Verhandlungen bereits ausbezahlt. Davon wußte David zwar noch nichts, Jacky wollte einem so jungen Menschen nicht so viel Geld auf einmal in die Hand geben. Aber die Kohle war da, und wann immer David Bedarf hatte, gab Jacky anstandslos davon ab.

Am nächsten Tag würde David von seiner Lesereise durch die neuen Bundesländer zurückkommen. Auf drei Uhr hatte er ihn zu sich aufs Zimmer bestellt. Bei dieser Gelegenheit wollte er ihn mit ein paar harten Fakten konfrontieren.

Die beiden Engländer standen auf, nickten ihm zu und trotteten aus dem Saal. Die Japanerinnen mußten das als Zeichen zum Aufbruch verstanden haben. Sie standen auf, sammelten die Konfitürenportionen ein und gingen.

Jacky schaute ihnen nach und gratulierte sich zu seinem Leben.

Es mußte halb elf sein, denn der Kellner kam mit einem Glas Campari und stellte es vor ihm auf den Tisch. Jacky reagierte mit einem erstaunten: »Ach? Danke, Igor.«

40

Die Schlafwagenschaffnerin des CityNightLiners führte David zu seinem Abteil. Es stimmte also: Es besaß eine eigene Toilette und Dusche.

Ob er noch einen Wunsch habe, fragte sie, und um wieviel Uhr er sein Frühstück wünsche. David bestellte ein Bier und das Frühstück auf acht Uhr in Basel.

Er ließ sich in einen der Drehsessel fallen und trank den ersten Schluck des eiskalten Biers. Das war der Moment, auf den er sich seit Wochen gefreut hatte.

Für seine Rückreise aus Leipzig dieses Luxusabteil zu reservieren war ein spontaner Entschluß gewesen. Nach einer der zermürbenden Bahnreisen in überfüllten, verspäteten Regionalzügen. Er hatte die Karte im Bahnreisezentrum eines Provinzbahnhofs gekauft, dessen Namen er schon wieder vergessen hatte. Nicht ganz billig. Aber falls Jacky, der in Spesenfragen, sofern sie nicht ihn selbst betrafen, etwas kleinlich war, etwas dagegen haben sollte, würde er den Zuschlag aus der eigenen Tasche bezahlen. Diesen Luxus hatte er sich weiß Gott verdient.

Er schloß die Jalousien. Er konnte keine Bahnhöfe mehr sehen. Und auch von dem, was zwischen den Bahnhöfen lag, hatte er die Nase voll.

Nur die Jalousie der gewölbten Glasdecke ließ er offen.

Später, wenn er im Bett lag, würde er zum Einschlafen in den sternklaren Novemberhimmel schauen.

Aber zuerst wollte er in Ruhe sein Bier trinken, und vielleicht noch eines. Und danach im Pyjama, den er sich eigens für diese Gelegenheit gekauft hatte, ins Bett gehen. So würde Somerset Maugham heute von Leipzig in die Schweiz reisen.

Die Aussicht, an diesem Sonntagmorgen nach Hause zu kommen und von Marie im Bett erwartet zu werden, hatte ihn die letzten Tage über Wasser gehalten. Er hatte gelitten. Nicht so sehr unter seinen immer gleichen Auftritten vor immer gleichem Publikum, seinen immer gleichen Antworten auf die immer gleichen Fragen, den immer gleichen Kneipen danach und den immer gleichen Hotelzimmern.

Er war zwar nicht ganz immun gegen die Bewunderung und Sympathie, die ihm überall entgegenschlug. Aber er litt unter der Trennung. Der Trennung von Marie. Und der Trennung von sich selbst.

Auf diesen Lesereisen wurde ihm jeden Tag deutlicher, daß das ein anderer war, der hier an Bahnhöfen abgeholt, von nervösen Buchhändlerinnen eingeführt, von ergriffenen Zuhörern applaudiert und von aufgeregten Leserinnen um eine Widmung gebeten wurde.

Der David Kern, als der er unterwegs war, hatte nichts mit ihm zu tun. Am Anfang hatte er sich ihm noch ein wenig ähnlich gefühlt. Etwas schüchtern, etwas ungelenk und sehr verliebt. Aber Jackys Auftauchen hatte das unmöglich gemacht. Mit Jakob Stocker hatte David nun wirklich gar nichts gemein.

Er zog seinen Pyjama an, putzte die Zähne, kroch unter

die kühle, leichte Daunendecke und löschte das Licht. Sobald sich seine Augen an die Dunkelheit gewöhnt hatten, versammelten sich die Sterne am Himmel. Manchmal wurden sie durch die vorbeifliegenden Lichter kleiner Bahnhöfe gelöscht, dann glimmten sie langsam wieder auf.

Sie würden im Bett das Frühstück essen, das er von der Konditorei am Bahnhof mitbringen würde. Um drei würde er kurz zu Jacky ins Hotel gehen, und gleich danach zurück zu Marie. Für den Abend hatte er im Raumschiff einen Tisch bekommen.

Ein Tunnel füllte seine Kabine mit Nacht. Als der Sternenhimmel wieder ein paar Umrisse sichtbar werden ließ, war David eingeschlafen.

Achtzehn Stunden später stieg er vor dem Hotel Waldgarten aus einem Taxi und wollte nichts als so rasch als möglich zurück zu Marie.

Es war einer jener verrückten Tage im November, an denen der Föhn den Kalender durcheinanderbrachte und einen Spätsommerhimmel über die kahlen Wälder und eingemotteten Gärten zauberte.

Der Concierge rief in Jackys Zimmer an. »Herr Stocker bittet Sie heraufzukommen. Sie kennen ja den Weg.«

David nahm den Lift in den vierten Stock und ging durch die verwinkelten Gänge zum Zimmer vierhundertfünfzehn. Jacky empfing ihn im seidenen Hausmantel, den er über Hose, Hemd und Krawatte trug. »Schön, daß du wieder hier bist. Was sagst du zu diesem Wetter?«

Das Zimmer war mit Stilmöbeln aus den sechziger Jahren eingerichtet. Es bestand aus einem großen Raum mit einer Sitzgruppe und einem für ein Hotelzimmer stattlichen Schreibtisch, auf dem ein paar Dossiers, Klarsichtmäppchen, ein Locher und anderes Büromaterial lagen. Es besaß eine Art Alkoven mit einem großen Bett, das mit einem blauen Satinüberwurf zugedeckt war, passend zu den Vorhängen.

Vor der offenen Balkontür stand ein fahrbares Tischchen mit zwei Weingläsern, etwas Salzgebäck und einem Eiskübel, aus dem der Hals einer Weißweinflasche ragte.

»Etwas Aigle. Paßt zum Wetter, fand ich.« Jacky hatte seine roten Flecken auf den Backenknochen und den Glanz von ein paar Gläsern in den kleinen Augen. In den Mundwinkeln waren weiße Spuren seiner Magentabletten zu sehen. Er ging zum Tisch und schenkte ein.

»Hast du auch Mineralwasser?«

»Sehe ich so aus?«

»Nein, überhaupt nicht.«

Jacky ging zum Telefon und bestellte Mineralwasser. Er hielt die Hand über die Sprechmuschel. »Das Getränk scheint es mit oder ohne Kohlensäure zu geben.«

»Mit.«

Jacky gab die Antwort weiter und legte auf. »Aber ein Glas zum Anstoßen nimmst du. Es gibt einen guten Grund.«

David akzeptierte das Glas, das ihm Jacky aufdrängte. Sie stießen an. »Auf deinen nächsten Roman«, sagte Jacky und trank das kleine Weißweinglas leer.

David trank nicht. »Es gibt keinen nächsten Roman.«

Jacky kicherte. »Und ob. Einen sehr guten sogar. Findet Riegler von Luther & Rosen.«

David befiel eine böse Ahnung. »Hast du ihm einen zweiten Roman verkauft?«

»Er hat mich auf Knien darum gebeten.«

David stellte das Glas ab und baute sich vor Jacky auf. »Dann rufst du ihn jetzt an und sagst, das Ganze sei ein Irrtum, es gebe keinen neuen Roman.«

»Reg dich nicht auf. Er wollte nicht einmal die ersten Seiten des Manuskripts sehen. Er wollte nur wissen, wovon er handelt.«

»Und wovon handelt er?«

Es klopfte. Jacky ging zur Tür, ließ den Zimmerkellner mit dem Mineralwasser herein, unterschrieb die Rechnung, faßte in seinen Hausmantel und steckte ihm eine Zehnernote zu.

Solche Trinkgelder für ein Fläschchen Mineralwasser hätte David zu seiner Zeit als Kellner auch zu schätzen gewußt.

Jacky reichte ihm das Glas, David ignorierte es. »Wovon handelt er?«

Jacky stellte das Mineralwasser neben den Eiskübel, schenkte sich Weißwein nach, setzte sich aufs Sofa und wies auf den Sessel gegenüber.

Widerstrebend setzte sich David. Jacky erzählte ihm die Geschichte vom dicken Sohn.

Als er geendet hatte, fragte David: »Und das soll dann von mir sein?«

Auf seiner Lesereise hatte er sich vorgenommen, gleich nach seiner Rückkehr mit Schreiben zu beginnen. Er war in der Schule ein guter Aufsatzschreiber gewesen, und im Gymnasium war Deutsch sein Lieblingsfach. Weshalb sollte er es nicht versuchen? In den paar Monaten seines Erfolgs hatte er alles gelernt, was ein Schriftsteller können mußte. Das einzige, was ihm noch fehlte, war das Schreiben.

Er hatte sich ausgemalt, wie schön es wäre, die Tage vor dem Bildschirm zu verbringen und an den Abenden mit Marie zu besprechen, was er geschrieben hatte. Vielleicht wäre das Resultat nicht so erfolgreich geworden wie *Lila, Lila*. Aber es wäre von ihm gewesen. Und er hätte sich endlich in den verwandelt, als den Marie ihn sah.

»Ist doch eine prima Geschichte. Liebe, Verrat und Tod. Ein echter David Kern.«

»Den du schreibst.«

»Oder du. Oder wir beide zusammen. Jacky machte eine nachlässige Handbewegung. »Bis dahin bleibt noch viel Zeit.«

»Wieviel?«

Jacky tat, als hätte er nicht verstanden.

David erhob die Stimme. »Wieviel Zeit bleibt, bis Luther & Rosen etwas sehen wollen?«

»Anderthalb Jahre.«

»In anderthalb Jahren wieviel?«

Jacky blickte ihm kühl in die Augen. »Den fertigen Roman.«

»Und wenn er Scheiße wird?«

Jacky grinste und trank sein Glas leer. »Im Vertrag steht nichts über Qualität.« Er lächelte geheimnisvoll. »Aber etwas anderes steht dort drin. Eine Zahl. Wenn ich dir die nenne, denkst du vielleicht anders über die Sache.«

»Die Zahl interessiert mich nicht. Ich mach nicht mit.«

»Zweihundertzwanzigtausend«, sagte Jacky mit einem

Augenzwinkern. »Euro.« Er nahm schon wieder die triefende Flasche aus dem Eiskübel und schenkte sich das Gläschen voll, trat damit auf den kleinen Balkon, lehnte sich mit dem Rücken an das schmiedeeiserne Geländer, trank einen Schluck und lächelte David zu. »Jetzt hat es dir die Sprache verschlagen.«

»Der Vertrag wird annulliert«, wiederholte David und ging auf Jacky zu.

Der schüttelte nur langsam den Kopf. »Ich glaube«, sagte er lächelnd, »es wird Zeit, daß ich dich wieder einmal an ein paar Tatsachen erinnere: Wenn ein Verlag wie Luther & Rosen so hohe Erwartungen in dich setzt, tut er das aufgrund von meinem geistigen Eigentum. *Lila, Lila* gehört mir, und der Nachfolgeroman gehört auch mir. Ich kann ihn verkaufen, an wen ich will, für wieviel ich will und zu den Bedingungen, die ich will. Du hast es nur meiner Gutmütigkeit zu verdanken, daß ich dich an diesem Geschäft beteilige. Ich könnte dich jederzeit auffliegen lassen.«

David stand jetzt vor Jacky und blickte auf ihn hinunter. Der Föhn trieb ein paar weiße Wolken über den See, zwischen den Villendächern drängten sich die Edeltannen. Tief unten, im kleinen Hotelpark, saßen ein paar Gäste in der unerwarteten Sonne. »Dann fliegst du auch auf. Du bist der Drahtzieher. Du bist der, der mich ausbeutet. Du bist der, der mich erpreßt. Du schickst mich auf den Literaturstrich und kassierst.«

Mit spöttischem Lächeln hielt Jacky seinem Blick stand. »Wenn ich auspacke, dann bestimmt nicht vor der Öffentlichkeit. Das mußt du schon selbst besorgen. Ich begnüge mich damit, Marie zu informieren.«

»Dann geht sie an die Öffentlichkeit.«

Jacky schüttelte den Kopf. »Das tut sie nicht. Immerhin war sie es, die das gefälschte Manuskript verschickt hat. Deine Marie hängt mit drin.«

»Sie wußte von nichts.«

»Ach?«

Mit einem kleinen Schubs vor die Brust könnte David den alten Mann rücklings über das verwitterte Geländer befördern. Fünfzehn Meter tiefer würde er auf dem Kiesweg aufschlagen. Oder, mit etwas Glück, von den Staketen des Eisenzauns aufgespießt werden.

Aber David ließ die Gelegenheit verstreichen. Jacky schob sich an ihm vorbei und schenkte sich Wein nach. Er holte einen Ordner vom Tisch und setzte sich in einen Polstersessel.

In diesem Moment, auf dem winzigen Balkon dieses abgetakelten Hotels an diesem föhnigen Novembernachmittag, wurde David klar, daß er keine Chance hatte, sich gegen Jacky zu wehren. Nicht, solange der lebte.

»Komm schon, setz dich, und laß uns endlich das Geschäftliche erledigen«, befahl Jacky.

41

Wenn David ihr vorher gesagt hätte, daß er im Raumschiff reservieren wollte, hätte sie ihm abgeraten. Aber es sollte eine Überraschung sein. Als er dem Taxifahrer die Adresse nannte, tat sie erfreut.

Jetzt saßen sie an einem Tischchen an der blau angeleuchteten Wand – die Wandtischchen galten als die besten im Raumschiff – und versuchten, sich durch die Bässe hindurch zu verständigen. An ein paar Tischen hatte man David erkannt, tuschelte und starrte unverhohlen herüber.

Er war wortkarg von seinem Treffen mit Jacky zurückgekommen und schien bedrückt. Wenig war übriggeblieben von dem glücklichen David, der kurz vor zehn in die Wohnung geschlichen und sich nackt zu ihr unter die Decke gestohlen hatte, während sie versucht hatte, sich schlafend zu stellen und nicht loszukichern.

Sie hatten sich geliebt und danach im Bett direkt aus den Tüten, Schachteln und Plastikbechern das üppige Frühstück gegessen, das David aus der Konditorei am Bahnhof mitgebracht hatte. Croissants, Schinkenbrötchen, Birchermüesli mit Rahm, Cremeschnitten, Vermicelles, alles durcheinander. Sie hatten sich wieder geliebt und danach Pläne geschmiedet.

Vom zwanzigsten Dezember bis zum dritten Januar hatte Marie schulfrei. Sie hatte mit einer Berufskollegin abgemacht, daß diese die Fenster des Coryphée nach ihren Entwürfen für Silvester dekorieren würde. Sie hatte also zwei Wochen frei, und David hatte in dieser Zeit auch keinen Termin.

Marie kannte ein kleines, altmodisches Hotel in einem abgelegenen, nicht ganz schneesicheren Dorf in Graubünden, wo sie als Kind immer in den Skiferien war.

David kannte eines in einem kleinen Dorf in der Provence, mit geblümten Decken und geblümten Vorhängen und an jeder freien Stelle Trockenblumen, aber mit einem Restaurant, das einen die deutsche Küche vergessen lassen konnte.

Oder Bali? Sie waren beide noch nie in Bali gewesen. Und auf den Seychellen auch noch nie. Und in Westafrika auch noch nie. Und wo sonst noch nie?

Sie ließen die Liste wachsen bis um zwei Uhr, als David schimpfend aufstand und sich für den Besuch bei Jacky anzog.

Aber jetzt sah sie ihm an, daß er sich anstrengen mußte, um noch etwas vom Übermut des Vormittags aufzubringen.

Ihr fiel es auch nicht leicht, für gute Laune zu sorgen. Das lag vor allem am Lokal. Es erinnerte sie an Lars und ihren letzten gemeinsamen Abend.

Und jetzt saß sie hier mit David, und er hatte eine Krawatte an wie Lars und bestellte Champagner, ohne sie zu fragen, wie Lars. David machte auf seine linkische Art die gleichen Fehler wie Lars auf seine weltmännische. Einen kurzen Augenblick befiel sie das vertraute Gefühl, wieder ein Jahr älter geworden und keinen Millimeter weitergekommen zu sein.

»Sri Lanka«, schlug sie vor, um das Schweigen zwischen ihnen zu brechen, »dort haben sie wieder Frieden, und es soll traumhaft sein.«

David nickte vage.

Plötzlich wußte Marie, was mit ihm los war. Jacky hatte ihnen die Ferien versaut. »Sag's schon.« Es klang brüsker, als sie gewollt hatte. »Der Alte hat dir Termine in die Ferien reingedrückt.«

David schenkte ihr sein hilfloses Lächeln, das ihr früher so gefallen hatte. Jetzt ging ihr seine hilflose Masche auf die Nerven. Warum konnte er sich nicht ein einziges Mal durchsetzen? Auf den Tisch hauen und sagen: »Scheiße, jetzt wird es so gemacht, wie ich es sage, und basta.«

»Wann?« fragte sie geschäftsmäßig.

»Achtundzwanzigster Dezember. Im Fürstenhof in Bad Waldbach.«

»Aha, du liest jetzt auch in Kurbädern.«

David hob die Schultern.

»Das ist mittendrin. Da reicht es weder vorher noch nachher zu Ferien.«

»Das Hotel stellt uns für drei, vier Tage eine Suite zur Verfügung.«

»Jacky und dir?« fragte Marie giftig.

»Dir und mir.«

»Du glaubst doch nicht im Ernst, daß ich dich in meinen einzigen Ferien seit was weiß ich wann in ein Thermalbad begleite? Ich bin doch nicht siebzig.«

»Die haben auch einen schönen Golfplatz.«

Marie lachte auf. »Spiele ich Golf? Oder du? Bist du bereits unter die Golfspieler gegangen?«

Die Leute, die David erkannt hatten, hörten zu essen und zu sprechen auf. Mit gedämpfter Stimme sagte er: »Ich dachte, wir könnten es mal versuchen. Das ist nicht mehr so ein elitärer Sport wie früher.«

»Dann interessiert er mich erst recht nicht«, antwortete Marie in einem Anfall von Galgenhumor.

David antwortete mit einem hoffnungsvollen Grinsen. Aber Marie blieb hart. »David, ich fahre zu irgendeinem der Orte auf der Liste. Mit dir oder allein.«

Zwei Kellner brachten den Hauptgang. Red Snapper Bora Bora für David, einen Gemüseteller für Marie. Die designten World Menüs ödeten sie heute an, und das Frühstück lag ihr noch im Magen. Als die Kellner guten Appetit gewünscht hatten, sprach sie weiter. »Das ist gegen die Abmachung. Du hast ihn zu deinem Agenten gemacht unter der Bedingung, daß er uns privat in Ruhe läßt. Jetzt kannst du ihn rausschmeißen. Schmeiß ihn raus.«

David starrte auf seinen Teller, als überlege er, ob man die Blumen auch essen könne. »Das ist nicht privat«, wandte er schließlich ein, »eine Lesung ist ein geschäftlicher Termin.«

Auch Marie hatte ihren Teller noch nicht angerührt. »Eine Lesung mitten in unseren ersten gemeinsamen Ferien, das ist sogar ein sehr privater Termin. Das ist ein ganz klarer Verstoß gegen die Bedingungen, da gibt dir jedes Gericht recht. Hast du das schriftlich?«

»Den Agenturvertrag?«

»Nein, die Bedingung, daß er unser Privatleben nicht stören darf.«

David nahm die Gabel und trennte ein Stück Fisch ab. »Das war mündlich«, gestand er.

Marie schob ihren Gemüseteller beiseite. Es hatte ihr das bißchen Appetit verschlagen. »David, es ist mir ernst: Wenn du es nicht absagst, fahre ich ohne dich.«

David schob seinen Teller ebenfalls beiseite, faßte über den Tisch und nahm ihre widerstrebende Hand. »Dann sage ich es ab.«

»Ehrlich?«

»Ehrlich.«

Marie entspannte sich und wartete darauf, daß der Ärger verflog.

David spielte mit ihren Fingern. »Soll ich dir von meinem neuen Roman erzählen?«

Jetzt lächelte Marie. »Oh, ja, sehr gerne.«

»Es ist die Geschichte eines Sohnes, der sich aus Liebe zu seiner übergewichtigen Mutter mästet, bis er auch so dick ist wie sie. Eines Tages verliebt sich die Mutter und speckt ab.«

»Und der Sohn?«

»Verzweifelt fast aus Eifersucht und wird immer dicker und dicker, bis er nur noch liegen kann.«

»Und dann?« fragte Marie, wie ein Kind bei der Gutenachtgeschichte.

»Wälzt er sich auf sie drauf und bleibt liegen, bis sie sich nicht mehr bewegt.«

»Oh.« Marie mußte erschrocken geklungen haben, denn David schaute sie besorgt an.

»Wie findest du es?«

Marie überlegte. Schließlich sagte sie: »Ich glaube, das kann wunderbar werden. Etwas traurig, aber wunderbar.«

42

Auf dem Bildschirm leuchtete ein weißes Rechteck auf blauem Grund. Es trug den Titel »Zweiter Roman«. Oben links blinkte ein schwarzes, senkrechtes Strichlein. Erschien, verschwand, erschien, verschwand. David starrte es an. Schreibschon, schreibschon, sagte es.

Marie war um halb acht in die Schule gegangen. Der Abend im Raumschiff hatte doch noch harmonisch geendet. Dank Davids Versprechen, Bad Waldbach abzusagen. Und dank dem dicken Sohn und seiner armen Mutter.

Marie hatte die Geschichte im Laufe des Abends immer besser gefunden. Berührend, fand sie sie. Und neu. Sie konnte sich nicht erinnern, schon einmal etwas Ähnliches gelesen zu haben.

Sie hatten miteinander geschlafen, und als er sich auf sie legte, hatte Marie plötzlich aufgelacht. Er hatte sie gefragt, worüber sie lache, und sie hatte geantwortet: »Der dicke Sohn ist mir in den Sinn gekommen.«

Aber etwas war doch zwischen ihnen. Nachdem sie das Licht gelöscht hatten, lag er lange wach. Auch sie schlief nicht, das merkte er.

Als er einmal in der Nacht erwachte, war der Platz neben ihm leer. Er machte Licht. Ihr Kimono hing nicht am Haken, die Schlafzimmertür war zu. Er stand auf und ging ins Wohnzimmer. Dort saß sie auf dem Sofa, ein Buch auf den Knien.

»Kannst du nicht schlafen?« fragte er.

»Ich habe morgen eine Physikprüfung«, erklärte sie.

Er wollte etwas sagen. Daß er gleich morgen früh Bad Waldbach absagen werde. Oder etwas über sein Romanprojekt. Aber er sah ihr an, daß sie nur darauf wartete, daß er wieder ging. Er beugte sich zu ihr hinunter und gab ihr einen Kuß. »Mach nicht mehr allzu lange«, sagte er, wie im Film.

Am Morgen hatte er ihr einen Kaffee gemacht, wie immer, wenn er zu Hause war. Als sie gegangen war, hatte er den Computer eingeschaltet und ein Dokument kreiert, das er »Zweiter Roman« nannte.

Schreibschon, schreibschon, blinkte das Strichlein.

Woher kommen Ihnen all die Ideen, Herr Kern?

Ich weiß nicht. Die kommen einfach so. Oder: Ideen fliegen einem nicht einfach so zu, die muß man jagen.

Dann jag mal schön, David.

Er stand auf und machte sich einen Espresso. Schon den dritten heute morgen. Er stellte sich ans Fenster und schaute auf die Baustelle hinunter. Jetzt erst verband er das Geräusch in seinem Kopf mit dem Bagger, der dort unten Lastwagen mit Aushub füllte. Vielleicht konnte er deswegen nicht schreiben. Baulärm.

Können Sie in jeder Situation schreiben, Herr Kern?

Wenn ich schreibe, bekomme ich nichts mit von dem, was um mich herum geschieht.

Er kippte den Espresso hinunter und setzte sich wieder vor den Bildschirm.

Schreibschon, schreibschon.

Herr Kern, wissen Sie schon, wie die Geschichte endet, wenn Sie sie beginnen?

Ich kenne den Anfang und das Ende. Nur das Dazwischen kenne ich nicht. Oder: Nein, es ist die Geschichte, die mich zu ihrem Ende führt.

Wie er den Anfang fand, diese Frage hätte ihn jetzt interessiert. Aber die hatte ihm leider nie jemand gestellt.

Sind Sie schon an etwas Neuem, Herr Kern?

Ein Schriftsteller ist immer an etwas Neuem.

David stand so brüsk auf, daß sein Stuhl nach hinten kippte. Er ließ ihn liegen und begann, im Raum auf und ab zu tigern. Weshalb gab er den Versuch nicht einfach auf und nahm sich die dringenderen Probleme vor? Zum Beispiel: Wie sage ich Bad Waldbach ab?

Die Aufgabe war genauso unlösbar wie die, einen Roman zu schreiben.

Er riß einen Fensterflügel auf. Es herrschte immer noch Föhn. Der blaue Himmel und die grelle Wintersonne ließen die Kräne und Baustellen aussehen wie ein Werbefoto für einen Modellbaukasten.

Vier Stockwerke unter ihm fuhr ein gelbes Auto vor. Der Briefträger stieg aus und begann, ein Bündel Post in die Briefkästen zu verteilen.

Vier Stockwerke. So hoch lag auch Jackys Balkon, an dessen Geländer er so absolut schwindelfrei gelehnt hatte. Wenn David gestern doch nur ein kleines bißchen impulsiver gewesen wäre, er hätte heute keine Sorgen mehr. Jacky hätte ein paar Promille im Blut gehabt. Kein Mensch hätte an einem Unfall gezweifelt. Kein Schatten eines Verdachts wäre auf David gefallen. Weshalb sollte ein junger Literaturstar seinen Agenten vom Balkon stürzen? Weshalb sollte jemand daran zweifeln, daß er ihn mehrmals gewarnt hätte, sich so gegen das Geländer zu lehnen?

Es hätte ein paar Fragen gegeben, die Polizei hätte ihn verhört, Formalitäten hätten erledigt werden müssen, vielleicht hätte er das Essen im Raumschiff absagen müssen. Aber Marie hätte Jacky diese Einmischung ins Private bestimmt gerne verziehen.

Eine weitere verpaßte Gelegenheit, das Richtige zu tun. Sein Leben schien nur aus solchen zu bestehen.

Der Briefträger stieg ins Auto und fuhr weiter. David sammelte Speichel und ließ einen großen Tropfen kaffeebrauner Spucke aus dem Mund. Er sah zu, wie der Faden, an dem sie hing, langsam länger wurde. Dann riß er, und die Spucke fiel, fiel, fiel und war plötzlich zu klein für seine Augen.

Vielleicht bekam er eine zweite Chance. Oder vielleicht könnte er sich eine schaffen. Er würde sich mit Jacky in dessen Zimmer verabreden, am Nachmittag, wenn dieser schon einen gewissen Pegel hatte.

Aber wie brachte er ihn dazu, sich rücklings ans Geländer zu lehnen? An einem Tag wie heute wäre das vielleicht noch zu bewerkstelligen. Aber wann gab es zu dieser Jahreszeit wieder einen Tag wie heute?

Heute.

David schloß das Fenster und setzte sich wieder vor den Bildschirm.

Schreibschon, schreibschon, blinkte das Strichlein.

Er beendete das Programm. Möchten Sie die Änderungen in »Zweiter Roman« speichern? fragte ihn der Computer. David speicherte die leere Seite.

Er ging zum Telefon und stellte Jackys Nummer ein. Herr Stocker sei schon aus dem Haus, informierte ihn die Telefonistin. Ob er eine Nachricht hinterlassen wolle.

David hinterließ, Jacky solle ihn auf seinem Handy anrufen, falls er vor drei Uhr zurück sei. Dann ging er ins Bad, rasierte sich, duschte, rieb sich trocken, strich Aftershave-Gel ins Gesicht, rollte Deodorant in die Achselhöhlen, kämmte sich, zog sich an. Er tat all die normalen Dinge, als hätte er nicht soeben eine folgenschwere Entscheidung getroffen.

Die Zeit bis zu Jackys Anruf vertrieb sich David in Reisebüros. Er sammelte Angebote für alle Ziele auf ihrer gemeinsamen Liste neuer Destinationen.

Um zwei Uhr war er mit zwei Tragetaschen voller Reiseprospekte wieder zu Hause. Jacky hatte noch nicht angerufen, was nicht hieß, daß er nicht ins Hotel zurückgekommen war. Es könnte auch sein, daß er die Nachricht bekommen und einfach keine Lust hatte anzurufen.

Aber ein Anruf im Hotel bestätigte ihm, daß Jacky noch nicht zurückgekommen war. Ob er eine Nachricht hinterlassen wolle? Nein, die alte gelte noch, antwortete David.

Es war immer noch ein Tag für den Balkon. Aber die Wetterprognose sagte für morgen einen Kälteeinbruch voraus. Für wie lange, hatte David nicht mitbekommen.

Um drei Uhr rief David wieder im Hotel an. Herr Stocker könne auch noch bis vier Uhr anrufen, ließ er ausrichten.

Um fünf hatte sich Jacky noch immer nicht gemeldet. David rief im Hotel an und bat die Rezeption, die Nachrichten von David Kern an Herrn Stocker wegzuwerfen. Sie hätten sich erledigt.

David legte auf und atmete tief durch. Erst jetzt wurde ihm bewußt, wie angespannt er während der letzten Stunden gewesen war.

Um sechs kam Marie. Sie sah die Reiseprospekte, mit denen David die halbe Wohnung ausgelegt hatte. »Du hast abgesagt?«

»Wie versprochen.«

43

Meine Lila,

Neunzehn Monate, elf Tage, neun Stunden, zweiund-dreißig Minuten und fünfzehn, sechzehn, siebzehn Se-kunden sind es her, seit ich Deine Hand loslassen mußte und zusehen, wie Du Dich beim Kiosk am Keltenplatz noch einmal umdrehtest, mir zuwinktest und hinter der Plakatsäule wie für immer verschwandest.

Manchmal gehe ich zu diesem Kiosk und stelle mir vor, Du tauchtest hinter der Plakatsäule wieder auf. Ständest plötzlich vor mir mit jenem Lächeln, das Du Dir für Überraschungen aufsparst.

Jacky streckte die Hand nach seinem Weinglas aus, das auf dem Nachttisch stand, trank und verschluckte sich. Als er zu husten aufgehört hatte, befahl Tamara: »Weiter.« Sie lag nackt auf dem Bauch, hatte den Kopf in eine Hand gestützt. In der andern hielt sie eine lippenstiftverschmierte Zigarette. Jacky legte seine Hand zurück auf eine ihrer dikken Pobacken und las weiter:

Manchmal gehe ich in die Konditorei Stauber und bestelle zwei Mohrenköpfe, einen für Dich, einen für mich, wie immer.

»Schokoköpfe«, korrigierte Tamara. »Mohrenköpfe darf man nicht mehr sagen.«

»Das Buch spielt in den fünfziger Jahren, das hieß damals noch so.«

»Ach so. Weiter.«

Manchmal gehe ich in der Mittagspause in den Hirschenpark und esse ein Schinkenbrot auf unserer Bank. Und am letzten Sonntag bin ich wieder in den Zoo gegangen. Ghana, das Schimpansenbaby, hat seinen zweiten Geburtstag gefeiert und läßt Dich grüßen. Es kann es auch nicht erwarten, bis Du nach Hause kommst.

»Süß.«

Ach, Lila, an Tagen wie heute denke ich, ich halte es nicht aus.
Ich liebe Dich.
Dein trauriger Peter
P. S. Hast Du meine letzten drei Briefe bekommen?

Tamara seufzte. »Das mit dem Schimpansenbaby, das war das Schönste. Und, hat sie sie bekommen?«

»Was?«

»Die drei Briefe?«

»Ja. Aber sie hat sie nicht beantwortet.«

»Weshalb nicht?« Tamara drückte die Zigarette im Aschenbecher aus, der auf dem Kopfkissen lag.

»Sie liebt ihn nicht mehr.«

»Schlampe.«

Jacky tauschte das Buch gegen das Weinglas und trank es leer. Er stand auf und ging in seiner Unterwäsche zum Sessel, auf dem sein Morgenrock lag. Er zog ihn an, fand das Weinkörbchen mit dem Burgunder und schenkte sich nach.

»He, he, he!« rief Tamara vom Bett aus. Sie streckte ihm ihr leeres Champagnerglas entgegen. Er nahm es ihr ab, ging zum Eiskübel und füllte es aus einer halben Flasche Taittinger. Eine ganze war ihm übertrieben erschienen, er selber war ja beim Roten geblieben.

Es war ein grauer Regentag Anfang Dezember. Einer dieser Tage, den er vor noch nicht allzu langer Zeit fröstelnd am Imbißstand im Hauptbahnhof mit einem »Kaffee Schnaps« begonnen hatte, kaum hatte er das Frühstück im Sankt Josef hinter sich gebracht.

Das Wetter und die Erinnerung an jene Tage hatten ihn so deprimiert, daß er nach dem Mittagessen Tamara angerufen hatte. Sie war kein richtiges Callgirl, sie besaß einen Salon, einen Einfraubetrieb, wie sie es nannte, in der Nähe des Hotels Caravelle. Dort an der Bar hatte er sie an einem Tag mit schlechtem Geschäftsgang kennengelernt. Seither bestellte er sie ab und zu, wenn er sich einsam fühlte. Sie konnte gut an sich herummachen, und er sah ihr gerne dabei zu.

Tagsüber verließ er jetzt das Hotel kaum. Es war Adventszeit, da standen ihm zu viele von der Heilsarmee herum. Sie erinnerte ihn an die Zeit, als er selbst noch einer der Nutznießer der Topfkollekte war. Ganz abgesehen davon, daß ihn ein paar von ihnen erkennen und ansprechen könnten.

Er reichte Tamara ihr Glas und stieß mit ihr an. »Den würde ich gerne einmal kennenlernen«, sagte sie.

»Wen?«

»Der das Buch geschrieben hat.«

Jacky war versucht zu sagen: »Den kennst du schon.« Das passierte ihm in letzter Zeit immer öfter. Statt dessen antwortete er: »Das läßt sich einrichten.«

»Du kennst den?« Tamara schaute ihn mit großen Augen über den Rand des Champagnerglases an.

»Sehr, sehr gut, sogar.«

»Dann mach uns bekannt.«

Die Vorstellung gefiel Jacky: David und Tamara. Vor allem wegen Marie, dieser Zicke. Ja, er würde die beiden zusammenbringen. Er würde ihn hierher bestellen, sie würden das Geschäftliche erledigen, und nach einer Stunde würde Tamara auftauchen. Und Jacky würde sich diskret zurückziehen. Mal sehen, was dann geschah.

»Einverstanden, ich stell euch vor.«

44

Als kleiner Junge hatte David einen Freund. Er hieß Marc, und das Faszinierendste an ihm war seine Modelleisenbahn. Sie fuhr durch eine Landschaft aus Papiermaché und gefärbtem Sägemehl mit Bahnhöfen, Bauernhäusern, Schlössern, Autos vor geschlossenen Barrieren und einem See mit richtigem Wasser.

Marc durfte nicht damit spielen, wenn sein Vater nicht dabei war. Aber einmal führte er David in den riesigen Estrich, wo die Anlage stand. Marc hatte daneben auf dem Boden seine eigene Strecke aufgebaut. Sie bestand aus einem einzigen, schnurgeraden Schienenstrang von bestimmt sechs Meter Länge. An beiden Enden stand eine Lokomotive.

David setzte sich auf die SBB-Wartebank neben der Anlage, Marc drehte den Regler des Transformators auf Stufe eins und setzte sich neben ihn. Sie sahen zu, wie die Loks stetig aufeinander zufuhren, und warteten gebannt auf die Kollision.

Nach jedem Zusammenstoß stellten sie die Loks zurück in ihre Ausgangsposition, und Marc stellte den Regler eine Stufe höher. Sie spielten das Spiel, bis eine der Loks den Geist aufgab. Sie ersetzten sie durch eine neue und spielten weiter. Den ganzen Mittwochnachmittag, bis aus den zweiundzwanzig Loks im Depot die Siegerin aller Klassen ermittelt war. Eine Gotthard-Lok mit dem Wappen der Stadt Sankt Gallen, David erinnerte sich noch genau.

Marcs Eltern ließen sich kurz darauf scheiden, und Marc zog mit seiner Mutter fort. David hatte vergessen, wohin. Aber woran er sich noch sehr genau erinnerte, war die Faszination beim Betrachten der beiden aufeinanderzurasenden Loks. Die Unausweichlichkeit des Zusammenstoßes, den Marc oder auch er mit einem Griff an den Regler hätte vermeiden können. Die Lust, etwas Schlimmes, das er hätte verhindern können, geschehen zu lassen.

So ähnlich fühlte sich David in diesen Tagen. Marie und er hatten sich für die Malediven entschieden. Lotus Island Resort, Beach Bungalow, achttausendzweihundertsechzig Franken, zwei Wochen, alles inbegriffen, Abflug zwanzigster Dezember.

Am anderen Ende des Schienenstrangs stand Bad Waldbach, Gala mit Lesung, musikalisch untermalt vom Wolfgang-Quartett, Honorar zweitausend Franken plus vier Nächte für zwei Personen, Vollpension, in einer Junior Suite, Parkseite, Anreise sechsundzwanzigster Dezember.

Die beiden Ereignisse rasten unausweichlich aufeinander zu, und David wartete wie hypnotisiert auf die Kollision. Es gab nur einen Weg, sie zu verhindern.

Er lag angezogen auf dem Bett eines aufgemotzten Landgasthofs am Bodensee. Das Zimmer war mit rustikalen Stilmöbeln eingerichtet, in einer Ecke stand eine Wiege mit einer lebensgroßen Puppe, an der Wand hing eine Handsichel, ein hölzerner Rechen und eine feuergefährliche, staubtrockene Garbe Roggen. Das ganze Haus roch nach dem Frittieröl ungezählter Portionen Pommes frites, Kroketten, Eglifilets im Teig und Äpfel im Schlafrock.

Er befand sich in der Ostschweiz, für eine Lesung, die Karin Kohler noch vor dem Durchbruch von *Lila, Lila* zugesagt hatte. Organisator war eine kleine Provinzbuchhandlung und das Honorar – zu Jackys Ärger – entsprechend bescheiden.

Die Besitzerin der Buchhandlung Stotzer, Frau Talbach, hatte ihn am Bahnhof abgeholt und ihm noch dort erzählt, daß sie so viele Anmeldungen habe, daß sie den Anlaß von der Buchhandlung in den Gemeindesaal habe verlegen müssen. Vor dem Bahnhof wartete ihr Mann in einem Lieferwagen mit der Aufschrift »TV Talbach« und einem roten Aufkleber »Aktion Satellitenschüsseln! Nur bis Weihnachten!«

»Er hat sich extra freigenommen«, erklärte Frau Talbach, »ich bin viel zu aufgeregt zum Autofahren.«

David hatte zwei Stunden Zeit, bis sie ihn zu einem »kleinen Imbiß und einem Glas für die Nerven« im See-Grill abholte, dem Restaurant des Hauses.

Draußen fiel ein beharrlicher Regen auf den Parkplatz und die kahlen Niederstammobstbäume jenseits der Kantonsstraße. Zum leisen Trommeln auf die Dachschräge gesellte sich das Klopfen der Heizkörper, die David beim Betreten des überheizten Zimmers abgedreht hatte. David schloß die Augen und fiel in einen unerquicklichen Spätnachmittagsschlaf.

Sein Handy weckte ihn. Er schaute auf die Uhr. Er hatte noch keine Viertelstunde geschlafen. »Ja?«

»Ich bin's, Jacky. Wo bist du?«

David erschrak, wie man erschrickt, wenn man an eine unangenehme Pflicht erinnert wird. »Im Hotel.« David hatte sich den Namen nicht gemerkt.

»Wann kommst du morgen zurück?«

»Kurz vor Mittag, warum?«

»Ich würde gerne noch ein paar Dinge besprechen, bevor ich verreise. Sagen wir, fünfzehn Uhr bei mir im Waldgarten?«

»Du verreist?« fragte David in einer Mischung aus Panik und Erleichterung.

»Ja, Sankt Moritz, Sunshine Week. Ich muß ein paar Tage über die Nebeldecke. Morgen um drei? In Ordnung?«

»In Ordnung«, antwortete David zögernd.

An diesem Abend passierten ihm noch mehr Versprecher als sonst.

45

Es war kurz nach fünf, als Marie nach Hause kam. Davids Reisetasche stand halb ausgepackt im Schlafzimmer, seine schmutzige Wäsche lag im Wäschekorb, sein Badetuch war feucht.

Im Kühlschrank fehlte ein Joghurtdrink, die Kaffeemaschine war eingeschaltet, und neben dem Computer stand eine leere Espressotasse.

Auf dem Tisch lag eine Schachtel Truffes der Konditorei Meyer am Bahnhof mit einer Notiz in Davids Handschrift. »Mußte kurz zu, Du weißt schon. Bin etwa um halb sechs zurück. Vermisse Dich. D.«

Marie seufzte, nahm eines der Pralinés und steckte es in den Mund. Obwohl sie vor einer Stunde einen Bikini gekauft hatte, der kein Gramm Fett zuließ.

Lotus Island Resort, eine Insel von vierhundert Meter Länge und hundertzwanzig Meter Breite auf dem Süd-Male-Atoll, Malediven. Das war das Reiseziel, zu dem sie sich nach Tagen entschieden hatten. Kaum war David aus dem Haus gewesen, um die Reservierung zu machen, hatten sie Zweifel befallen. Eine Insel von knapp vierhundert Meter Länge und hundert Meter Breite mit hundertzwanzig Traumstrandbungalows, drei Restaurants mit Frühstücks-, Mittags- und Abendbüffets und (»nur für Verliebte!«) romantischen Candlelight Dinners am Strand – bekam man da keine Platzangst? Und was, um Himmels willen, bedeutete »Soft-Animation«?

Sie rief David an, um ihn zu fragen, ob sie sich nicht doch lieber für Mali entscheiden sollten. Sobald sie die Nummer eingestellt hatte, begann Davids Handy zu klingeln. Auf seinem Schreibtisch, wo er es vergessen hatte.

Als er zurückkam und ihr stolz die Reiseunterlagen zeigte, war es zu spät, ihre Zweifel zu äußern. Aber sie hegte sie weiter, sie wurden größer, je näher die Abreise rückte. Gab es etwas Spießigeres, als mit zwei-, dreihundert Landsleuten auf einer Hotelinsel im Indischen Ozean am großzügigen Swimmingpool mit Kinderbecken zu liegen und abends, nach dem Barbecue im Open-air-Restaurant (»Schweizer Küchenchef!«), am Satelliten-TV die Nachrichten der Deutschen Welle zu schauen?

Marie tröstete sich damit, daß es genau das war, was sie jetzt dringend brauchte: zwei Wochen nichts tun als am Strand, im Bett, am Büffet und an der Bar herumhängen.

Und noch ein Gedanke half ihr: In den zwei Wochen konnte sie sich darüber klarwerden, wie sie zu David wirklich stand. Wie ernst sie die Zweifel nehmen sollte, die in letzter Zeit immer wieder an ihr nagten. Gab es einen besseren Härtetest für eine Beziehung, als zwei Wochen auf einer Insel von vierhundert Meter Länge und hundertzwanzig Meter Breite? Außer vier Wochen, natürlich.

Heute hatte sie praktisch keine Zweifel mehr. Sie hatte nach der Schule ihre Feriengarderobe eingekauft, einen Rock aus beiger Baumwolle, Shorts aus dem gleichen Material, zwei weiße Blusen, drei Tops, zwei Sarongs und den besagten Bikini. Und als sie mit den Einkaufstaschen das letzte Geschäft verließ, stellte sie fest, daß sie sich auf die Ferien freute.

Daran war auch das Wetter nicht unschuldig. Schon am Morgen hatte es zu regnen aufgehört. Im Laufe des Vormittags riß die Wolkendecke auf, am Mittag war der Himmel von einem fast aufdringlichen Blau, und der Föhn rückte die frisch verschneite Alpenkette nahe ans Seebecken.

Sie öffnete die Fenster, machte Musik, nahm eine Dusche und probierte noch einmal in Ruhe den Bikini an. Nichts auszusetzen, beschloß sie, außer der Farbe ihrer Haut und den paar Härchen in der Leistengegend. Das erste Problem würde sie der Sonne auf den Malediven überlassen, das zweite nahm sie sich jetzt gleich vor.

So kam es, daß Marie im Bikini mit einer Pinzette bewaffnet vornübergebeugt auf dem Sofa saß, als David außer Atem und kreidebleich in die Wohnung stürmte.

»Jacky ist vom Balkon gestürzt!«

Erst viel später wurde Marie bewußt, daß ihre erste Frage war: »Welches Stockwerk?«

»Viertes.«

»Tot?«

»Nein. Eine Markise hat ihn aufgefangen. Er liegt im Spital.« David stand immer noch mitten im Raum, die Wohnungstür hatte er offengelassen. Marie erhob sich vom Sofa, schloß sie und umarmte ihn.

»Warst du dabei, als es passierte?«

David gab keine Antwort. Er hielt sie fest umschlungen, und seine Schultern zuckten. Es dauerte einen Moment, bis sie begriff, daß er weinte.

Eine ganze Weile standen sie so da, eng umschlungen, er im Wintermantel, sie im Bikini. Er hemmungslos schluchzend, sie nicht sicher, wie schlimm sie die Nachricht denn nun fand.

46

Jacky hatte keine Schmerzen. Er spürte überhaupt nichts. Wenn er die Augen aufschlug, sah er Ärzte und Schwestern, Schläuche und Lampen. Er konnte nicht sprechen, etwas steckte in seinem Mund. Etwas Großes, Langes, Dikkes. Ein Schlauch?

Er wollte es wegnehmen, aber er schaffte es nicht. Seine Hand gehorchte nicht. Weder die rechte noch die linke. Er war zu müde.

Wie aus weiter Ferne hörte er die Ärzte und Schwestern sprechen. Aber er verstand nicht, was sie sagten.

Das letzte, woran er sich erinnerte, war der Sturz. Er stand ans Geländer gelehnt mit einem Glas Meursault auf dem Balkon und genoß die Sonne, die so tat, als wäre Ostern und nicht Sankt Niklaus.

David sollte jeden Moment eintreffen, er war schon ein paar Minuten verspätet. Jacky hatte mit ihm eigentlich nicht viel zu besprechen. Es war mehr ein Vorwand gewesen, um ihn mit Tamara zusammenzubringen. Eben war er sich zwar nicht mehr so sicher gewesen, ob das wirklich eine gute Idee war. Aber jetzt, nach dem Mittagessen – Kalbsbraten, zu dem er bereits eine Flasche Meursault getrunken hatte –, jetzt fand er die Idee wieder ziemlich amüsant. Mal sehen, was passierte, wenn Tamara plötzlich auftauchte und sich als glühende Verehrerin zu erkennen gab.

Jacky war ausgesprochen guter Laune. Morgen reiste er nach Sankt Moritz. Das erste Mal in einundsiebzig Jahren. Er hatte spontan eine Woche Sunshine gebucht, Vollpension, Bergbahnen, Pferdeschlitten, Kurkonzert und Fondueplausch inklusive. Er hatte sich ein sportliches Outfit, Schneestiefel und einen Lammfellmantel gekauft. Und für die Abende im Hotel seinen schwarz glänzenden Anzug mit der purpurnen Fliege eingepackt, den er sich für Frankfurt angeschafft hatte.

Das bedauerte er am meisten, daß er die Sunshine Week würde absagen müssen. Aber es hätte schlimmer kommen können. Wer überlebt schon einen Sturz aus dem vierten Stock.

Das Telefon hatte geklingelt. Bestimmt der Concierge, der David anmeldete. Jacky hatte sich leicht vom Geländer abgestoßen, und dieses hatte nachgegeben. War einfach rückwärts vom Balkon gekippt, und er mit ihm.

Ob dann sein ganzes Leben an ihm vorbeigezogen war, wußte er nicht. Das rückwärts Wegkippen war das letzte, woran er sich erinnerte. Das nächste war ein Gewirr aus Licht, Dunkel, Stimmen, Gesichtern. Und jetzt das hier. So war er erwacht, in diesem Schwebezustand. Vielleicht war er in einem Raumschiff. Schwerelos. Und die, die auf ihn herabschauten, waren Astronauten.

Einer von denen hatte Augen wie David.

47

D avid war etwas zu früh gewesen. Er hatte das Taxi halten lassen und war die letzten dreihundert Meter bis zum Hotel zu Fuß geschlendert.

Nach dem tagelangen Dauerregen stand der alte Kasten wie frisch renoviert in der plötzlichen Sonne. David hatte sich damit abgefunden, am zwanzigsten einfach mit Marie ins Flugzeug zu steigen und Bad Waldbach und alles Weitere der Zukunft zu überlassen. Vielleicht war ihre Beziehung nach zwei Wochen Lotus Island Resort so gefestigt und vertieft, daß Marie die Wahrheit akzeptieren und ihn weiter lieben könnte. Oder vielleicht würde Jacky in seinem eigenen Interesse davor zurückschrecken, Marie aufzuklären.

David hatte seine Zukunft dem Schicksal überlassen. Und jetzt überraschte es ihn mit dieser Gelegenheit, es doch wieder selbst in die Hand zu nehmen.

Er setzte sich auf eine Parkbank mit Blick auf das Hotel. Würde er es tun? Würde er es tatsächlich darauf anlegen, Jacky auf den Balkon zu locken und ihn übers Geländer zu befördern? Ihn schauderte.

Und dann fiel ihm wieder Marie ein. Marie, die er, wenn es dem alten Mann gefiel, jederzeit verlieren könnte.

Als er, nun mit leichter Verspätung, auf den Hoteleingang zu ging, hatte er sich entschlossen. Sich entschlossen, es der Situation zu überlassen.

Schon von weitem lächelte der Concierge ihm zu. Als David den Empfangstresen erreichte, hatte der schon den Telefonhörer am Ohr. Er hielt die Hand über die Sprechmuschel. »Gehen Sie ruhig schon rauf, Herr Stocker ist im Zimmer.«

David bedankte sich und ging auf den Lift zu.

In diesem Moment gab es auf der Parkseite einen gewaltigen Schlag, gefolgt von einem splitternden, berstenden Geräusch und ein paar Schreien und Rufen. Bevor David sich entschieden hatte, ob er weg- oder hinrennen sollte, war der Concierge an ihm vorbei. David folgte ihm.

Auf dem Kiesvorplatz lag ein schmiedeeisernes Gitter, garniert mit den Winterastern aus zwei klassizistischen Blumentöpfen. Zwei ältere Damen saßen auf einer gußeisernen Parkbank und zeigten in die Höhe.

Dort oben, im zweiten Stock, in der noch intakten Hälfte einer sonst zerfetzten gelb und weiß gestreiften Markise lag etwas Schweres. Es sah aus wie ein Mensch in einer Hängematte.

Es war ein Mensch. Der Arm, der herunterbaumelte, steckte im Ärmel von Jackys seidenem Morgenrock.

Kurze Zeit später war der Platz abgesperrt. Notärzte, Feuerwehrleute und Polizisten standen um einen Hebekran und schauten der Bergung von Jacky zu.

David stand wie versteinert an der Seite des Concierge, der immer wieder sagte: »Und so ein netter Herr. Und so ein netter Herr.«

Als Jackys Bahre endlich den Boden berührte und zum Krankenwagen getragen wurde, sah David, daß Jacky eine Art Sauerstoffmaske trug. Ein Krankenpfleger oder Arzt hielt eine Infusionsflasche in die Höhe. Das hieß wohl, daß Jacky noch lebte.

Er sah dem Krankenwagen nach, wie er langsam, aber mit Blaulicht wegfuhr, und ging zurück in die Lobby. Dort stand der Concierge mit einem Mann, der sich Notizen machte. Als David hereinkam, zeigte der Concierge auf ihn. Der Mann kam auf ihn zu und stellte sich als Korporal Weber von der Stadtpolizei vor. David erschrak.

»Sie kennen den Verunfallten, habe ich gehört.«

»Er ist mein Agent.«

»Sind Sie Künstler?«

»Schriftsteller.«

Der Polizist führte David ins Direktionsbüro und nahm seine Personalien und ein Zeugenprotokoll auf. David erzählte ihm, was er wußte. Zum Schluß fragte Korporal Weber: »Hat Herr Stocker Angehörige, die Sie kennen?«

»Mit mir hat er nie über Angehörige gesprochen.«

Nach der Vernehmung ging David noch einmal in den kleinen Park. Der Hebekran war verschwunden, aber die Eisenbrüstung lag noch immer da, dekoriert von den inzwischen bereits etwas angewelkten Astern. Zwei Männer hatten die Stelle mit numerierten Schildern bezeichnet und machten Fotos. Im zweiten Stock hingen die Fetzen der Markise traurig am verbogenen Rahmen. Im Türmchen im vierten Stock klaffte die fehlende Balkonbrüstung wie eine Zahnlücke.

David wollte plötzlich nur noch nach Hause zu Marie.

Er durchquerte die Lobby und lief direkt in die Arme einer stark geschminkten Frau. Sie trug einen offenen Regenmantel mit Leopardenmuster und darunter ein schwarzes, tief ausgeschnittenes Cocktailkleid. Sie verbarg ihr Gesicht an seiner Schulter und schluchzte.

Mit Hilfe des Concierge gelang es ihm, sie loszuwerden. Und mit folgender Widmung in ihrem Exemplar von *Lila, Lila*, die sie ihm diktiert hatte:

»Für Tamara
Zum Andenken an einen gemeinsamen lieben Freund.
David«

48

Das einzige Geräusch war die Brandung, regelmäßig wie der Atem eines Mittagsschläfers. Marie lag neben David auf einer Strandliege in den warmen Strahlen und dachte an nichts.

»Sie denken an nichts«, sagte eine träge Männerstimme. »Sie denken an nichts. Wenn ein Gedanke kommt, lassen Sie ihn weiterziehen, wie eine Wolke. Nichts. Nichts. Nichts.«

Die Stimme verebbte, die Brandung wurde lauter. Schschsch. Nichts. Schschsch. Nichts. Schschsch. Nichts. Jetzt war von ganz weit weg ein Flötenton zu hören. Ein Harfenklang gesellte sich dazu. Und ein Synthesizer.

»Auch das noch«, murmelte Marie, »New-Age-Meditationsmusik.«

David gab keine Antwort. Er schien tatsächlich zu meditieren.

»Sie spüren die Wärme der Sonne auf Ihrer Haut«, sagte die Stimme, »und riechen den Duft des Lotus, der zwischen den Kokospalmen blüht.«

Es begann, nach Esoterikstand am Weihnachtsmarkt zu riechen. Marie gab den Versuch auf, nichts zu denken.

Sie befanden sich im Relaxarium des Wellness Clubs im Grand Hotel Fürstenhof, Bad Waldbach. Marie trug ihren einteiligen schwarzen Badeanzug. Mit dem neuen Bikini für die Malediven hatte sie zuviel Aufsehen erregt unter den Kurgästen.

Sie waren jetzt schon den dritten Tag hier. Marie kam es vor wie eine Ewigkeit. Schon beim Welcome Drink mit der Assistentin des Direktors hatte Marie nur einen Gedanken: Nichts wie weg. Sie standen an der Theke der Bar, die um diese Zeit auch Tee und Kuchen servierte, nippten an einem Glas Champagner mit Cassis-Sirup und unterhielten sich halblaut über die Fragen, wie sie gereist seien, ob sich das Wetter wohl bessere und ob Marie oder David schon einmal Bad Waldbach besucht hätten. Die Gäste an den umliegenden Tischen strengten sich an, nicht mit den Tassen zu klappern, damit ihnen keine Silbe dieser Unterhaltung entging. Die meisten von ihnen hatten Gehhilfen dabei, vom schwarzen Stöckchen mit Silberknauf über die Krücke und das Gehgestell bis zum elektrischen Rollstuhl war alles vertreten.

Ihr Zimmer war im üblichen Hotelbarock eingerichtet. Das Holzfurnier im rosastichigen Pseudoablauge-Finish, dazu passend die altrosa Auslegeware, Messinglampen, Messinglämpchen, Messingtürklinken, Messingbeschläge, Tapete in pastellfarbenen Vertikalstreifen, grau und apricot, Satinvorhänge in Pastellpistazie, Bettüberwurf ebenso, an den Wänden Reproduktionen pflegeleichter Künstler. Zu viele Kissen auf der Polstergruppe, zuviel Marmor im Bad.

Aber es war wenigstens geräumig. Marie konnte auf dem Sofa vor dem TV liegen und abwechselnd Jahresrückblicke oder sentimentale Weihnachtsfilme schauen.

Das Zimmer besaß auch einen großen Balkon. Aber das Wetter, Dauerregen aus schweren Nebelvorhängen, machte diesen unbenutzbar. Kam dazu, daß er ein schmiedeeisernes Geländer besaß, das David an jenes von Jackys Balkon erinnerte.

Am Tag von Jackys Unfall hatte David etwas gehabt, was nach ihrer Meinung einem Nervenzusammenbruch sehr nahekam. Er hatte den ganzen Abend über immer wieder Weinkrämpfe, die erst aufhörten, als ihr die Serestas einfielen, die sie gegen die schlaflosen Nächte vor großen Prüfungen bei ihren Medikamenten aufbewahrte. Eine halbe Stunde nachdem er eine davon geschluckt hatte, schlief er ein und schlief noch, als sie von den Samstagseinkäufen zurückkam.

Er wachte auch nicht auf, als jemand vom Stadtspital anrief und um Davids Rückruf bat.

Am frühen Nachmittag kam er aus dem Schlafzimmer mit einem schuldbewußten Lächeln. »Ich weiß nicht, was mit mir los war. Ich stand wie unter Schock.«

Er duschte und aß etwas, und es schien ihm besserzugehen. Bis sie ihm sagte, er solle im Stadtspital anrufen.

»Haben sie etwas gesagt?« fragte er erschrocken.

»Nur, daß du zurückrufen sollst und Doktor Allemann verlangen.«

»Dann ist er gestorben«, sagte David dumpf.

»Weshalb sollten sie dann dich benachrichtigen? Du bist doch nicht mit ihm verwandt. Wie ich Jacky kenne, glaube ich eher, er will dich sehen.«

Sie hatte das nur zu seiner Beruhigung gesagt, aber es stellte sich heraus, daß sie recht gehabt hatte.

Jacky lag auf der Intensivstation des Stadtspitals. Er war vom Hals an gelähmt, und ein Schlauch in der Luftröhre hinderte ihn am Sprechen.

Laut Doktor Allemann war es für den Patienten in dieser Situation psychologisch sehr wichtig, Angehörige oder Freunde zu sehen. Sie waren auf David als einzige verfügbare Bezugsperson gestoßen. Die andere, eine zwei Jahre jüngere Schwester, lebte in Niederösterreich und war bis jetzt nicht zu erreichen gewesen.

David ging bleich und gefaßt ins Spital und kam zwei Stunden später stumm vor Entsetzen wieder zurück. Alles, was Marie aus ihm herauslocken konnte, war, daß Jakky an Schläuche, Kabel und Kanülen angeschlossen bewegungsunfähig im Bett lag, mit dem Schlauch eines Beatmungsgeräts im Mund. David mußte Schürze und Mundschutz tragen, neben dem Bett stehen und sprechen. Egal worüber.

»Worüber hast du gesprochen?« wollte sie wissen.

David wußte es nicht mehr.

Am nächsten Tag ging er wieder. Das Kapitel Jacky war noch nicht abgeschlossen.

Bereits am Abend desselben Tages ließ David durchblikken, daß es laut Doktor Allemann wichtig wäre, die Besuche und die Lektüre – David hatte ihm aus der Zeitung vorgelesen – während der nächsten Zeit fortzusetzen.

»Und du wirst es tun?«

»Muß ich doch fast.«

»Weshalb?«

David hob hilflos die Schultern. »Fühle mich irgendwie verpflichtet.«

»Warum? Du hast ihn ja nicht vom Balkon gestoßen.«

Sie sah David an, daß er diese Art von Aufmunterung im Moment nicht zu schätzen wußte.

Zwei Tage später rückte er mit dem Vorschlag heraus, sie solle ohne ihn auf die Malediven fliegen.

Wie es dann genau dazu gekommen war, daß sie nicht nur blieb, sondern sogar einwilligte, mit zu der Lesung nach Bad Waldbach zu kommen und ein paar Tage auf Kosten des Grand Hotels dranzuhängen, konnte sie nicht rekonstruieren. Jedenfalls passierte es ihr hier, im Relaxarium, unter den Wedeln einer künstlichen Palme bei esoterischer Meditationsmusik, nicht zum ersten Mal, daß sie sich wünschte, sie wäre alleine auf das Lotus Island Resort geflogen.

»Es ist Abend geworden«, flüsterte die Stimme, und die Spots, die ihr sonniges Licht an die Wand aus Fertigelementen geworfen hatten, färbten sich rot. »Langsam versinkt die Sonne im Ozean, und die Stimmen des Dschungels begrüßen die Tropennacht.« In die Synthesizer-Sphärenklänge mischten sich Vogelstimmen, Affenschreie und das Zirpen Tausender Insekten.

»Und ein lauer Tropenregen fällt auf den erhitzten Strand.«

»Scheiße!« rief Marie und ließ die Strandliege nach vorne kippen. Aus zwei Duschköpfen an der Decke prasselte ein gar nicht so lauer Tropenregen auf sie herunter.

Zum ersten Mal seit Jackys Unfall sah sie David wieder lachen. Kein großer Trost, mit einem Mann in einem Heilbad zu sein, bei dem das Relaxarium therapeutische Erfolge erzielte.

Das schlimmste war dieser Blick in die Zukunft, den ihr Bad Waldbach gewährte. Sie sah sich in dreißig, vierzig, fünfzig Jahren mit dem bleichen, aber noch rüstigen David vom Zweiertischchen aus darauf lauern, daß ein Kellner die leere Schüssel Brunnenkresse am Salatbüffet durch eine volle ersetzte. Sie beobachtete sich, wie sie den Stock an das Frühstücksbüffet lehnte, damit sie beide Hände frei hatte, um ihre Handtasche mit Proviant für den therapeutischen Spaziergang vollzustopfen. Obst für David und sie, Vollkornbrötchen für die Enten.

Bei David fiel es ihr besonders leicht, sich ihn als bejahrten Kurgast vorzustellen. Er stand mit dem gleichen verträumten Blick bei den Unterwasserdüsen, hockte mit dem gleichen kindlichen Vergnügen in den Luftblasen des Whirlpools und ließ sich mit der gleichen Apathie im handwarmen Thermalwasser treiben wie seine älteren Geschlechtsgenossen.

Marie wußte jetzt, welches der noch bessere Härtetest für eine Beziehung war, als zwei Wochen auf einer kleinen Koralleninsel: fünf Tage in einem Kurbad.

An diesem Abend war Davids Gala. Candlelight Dinner im großen Speisesaal, David im dunklen Anzug, sie im kleinen Schwarzen. Nach der Lachsmousse spielte das Wolfgang Quartett das Allegro vivace assai aus dem Streichquartett Nummer 17 in B-Dur, von Wolfgang Amadeus Mozart, Köchelverzeichnis 458. Anschließend las David aus dem ersten Viertel von *Lila, Lila*. Die Consommé wurde ohne musikalische oder literarische Begleitung serviert. Vor dem Hauptgang – glasierte Kalbsbrust oder Zanderfilet oder gegebenenfalls das verschriebene Diätmenü – spielten die Streicher das Andante con moto aus dem Streichquartett Nummer 16 in Es-Dur, von Wolfgang Amadeus Mozart,

Köchelverzeichnis 428. Zwischen Hauptgang und Dessert-büffet las David noch einmal, diesmal aus dem letzten Viertel. Nach dem Käse rundeten die Musiker den Abend mit dem Allegro vivace aus demselben Streichquartett ab.

Der Anlaß gab Marie auch einen Vorgeschmack auf das Schicksal der Lebensgefährtin eines Dichters fortgeschrittenen Alters. Jedesmal, wenn David sie am Tisch allein ließ, um sich für seinen nächsten Auftritt bereitzumachen, erschien die Eventmanagerin und leistete ihr Gesellschaft.

Worüber spricht man mit der Eventmanagerin bei Tisch, bevor der Lebensgefährte aus seinem Bestseller liest? Beim erstenmal stellte sich die Frage nicht, die Eventmanagerin bestimmte das Thema. Es hieß: Was ist das für ein Gefühl, die Partnerin eines Mannes zu sein, der mit einem Liebesroman Erfolge feiert?

Aber beim zweitenmal war es an Marie, etwas zu sagen. Sie entschied sich für: »Sie sind sicher froh, daß es doch noch geklappt hat.«

Die Eventmanagerin verstand nicht. »Doch noch?«

Marie hingegen verstand. David hatte gar nie abgesagt.

Zuerst wollte sie ihn gleich nach dem Essen in die Bar schleppen und zur Rede stellen. Dann verschob sie es auf später im Zimmer. Danach auf den nächsten Morgen in der Aromakabine.

Dann beschloß sie, es bleibenzulassen.

Kein sehr gutes Zeichen.

49

Im Februar absolvierte David widerwillig die letzte Lesetour, die ihm Jacky eingebrockt hatte: Hannover, Göttingen, Kassel, Wiesbaden, Würzburg. Er las jetzt oft aus Briefen:

Lila, Lila,

ich habe Dich auf der Eisbahn gesehen. Ich habe gesehen, wie er Deine Hand hielt. Wie er seinen Arm um Dich gelegt hat. Ich habe gesehen, wie Du ihn angeschaut hast.

Was ist das für einer? Ist er der Grund, daß ich Dich nicht mehr erreichen kann? Hast Du wegen ihm keine Zeit mehr für mich? Wie lange kennst Du den schon?

Lila, sag mir die Wahrheit. Was ist mit dem? Du liebst doch mich. Du hast es mir tausendmal gesagt, hundertmal geschrieben. In meiner Kommode liegen hundertzweiunddreißig Briefe von Dir, und in jedem steht es drin. Mindestens einmal. Du liebst mich, Du hältst es nicht mehr aus ohne mich, Du denkst immer nur an mich, Du kannst nicht leben ohne mich.

Ich habe daran geglaubt, Lila. Ich habe mein Leben danach eingerichtet. Nie, nie hatte ich auch nur eine Sekunde an uns gezweifelt.

Was habe ich falsch gemacht? Sag es mir. Was immer es war, es wird nie, nie mehr vorkommen.

Lila, Lila, hast Du alles vergessen? Unsere Pläne, unsere Versprechen, unsere Nacht, bevor Du nach Lausanne mußtest? Die vielen langen Monate, die wir aufeinander gewartet haben?

Ich hab Dich gesehen, Lila, wie Du den Kopf an seine Schulter geschmiegt hast. Du hast mich auch gesehen.

Sag, daß es nur ein Spiel war. Ein grausames Spiel, um mich zu prüfen. Um mich eifersüchtig zu machen. Ach, wenn Du wüßtest, wie gut Dir das gelungen ist.

Lila, Lila, sag mir die Wahrheit, ich habe ein Recht darauf, sie zu erfahren.

Oder nein, sag sie mir nicht. Ich weiß nicht, ob ich sie überleben würde.

Ich liebe Dich.

Peter

Im Publikum schneuzte sich jemand. Sonst blieb es still. Alle warteten darauf, daß David weiterlas.

Aber die Buchstaben verschwammen vor seinen Augen, und die Stimme versagte ihm. Er klappte das Buch zu, stand auf und machte eine knappe Verbeugung. Erst jetzt entstand ein unschlüssiger Applaus.

Beim Signieren verhielten sich die Leute anders als sonst. Wie bei einem Krankenbesuch, unsicher, wie sie sich dem Patienten gegenüber verhalten sollten. Niemand stellte die obligate Autobiographiefrage. Alle schienen überzeugt zu sein, daß *Lila, Lila* die offenbar nicht ganz gelungene Verarbeitung von Davids eigener Lebensgeschichte war.

Es war nicht das erste Mal, daß David diese Stelle vorlas. Aber noch nie waren ihm dabei die Tränen gekommen. Obwohl er schon seit Beginn dieser Tour nicht mehr aus *Lila, Lila* lesen konnte, ohne an Marie zu denken.

Marie glaubte, sie liebe ihn nicht mehr.

Er hatte sie vor seiner Abreise gefragt, weil er spürte, daß sie immer mehr auf Distanz zu ihm ging, und das war die Antwort, die sie ihm gegeben hatte. Ich glaube, ich liebe dich nicht mehr.

»Du glaubst es?« hatte er erschrocken gefragt. »So etwas weiß man doch.«

»Ich bin mir nicht sicher.« Es hatte etwas verzweifelt geklungen. (Nicht wahr, das hatte es doch? Etwas verzweifelt geklungen?) »Verstehst du das nicht, daß man sich über seine Gefühle nicht im klaren sein kann?«

David verstand es nicht. Aber es ermutigte ihn. Wo Zweifel waren, da war auch Hoffnung. Er nickte.

»Gibt es jemand anderes?« hatte er gefaßt gefragt und damit bewirkt, daß sie aufstand und im Schlafzimmer verschwand. Als er ihr etwas später folgte, lag sie im Bett und las. Er setzte sich auf die Bettkante. Sie las weiter.

»Gibt es jemand anderes?«

Sie legte das Buch auf die Decke und warf ihm einen gelangweilten Blick zu. »Du liest zuviel David Kern.«

Sie mußten beide lachen, und das Thema war für jenen Abend erledigt. Aber schlafen wollte sie nicht mit ihm.

Als er sich am nächsten Tag verabschiedete, stellte er die blöde Frage: »Muß ich mir Sorgen machen?«

Sie hob ratlos die Schultern. »Du bist mir einfach ein wenig fremd geworden.«

Mit den bangen Gefühlen jenes Abschieds ging er auf diese Reise, vor einem, wie er fand, etwas schwindenden Publikum. Die Säle waren zwar immer noch gut besetzt, aber es sah nicht mehr danach aus, als hätte man zusätzliche Stühle hereinbringen müssen.

Vielleicht lag es an der Jahreszeit. Weihnachten war längst vorbei, und damit ging auch der Lebenszyklus der Vorjahresbücher seinem Ende entgegen. Auf den Bestsellerlisten verlor *Lila, Lila* jede Woche an Boden, und die Feuilletons waren mit dem Frühjahrsprogramm beschäftigt.

David konnte das nur recht sein. Je schneller man das Interesse an ihm verlor, desto eher konnte er wieder ein normales Leben führen. Er würde Zeit haben. Für Marie und für seinen Versuch, etwas Eigenes zu schreiben.

Auch wenn sein Anteil des Honorars und des Vorschusses auf Jackys Konto lag, hatte er genug Geld, um eine Weile bescheiden leben zu können. Und er war frei.

Der Tyrann war zwar nicht tot, aber so gut wie. Er lag im Paraplegikerzentrum, immobilisiert und von der Außenwelt im allgemeinen und Marie im besonderen abgeschnitten.

David war sein einziger Besucher. Aber er kam nur noch jeden zweiten oder dritten Tag und hatte auch schon Termine für ein längeres Ausbleiben erfunden.

Er las ihm weiterhin aus der Zeitung vor und stellte Fragen, die Jacky mit ja (Augen schließen) oder nein (Augen offen) beantworten konnte.

»Bist du zufrieden mit der Pflege?« Augen offen. »Hast du Schmerzen?« Augen zu. »Möchtest du Besuch von deiner Schwester?« Augen weit aufgerissen.

Die Ärzte fanden, Jacky mache Fortschritte. David konnte keine feststellen.

Bei der Lesung in Kassel war Jens Riegler von Luther & Rosen aufgetaucht. Er hatte sich oberflächlich nach Jackys Befinden und eingehend nach dem Stand des neuen Romans erkundigt. Als David ihm mitteilte, daß das Projekt stagniere, empfahl ihm Riegler, endlich mit der verdammten Leserei aufzuhören. »Lesen können Sie dann, wenn Ihnen nichts mehr einfällt.«

Mehrmals am Tag rief David Marie an. Er hatte ihren Stundenplan dabei und versuchte, sie während den Pausen, über Mittag, nach Unterrichtsschluß und zu Hause zu erreichen.

Am Anfang hatte sie noch ab und zu geantwortet. Aber sie war mit jedem Mal kühler geworden und einmal sogar richtig sauer. »Laß mich doch ein bißchen in Ruhe, du machst es nur schlimmer«, sagte sie und legte auf.

Schlimmer? Schlimmer konnte man doch nur etwas machen, das bereits schlimm war.

Er rief wieder an. Was ist schlimm? wollte er fragen und: Wie schlimm ist es? Aber Marie antwortete nicht mehr. Auch später nicht. Den ganzen gestrigen Abend und heute den ganzen Tag hatte er Marie nicht mehr erreichen können.

Er versuchte, nicht an sie zu denken, aber immer wieder tauchten Bilder auf: Marie im Arm eines Unbekannten. Im Bett mit einem phänomenalen Liebhaber. Im Volume mit einem geschmeidigen Tänzer. Im Esquina mit Ralph Grand.

Er rief ihre Mutter an und bekam zu hören, vielleicht habe Marie endlich gemerkt, daß sie nicht zusammenpaßten.

Er rief Tobias an, den Besitzer des Esquina, der ihm sagte, ja, gestern sei sie hiergewesen, und falls sie heute auftauchen würde, werde er ihr sagen, daß David angerufen hätte. Und, ja, er würde ihr eine Flasche Cava auf Davids Rechnung bringen lassen.

Beim Essen nach der Lesung saß zu seiner Überraschung Karin Kohler mit am Tisch. Sie redete nicht viel, aber als sich die Gesellschaft auflöste, begleitete sie ihn zum Hotel.

Es war eine kalte, rußschwarze Nacht. Die Fußgängerzone war menschenleer, bis auf einen Obdachlosen, der auf einer zerlegten Kartonschachtel in einem Hauseingang vor einer brennenden Kerze saß und sie freundlich grüßte. Sie grüßten zurück und gingen weiter. Nach ein paar Schritten blieb David stehen, ging zurück und gab ihm zehn Euro.

»Soll Glück bringen«, bemerkte Karin Kohler.

Glück konnte David brauchen.

Vor dem Hotel schlug Karin vor, noch etwas zu trinken. David war froh, noch nicht alleine sein zu müssen.

Das Restaurant hatte schon geschlossen. Aber der Nachtportier, ein verständnisvoller älterer Pole, nahm die Stühle von einem Tisch und brachte zwei Flaschen Bier.

»Wie geht es, David?« fragte Karin.

»Gut.«

»Ich meine wirklich.«

»Weshalb fragen Sie?«

»Weil Sie geweint haben bei der Lesung.«

»Das haben Sie bemerkt?«

Karin lächelte. »Alle haben es bemerkt.«

David trank einen großen Schluck aus seinem Glas.

»Ist etwas mit Marie?« fragte Karin behutsam.

Bis drei Uhr erzählte ihr David detailliert von Marie und ihm. Von den Ereignissen der letzten Wochen, von seinen Gefühlen, Ahnungen, Hoffnungen, Zweifeln. Und von seiner Angst um sie beide.

Als sie ihn endlich dazu überreden konnte, ins Bett zu gehen, standen neun leere Bierflaschen auf dem Tisch. Die meisten gingen auf Davids Konto.

Beim Lift schlug David vor: »Wollen wir uns nicht richtig duzen? ›Sie‹ sagen mit Vornamen ist so doof.«

»Gute Nacht, schlaf gut.« Karin gab ihm die Hand. David küßte sie dreimal auf die Wangen. Er blickte ihr nach, wie sie zum Ausgang ging.

»Du!« rief er ihr nach, »du!«

Sie blieb stehen und blickte zurück.

»Jacky ist gelähmt. Vom Hals an.«

»Ich weiß.«

»Ich brauche wohl einen neuen Agenten.«

Es roch nach Sonnencreme, schmelzendem Schnee und warmer Küche. Marie hatte die Augen geschlossen und den Hinterkopf gegen die sonnenverbrannte Hüttenwand gelehnt. Sie hatte die Skijacke ausgezogen und den Reißverschluß ihrer Wolljacke geöffnet. Es war warm auf der Terrasse, eine Reihe ausgedienter Vorfenster schützte die Gäste vor dem Nordwind.

Sie hatte es Sabrina zu verdanken, daß sie hier war, dem einzigen Menschen, mit dem sie über die Krise in ihrer Beziehung gesprochen hatte. Sie hatte ihr erzählt, wie David und sie sich voneinander entfernten. Oder vor allem, sie sich von ihm. Wie er ihr immer fremder wurde. Wie er sich von allen manipulieren ließ, dem Verlag, den Veranstaltern seiner Lesungen, seinem Agenten (selbst jetzt noch) und von ihr selbst. Wie er ihr, ohne es zu wollen, auf die Nerven ging. Und wie sie sich deswegen Vorwürfe machte.

Sabrina kannte die Symptome: »Du bist nicht mehr in ihn verliebt, betrachtest ihn dadurch etwas nüchterner, und schon nervt er dich. Das ist normal. Kein Grund, dir Vorwürfe zu machen.«

Aber so einfach sah es Marie nicht. »Genau deswegen mache ich mir Vorwürfe. Weil es so scheißnormal abläuft. Ich dachte, diesmal sei es wirklich etwas Besonderes.«

»Das denkt man immer.«

»Aber diesmal gab es einen Grund: sein Buch. Ich dachte, mit einem, der so unverstellt, so einfach, so frei von Sarkasmus über Liebe, Leidenschaft und Treue schreibt, kann es nicht scheißnormal sein. Ehrlich, Sabrina, ich dachte, das sei jetzt für immer.«

Sabrina legte den Arm um Marie, deren Augen sich mit Tränen gefüllt hatten.

»Ich kann mich nicht mehr ausstehen«, schluchzte Marie. »Ich bin kein bißchen besser als Lila.«

»Welche Lila?«

»Die aus *Lila, Lila*. Genauso kalt, genauso herzlos, genauso beschissen.«

Sabrina zog sie zu sich heran. »Man verliebt sich, man entliebt sich, das ist das Gesetz der Natur. Das ist stärker als du.«

Marie trocknete die Tränen, schneuzte sich und versuchte zu lächeln. »Okay, was schlägst du vor?«

»Du kommst mit uns nach Guntern, das bringt dich auf andere Gedanken.«

So war Marie hierher, auf die Sonnenterrasse des Bergrestaurants Hornblick, geraten. Sie hatte David in Würzburg erreicht und ihm mitgeteilt, daß sie über das Wochenende mit ein paar Leuten nach Guntern zum Skifahren gehe.

»Mit was für Leuten?« hatte David mißtrauisch gefragt.

»Bekannten von Sabrina. In das Chalet der Eltern von jemandem.«

»Dann bist du nicht zu Hause, wenn ich zurückkomme?«

»Nein.«

Lange blieb es still.

»Also«, sagte Marie abschließend, »wir sprechen uns dann am Montag.«

»Wir sehen uns am Montag. Sprechen tun wir uns hoffentlich vorher. Du nimmst doch das Handy mit?«

»Guntern ist sehr abgelegen. Ich weiß nicht, wie dort das Netz ist. Ciao, mach's gut.«

»Ciao«, sagte David, »ich liebe dich.«

»Ja.«

Marie lauschte dem Stimmengewirr, dem Geschirrgeklapper und dem Poltern der schweren Skischuhe auf den Holzplanken. Sogar die Ländlermusik gefiel ihr. An David hatte sie, seit sie gestern abend angekommen waren, soeben zum ersten Mal gedacht.

Das Chalet hieß Bonanza und gehörte den Eltern von Reto, einem Medizinstudenten und Sabrinas momentanem Freund. Es besaß eine große Wohnstube, eine Küche, vier Schlafzimmer, zwei Bäder und eine Art Matratzenlager auf dem Dachboden. Es war mit einer Mischung aus Do-it-yourself und den ausgedienten Möbeln einer langen Ehe eingerichtet.

Sie waren neun Leute, alle etwa im gleichen Alter, alle aus Retos Freundeskreis, die meisten Studenten und, wie Marie fand, alle sehr nett. Sie verbrachten einen richtigen Skihüttenabend, aßen Raclette und spielten Gesellschaftsspiele aus einem alten Buch, das sie in der Schublade mit den Spielkarten und Brettspielen gefunden hatten.

Nach Mitternacht losten sie die Zimmer aus. Marie zog ein Bett im Matratzenlager.

Heute waren sie früh aufgestanden, und Marie hatte im einzigen Sportgeschäft des Dorfes Ski gemietet. Marco hatte sie begleitet, der einzige, der auch keine eigenen Ski dabeihatte.

Diese Gemeinsamkeit hatte dazu geführt, daß sie auch zusammen Skilift fuhren, daß er auf sie wartete, wenn sie zurückgefallen war – sie war keine besonders gute Skifahrerin –, und daß er auch jetzt neben ihr saß.

Marco war ebenfalls Medizinstudent, ein paar Jahre älter als sie, sehr aufmerksam, ohne aufdringlich zu sein, sehr amüsant und überhaupt nicht ihr Typ. Dazu sah er ihr zu gut aus. Er würde einmal Schönheitschirurg werden, vermutete sie. Oder Jet-set-Gynäkologe.

Marie blinzelte in den blauen Himmel. Ein paar Bergdohlen segelten vor dem Horn, dem Berg, der seinen Schatten viel zu früh auf Dorf und Pisten warf und schuld daran war, daß in Guntern kein richtiger Wintertourismus aufkam. Was, laut Reto, den Vorteil hatte, daß man hier noch mit der Skiausrüstung der letzten Saisons auftauchen und noch Ski fahren und nicht nur snowboarden durfte.

Reto war es auch, der darauf bestand, daß sie alle die Spezialität des Hauses probierten: den Kaffee Gülleloch. Das Rezept war ein streng gehütetes Betriebsgeheimnis des Hornblick, aber Marie tippte auf verschiedene Hausbrände, wenig Kaffee und viel Zucker. Der Gülleloch wurde im Glas serviert und trug ein Häubchen aus Schlagrahm.

Das Getränk führte zu einem zweiten, und dieses dazu, daß sie die letzte Abfahrt erst begannen, als der Fahnenmast schon keinen Schatten mehr warf. Die andern fühlten sich ermutigt, die schwarze Piste zu wagen. Marie entschied sich für die leichteste. Marco begleitete sie mit großer Selbstverständlichkeit.

Im überfüllten Restaurant bei der Talstation tranken sie noch einen Glühwein, weil ihnen bei der Abfahrt etwas kalt geworden war. Wenig hätte gefehlt, und Marie hätte zur Ländlerkapelle getanzt.

Im Chalet Bonanza meldete ihr Handy fünf Anrufe in Abwesenheit. Alle von David. Marie schaltete das Handy aus.

Das Nachtessen bestand aus neun Gängen. Jeder Gast mußte aus den Vorräten von Retos Eltern ein Gericht kochen. Marie machte Reissalat.

Danach spielten sie Scharaden. Jemand stellte ein Wort dar, und die andern mußten es erraten. Marie stellte Unter-Nehmungs-Lust dar. Für Unter deutete sie unter alle Möbel, für Nehmungs machte sie mit beiden Armen Raffbewegungen, und für Lust täuschte sie einen Orgasmus vor.

Es war Marco, der das Wort erriet.

Marco hatte ein Los für ein eigenes Zimmer gezogen. Nach einem Tag so voller Gemeinsamkeit schien es Marie nur natürlich, daß sie auch die Nacht gemeinsam verbrachten.

51

Die Wohnung sah aus, als hätte sie jemand für einen Gast vorbereitet. Das Bett war neu bezogen, im Bad hingen frische Tücher, der Wäschekorb war leer, und im Kühlschrank fanden sich Mineralwasser, Bier, Fruchtsaft, Joghurt und Butter. Der Käse und zweihundert Gramm Bündnerfleisch waren noch im Einwickelpapier des Ladens.

Der Chromstahl des Spülbeckens war blitzblank, ein steifgetrockneter Lappen hing am Wasserhahn. Auf dem Eßtisch lag eine Notiz. »Am Sonntag kann es spät werden. Marie.«

Die Kreuze fehlten. Sonst hatte Marie vor ihre Unterschrift immer drei Kreuze gesetzt. Drei Kreuze für drei Küsse.

David wählte Maries Nummer. Ohne große Hoffnung, er hatte sie seit ihrem Anruf am Freitag nicht mehr erreicht. Zuerst hatte er es sich damit erklärt, daß das Netz in diesem abgelegenen Bergkaff schlecht war. Aber er hatte es nicht lassen können, sich bei der Telefongesellschaft zu erkundigen. Dort hatte man ihm mitgeteilt, daß der Empfang im Gebiet von Guntern einwandfrei sei.

Er hatte seit dem Frühstück in Würzburg nichts gegessen, aber Hunger hatte er keinen. Er nahm ein Bier aus dem Kühlschrank und setzte sich damit an den Computer.

Es war nicht sein erstes Bier heute. Er hatte schon im Intercity ein paar getrunken. Auch eine neue Erfahrung für ihn: Alkohol am Vormittag. Er wußte nicht, weshalb er das tat, besser ging es ihm dabei nicht. Im Gegenteil, es machte ihn weinerlich. Aber es war das, was Männer taten, wenn sie Liebeskummer hatten.

Er schaltete den Computer ein und schaute die Post auf seinem Mailserver an. Die übliche Fanpost, die er bekam, seit ein Internetbuchhändler seine E-Mail-Adresse veröffentlicht hatte. Er beantwortete sie meistens, darin bestand seine einzige Schreibtätigkeit.

Aber diesmal verschob er die Beantwortung auf später. Statt dessen öffnete er das Dokument mit dem Titel »Zweiter Roman«. Es war immer noch leer. Aber heute abend, wie spät auch immer, würde er etwas geschrieben haben. Das hatte er sich im Zug vorgenommen. Wenn Marie nach Hause kam, würde er vor dem Bildschirm sitzen und schreiben. Sie hatte sich in einen Schriftsteller verliebt. Wenn sie nach Hause kam, würde sie einen Schriftsteller vorfinden.

Er hatte keine zehn Minuten am Schreibtisch gesessen, als das Telefon klingelte. Beim zweiten Läuten hatte er es abgenommen. »Ja?«

Aber es war nicht Marie. »Paraplegikerzentrum, Schwester Erika, spreche ich mit Herrn Kern?«

»Ja.«

»Ich bin froh, daß ich Sie endlich erreiche. Können Sie vorbeikommen? Herr Stocker möchte mit Ihnen sprechen.«

»Kann er denn jetzt sprechen?«

»Ein wenig. Er hat jetzt eine Sprechkanüle.«

David zögerte. »Ich kann jetzt nicht gut weg hier.«

Die Schwester blieb hartnäckig. »Es wird nicht lange dauern, er wird schnell müde. Aber es ist ihm sehr wichtig.«

Für den Fall, daß Marie vor ihm zurückkam, schrieb er ihr eine Notiz, daß er noch einmal kurz hatte weg müssen. Jacky erwähnte er nicht. Vor seinem Namen machte er Kreuze. So viele, wie auf dem Zettel Platz hatten.

Der Arzt fing ihn auf dem Korridor ab und erklärte ihm, daß Jacky immer noch auf eine Atemhilfe angewiesen sei. Aber für kurze Zeit könne der Respirator abgeschaltet werden. Jacky atme dann selbst und könne dank einem Ventil, das verhindere, daß seine Atemluft durch die Kanüle entweiche, seine Stimme benutzen.

Die Schwester, die David ins Zimmer führte, sagte laut und deutlich: »Besuch, Herr Stocker!«

»Wer?« tönte es leise von Jackys Bett.

»Herr Kern.« Die Schwester bat David, sich so nahe ans Bett zu stellen, daß Jacky ihn sehen und David ihn verstehen konnte. »Ich lasse Sie jetzt zehn Minuten allein. Vergessen Sie nicht, was ich Ihnen gesagt habe.«

Sie hatte ihn vor dem Betreten des Zimmers instruiert, sofort zu klingeln, wenn er das Gefühl hatte, daß Jacky Atemnot bekam oder in Panik geriet.

Jackys Hals war unter dem Kehlkopf mit Kompressen verbunden, aus deren Mitte ein Stück Rohr mit einem Ventil ragte. Es war mit einem elastischen Band um seinen Hals festgemacht. Er atmete schwer. Bei jedem Ein- und Ausatmen klickte das Ventil.

»Ich kann nicht«, er holte Luft, »lange sprechen.«

»Ich weiß.«

Jacky atmete. Er versuchte gar nicht, David anzusehen, sondern fixierte einen Punkt an der Decke.

»Das Buch.« Einatmen, ausatmen.

David mußte sich anstrengen, die leise Stimme zu verstehen.

»Es ist nicht« (einatmen, ausatmen, einatmen) »von mir.«

Es dauerte einen Moment, bis David begriffen hatte. Dann stellte er die erste Frage, die ihm durch den Kopf schoß: »Warum hast du dann gewußt, daß es nicht von mir ist?«

»Ich habe ihn gekannt« (ein – aus – ein) »Peter Weiland.«

David kniff die Augen zusammen und wartete.

»Und sie auch (– – –) Sophie (– – –) diese Schlampe.«

David starrte angewidert auf das Ventil an Jackys Hals.

»Wir haben zusammen (– – –) Eishockey gespielt (– – –) aber als er Sophie (– – –) traf, war fertig.« Jacky schloß die Augen und rang um Luft.

»Als sie ins Pensionat (– – –) geschickt wurde, dachten (– – –) wir, er werde wieder (– – –) normal. (– – –) Aber er wurde (– – –) noch schlimmer.«

David bekam weiche Knie. Er zog den mit grünem Kunststoff überzogenen Besucherstuhl heran und setzte sich.

»Und als sie ihn verließ (– – –) da konntest du ihn (– – –) ganz vergessen. (– – –) Ich war der einzige (– – –) mit dem er noch (– – –) Kontakt hatte.«

David schwieg. Es gab nichts zu sagen.

»Nur mir hat er das (– – –) Manuskript zu (– – –) zu lesen (– – –) gegeben. (– – –) Da war es (– – –) noch nicht ganz (– – –) fertig (– – –) natürlich. « Jacky brachte so etwas wie ein kurzes Auflachen zustande.

David spürte, wie sich das Mitleid für Jacky verflüchtigte. »Und weshalb erzählst du mir das jetzt?«

»Ich dachte, es (– – –) könnte dich (– – –) interessieren.« Jackys Atem ging jetzt rascher.

»Und weshalb hast du nicht einfach gesagt, du kanntest den Autor? Weshalb hast du behauptet, du hättest es geschrieben?«

Jacky brauchte lange für die Antwort. »Ein lebender Autor (– – –) war für dich bedrohlicher (– – –) als ein toter.«

Da mußte ihm David recht geben.

»Und warum sollte (– – –) von zwei (– – –) die das Buch nicht (– – –) geschrieben hatten (– – –) nur einer (– – –) verdienen?«

»Und der Durchschlag?«

»Gibt es (– – –) nicht.«

»Und weshalb hast du dich an das Pseudonym erinnert?«

»(– – –) Alfred Duster, den Namen (– – –) vergißt man (– – –) nicht.«

David stand auf. Jackys Brustkorb hob und senkte sich jetzt immer rascher, und seine unruhigen Augen waren weit aufgerissen.

Einen Moment war David versucht, einfach so stehenzubleiben und zu beobachten, was passierte.

Aber dann griff er doch nach der Klingel.

Es war jetzt ein Uhr. Marie war noch immer nicht zurück. David saß vor dem Computer und hatte noch keine Zeile geschrieben. Vier leere Flaschen Bier standen neben dem Bildschirm.

Sein Haß hatte sich etwas gelegt. Daß *Lila, Lila* nicht von Jacky war, besaß auch Vorteile. Vielleicht würde es ihm in Zukunft leichterfallen, als Autor des Romans aufzutreten.

Kurz vor zwei kam Marie. David hatte den Schlüssel an der Wohnungstür steckenlassen, damit sie klingeln mußte. Für den Fall, daß er eingeschlafen war, er wollte sie zur Rede stellen.

Marie sah glücklich aus. Sie begrüßte ihn mit einem schwesterlichen Kuß und ging nicht auf seine Fragen ein. »Komm, David, das bringt nichts. Ich muß in ein paar Stunden wieder aufstehen, und du bist besoffen.«

Sie ging ins Bad und danach ins Bett und löschte das Licht. Seine Fragen beantwortete sie alle mit dem gleichen Satz: »Ich bin müde.«

Er zog sich aus, schlüpfte zu ihr unter die Decke und versuchte, seine Hand unter ihr T-Shirt zu schieben. Dreimal nahm sie sein Handgelenk und schob die Hand weg. Beim viertenmal machte sie Licht, nahm ihr Kopfkissen und eine Decke aus dem Schrank und richtete sich nebenan auf dem Sofa ein.

David blieb ein paar Minuten liegen. Dann stand er wütend auf, holte das letzte Bier aus dem Kühlschrank, knipste das Licht an und setzte sich auf den Sessel neben dem Sofa. Marie hatte das Gesicht zur Sofalehne gedreht und stellte sich schlafend.

»Findest du nicht, wir müssen reden?« fragte er.

»Worüber willst du reden?« fragte sie, ohne sich umzudrehen.

»Über uns.«

»Da gibt es leider nicht mehr viel zu reden, David.«

52

David erwachte mit hämmernden Kopfschmerzen. Marie lag nicht neben ihm. Ein ungutes Gefühl drückte auf seine Brust, aber er wußte noch nicht, woher es kam.

Er stand auf und ging ins Wohnzimmer. Auf dem Sofa lagen eine Decke und ein Kissen. Daher das ungute Gefühl.

Marie hatte es offenbar eilig gehabt. Ihre Reisetasche lag geöffnet neben dem Sofa, und das T-Shirt und das Höschen, das sie in der Nacht getragen hatte – früher schlief sie, wie David, nackt –, lagen auf einem Sessel.

David setzte sich auf das Sofa und versuchte, seine Gedanken zu ordnen. Sein Blick fiel auf die Reisetasche. Auf dem Durcheinander von Kleidern und Wäsche lagen ein paar Polaroids. David nahm das oberste. Es zeigte Marie, Sabrina und ein paar andere, die er nicht kannte, in blöden Posen in einer getäfelten Stube. David fischte das nächste Bild aus der Tasche. Nur Marie und ein gutaussehender Typ waren drauf. Er hatte den Arm um sie gelegt, sie strahlte.

Sein Herzklopfen legte sich etwas, als er das nächste Bild sah: der gleiche Typ, gleiche Pose, andere Frau.

Insgesamt waren es acht Fotos. Die üblichen fröhlichen Schnappschüsse, die nur die lustig fanden, die drauf waren. Er legte sie zurück. Aber ganz beruhigt war er nicht.

Er ging ins Bad und ließ sich den Duschstrahl, so heiß er

es aushielt, über den Nacken laufen, bis er das Gefühl hatte, die Kopfschmerzen ließen nach.

Als er ins Wohnzimmer zurückkam, blinkte das Lämpchen des Telefonbeantworters. Die Nachricht war vom Paraplegikerzentrum. Ein Doktor Keller bat um Davids Rückruf. Er rief zurück. Doktor Keller sagte, es tue ihm leid, ihm mitteilen zu müssen, daß Herr Jakob Stocker in der vergangenen Nacht verstorben sei.

Jacky war an Lungenversagen gestorben. Eine häufige Todesursache für Tetraplegiker in Jackys Alter, hatte ihm Doktor Keller erklärt.

David wußte nicht, weshalb er zu Jackys Beerdigung gegangen war. Vielleicht, weil er ganz sicher sein wollte, daß er ihn ein für allemal losgeworden war. Vielleicht auch, weil seine Verfassung gut zu Beerdigungen paßte.

Marie war nämlich ausgezogen. Nicht mit Sack und Pack, ein paar Sachen hatte sie zurückgelassen, wie als Zeichen, daß noch nicht alle Brücken abgebrochen waren. Jedenfalls interpretierte David es so. Aber wenn er ehrlich gewesen wäre, hätte er zugeben müssen, daß es keine große Bedeutung hatte, daß sie ihre Sommersachen noch im Schrank hängen hatte – es war Februar.

Er hatte es sich selbst zuzuschreiben, daß Marie ausgezogen war, das sah er ein. Nächtelang hatte er sie mit seinem Wechselbad aus Vorwürfen, Flehen, Diskussionen und Jammern wach gehalten, bis sie es nicht mehr ausgehalten hatte. Diesmal war sie nicht zu ihrer Mutter gezogen, sondern zu ihrer Freundin Sabrina. Er wußte nicht, welche von beiden einen schlechteren Einfluß auf sie ausübte.

Was ihn beruhigte, war Maries Versicherung, daß er selbst und nicht ein anderer Mann der Grund war, weshalb sie Distanz brauchte. Er versuchte diesen Satz möglichst nicht zu hinterfragen.

Das Wetter am Tag der Beerdigung paßte zum Rest. Es hatte in der Nacht geschneit und gegen Morgen begonnen, in die dünne Schneedecke zu regnen.

Im Schneematsch vor einem kleinen Loch neben einem gewaltigen Kranz, auf dessen Schleife stand: »Meinem geliebten Bruder Köbi von seiner kleinen Schwester«, war die kleine Trauergemeinde versammelt. David, die Pfarrerin, der Friedhofsgärtner mit dem Schirm, Jackys schluchzende Schwester, die nun doch aus Niederösterreich angereist war, ihr etwa fünfzigjähriger Sohn und ein Mann in einem abgewetzten Wintermantel, einer Wollmütze und einem wallenden weißgelben Bart.

Die Pfarrerin las eine Bibelstelle vor und danach eine sehr rudimentäre Biographie, die von Jackys Schwester stammen mußte und in der des Verstorbenen Liebe zur Literatur besonders hervorgehoben wurde.

Nach dem gemeinsamen Gebet senkte der Friedhofsgärtner die Urne in die Pfütze am Grund des Lochs und warf eine Schaufel Erde darüber. Jackys Schwester und ihr Sohn legten einen Blumenstrauß daneben. Auch der Bärtige ließ eine langstielige Rose liegen. Nur David hatte keine Blumen dabei.

Beim Friedhofsausgang lud Jackys Schwester die Anwesenden zu einem kleinen Imbiß im nahen Restaurant ein. Die Pfarrerin entschuldigte sich, aber David und der Mann mit dem weißen Bart begleiteten Mutter und Sohn.

Es war wie nach Davids ersten Lesungen: Der Tisch war für zehn reserviert, aber es kamen nur vier.

David hatte einen Aufschnitteller und ein Glas Hauswein erwartet, aber Frau Pichler, so hieß Jackys Schwester, ließ sich nicht lumpen. Es gab Spargelcremesuppe, Filetbeefsteak mit Kroketten und Gemüse, Château-Neuf-du-Pape und Likörs. Und Schwarzwälder Kirschtorte zum Dessert.

»Ich hätte mir das nicht leisten können«, gestand Rosa, so hieß Frau Pichler. »Aber wer hätte gedacht, daß Jakob mir einmal soviel Geld hinterlassen würde?«

Der Mann mit dem Bart aß wenig und trank viel. »Ich heiße Walter«, erklärte er, »aber alle nennen mich Watte. Wegen dem.« Er hielt eine Strähne seines Barts in die Höhe.

Jacky mußte bei Watte mit David angegeben haben, denn dieser sagte immer wieder: »Was machst du auch ohne Jacky, Kleiner, was machst du auch ohne deinen alten Freund?«

Und Rosa fragte mit feuchten Augen ihren Sohn: »Und was machen *wir* jetzt?«

Der Sohn wußte genau, was. Er hatte nur Wasser getrunken, weil er noch bis Innsbruck kommen wollte, und drängte zum Aufbruch.

Watte nötigte David, noch auf ein letztes Glas zu bleiben. David willigte ein, er wurde nicht erwartet.

Es war schon spät am Nachmittag, als Watte vor dem Mendrisio mit einer Hunderternote aus Davids Taxi stieg. »Jacky war ein Monsieur«, lallte er, »und du bist auch einer.« Er küßte Davids Hand.

David fuhr in die trostlose Wohnung und legte sich aufs Sofa. Im Bett schlief er schon lange nicht mehr. Zu viele Erinnerungen.

Kurz vor Mitternacht erwachte David. Er machte Licht und schaute sich um. Überall schmutziges Geschirr, leere Bierflaschen, schimmlige Joghurtbecher. Die Verwahrlosung paßte zu seinem Gemütszustand. Er ging ins Bad und schaute in den Spiegel. Dreitagebart, struppiges Haar und, wenn man genau hinschaute, Ringe unter den Augen.

Er tat das, was er seit Maries Auszug jeden Abend tat: eine Tour durch die einschlägigen Lokale in der Hoffnung, in seinem bedauernswerten Zustand von Marie gesehen zu werden.

Das Esquina war voll, obwohl ihm die Szene schon seit Monaten den Untergang prophezeite. Es war einer dieser Abende, an denen sich die Gäste schon im Korridor stauten und die Chance, daß man in nächster Zeit zu einem Drink kommen würde, mit jedem neuen Gast sank.

David hoffte, er würde nicht gezwungen sein, hier wieder Kellner zu werden.

Er drängte sich so weit durch die Leute, daß er Ralphs Stammplatz sehen konnte. Alle waren sie da, als wäre die Zeit stehengeblieben. Ralph vor seinem Glas Rioja, Sergio und Rolli vor ihrem Bier, Silvie und Kelly vor ihrem Cava, Roger vor seinem Mojito, Sandra vor ihrem Gin Tonic und Bob vor seinem alkoholfreien Bier.

Marie war nicht dabei, stellte David eher erleichtert als enttäuscht fest. Er schaute sich noch ein wenig um und begann, sich wieder in Richtung Ausgang vorzuarbeiten. Er wollte zur nächsten Station, dem Volume.

Beim Korridor zum Ausgang warf er noch einen letzten Blick ins brodelnde Lokal. Jetzt sah er sie.

Marie stand mitten im Gewühl. Den rechten Arm hatte sie eng an den Körper gepreßt, in der Hand hielt sie ein Glas.

Er wollte ihr gerade zuwinken, als er die Hand auf ihrer rechten Schulter sah. Sie gehörte einem Mann, der durch einen andern halb verborgen war. Jetzt bewegte dieser sich, und David konnte sehen, wer den Arm um Marie gelegt hatte.

Der Kerl auf dem Polaroid.

In diesem Augenblick begegnete er für eine Sekunde Maries Blick. Sie gab kein Zeichen des Erkennens. Aber dann schmiegte sie ihren Kopf leicht an die Brust ihres Begleiters. Dieser beugte sich zu ihr und küßte sie auf den Mund.

Ein böiger Wind trieb den Regen an die großen Scheiben des Zimmers. Die Lampen an den Oberleitungen schaukelten im Sturm und tauchten die Straße in ein unruhiges Licht. Ein Auto mit aufgeblendeten Scheinwerfern fuhr langsam vorbei. An den Auslegern der Baukräne leuchteten kleine Punkte.

Die einzige Lichtquelle im Zimmer war Davids Bildschirm. Er saß davor und starrte auf das senkrechte Strichlein. Schreibschon, schreibschon, blinkte es.

David legte die kleine Schatulle mit dem blauen Saphir neben die Tastatur und begann zu schreiben:

Das ist die Geschichte von David und Marie. Lieber Gott, laß sie nicht traurig enden.

Cornelia Eberle vom Diogenes Verlag hat die verlagstechnischen Stellen auf ihre Glaubhaftigkeit überprüft, ein nicht genannt sein wollender Offizier der Heilsarmee die Fragen, die das Männerheim betreffen. Prof. Dr. med. Hans Landolt von der neurochirurgischen Klinik des Kantonsspitals Aarau hat die Spitalszenen gegengelesen. Nadia Sambuco vom Diogenes Verlag hat sich David Kerns Lesereisen vorgenommen. Meine Lektorin, Ursula Baumhauer, hat mich vor vielen kleinen Fehlern bewahrt. Und meine Frau, Margrith Nay Suter, vor ein paar groben.

Ihnen und allen andern, die mir geholfen haben: herzlichen Dank.

Martin Suter

Das Diogenes Hörbuch zum Buch

Martin Suter
Lila, Lila

Gekürzte, autorisierte Lesefassung

Gelesen von Daniel Brühl

5 CD, Spieldauer 358 Min.

Martin Suter
im Diogenes Verlag

»Martin Suter erreicht mit seinen Romanen ein Riesenpublikum. Er schreibt aufregende, gut und nahezu filmisch gebaute Geschichten; er fängt seine Leser mit schlanken, raffinierten Plots.«
Wolfgang Höbel / Der Spiegel, Hamburg

Small World
Roman
Auch als Diogenes Hörbuch erschienen, gelesen von Dietmar Mues

*Die dunkle Seite
des Mondes*
Roman

Business Class
Geschichten aus der Welt des Managements

Ein perfekter Freund
Roman

Business Class
Neue Geschichten aus der Welt des Managements

Lila, Lila
Roman
Auch als Diogenes Hörbuch erschienen, gelesen von Daniel Brühl

*Richtig leben
mit Geri Weibel*
Sämtliche Folgen

Huber spannt aus
und andere Geschichten aus der Business Class

Der Teufel von Mailand
Roman
Auch als Diogenes Hörbuch erschienen, gelesen von Julia Fischer

Unter Freunden
und andere Geschichten aus der Business Class

Der letzte Weynfeldt
Roman
Auch als Diogenes Hörbuch erschienen, gelesen von Gert Heidenreich

Das Bonus-Geheimnis
und andere Geschichten aus der Business Class

Der Koch
Roman
Auch als Diogenes Hörbuch erschienen, gelesen von Heikko Deutschmann

Allmen und die Libellen
Roman
Auch als Diogenes Hörbuch erschienen, gelesen von Gert Heidenreich

*Allmen und der rosa
Diamant*
Roman
Auch als Diogenes Hörbuch erschienen, gelesen von Gert Heidenreich

Außerdem erschienen:

Business Class
Geschichten aus der Welt des Managements
Diogenes Hörbuch, 1 CD, live gelesen von Martin Suter

Unter dem Strich
und andere Geschichten aus der Business Class
Diogenes Hörbuch, 1 CD, live gelesen von Martin Suter

Ivana Jeissing
im Diogenes Verlag

Unsichtbar
Roman

Ist es ein Kompliment, wenn man mit einem berühmten Gemälde verglichen wird? Für Jane Terry ist es der Höhepunkt in einer jahrelangen Kette von Irritationen, die dazu geführt haben, dass auch sie, ganz der Tradition der Frauen in ihrer Familie folgend, unsichtbar geworden ist: Sie folgt dem Schicksal ihrer Mutter, einer ehrgeizigen Schattentaucherin, und dem ihrer Großmutter, einer begnadeten Totstellperfektionistin, und führt, im Unterschied zu ihrer Cousine, die eine erfolgreiche Verhaltensbiologin, Liebesexpertin und anpassungsfähige Chamäleondame geworden ist, ein Leben, das nur deshalb funktioniert, weil sie tut, was man von ihr verlangt oder erwartet. Doch die Protagonistin findet auf dem Weg in die Sichtbarkeit überraschend Helfer, vor allem den alten Fred, Besitzer eines nostalgischen Kinos in einer Seitenstraße des Kudamms. Seine »Revoltiermanege« und ein Strudel denkwürdiger Ereignisse rücken Jane schließlich ins rechte Licht.

»Gute Unterhaltungsromane sind gar nicht so häufig. Um so mehr sticht das Debüt *Unsichtbar* von Ivana Jeissing aus der Menge. Höchst amüsant.«
Claudia von Dehn / Hessische Allgemeine, Kassel

Felsenbrüter
Roman

So frei zu sein und unerschrocken zu schweben wie die Felsenbrüter ist Marthas Wunschvorstellung, und von nichts ist sie, verlassene Ehefrau Anfang vierzig, weiter entfernt. Ihre 70-jährige Großtante Maud nimmt sie ins Schlepptau und mit auf die kleine Kanalinsel

Sark, ein Vogelparadies, so grün und nass, dass »sogar die Hunde verheult aussehen«.

Maud ist alles andere als eine verständnisbereite Psychologin, ihr Lebenspartner ist das Teleskop, ihre Sehnsucht gilt dem Nachthimmel, den sterbenden Sternen und schwarzen Löchern. Mit dieser Reisegemeinschaft – Martha, die vor Selbstmitleid und Verzweiflung zerfließen will, und Maud, die alles in ganz anderen Dimensionen sieht – beginnt ein Abenteuer von einer subtilen Komik und befreienden Heilsamkeit.

»Ivana Jeissings Erzählstil ist eigenwillig, bildhaft, stark und unverwechselbar, er entfaltet beim Lesen eine poetische Kraft, die einen sofort gefangen nimmt.«
Jury, DeLiA-Literaturpreis 2008